KB112508

살인의 창

피의 노래

살변의 창

피의 노래

초판 1쇄 인쇄 | 2022년 4월 15일
초판 1쇄 발행 | 2022년 4월 22일

지은이 | 박성신
펴낸이 | 박영욱
펴낸곳 | 북오션

경영지원 | 서정희
편　집 | 고은경·장정희
마케팅 | 최석진
디자인 | 민영선·임진형
SNS마케팅 | 박현빈·박가빈

주　소 | 서울시 마포구 월드컵로 14길 62 북오션빌딩
이메일 | bookocean@naver.com
네이버포스트 | post.naver.com/bookocean
페이스북 | facebook.com/bookocean.book
인스타그램 | instagram.com/bookocean777
전　화 | 편집문의: 02-325-9172　영업문의: 02-322-6709
팩　스 | 02-3143-3964

출판신고번호 | 제 2007-000197호

ISBN 978-89-6799-672-7 (03810)

殺 戀

피의 노래

살변의 창

박성신 장편소설

Bookocean

"난쟁이의 몸, 사자의 코, 늙은 양의 수염, 미친 개의 눈, 닭발 같은 손을 지닌 덕에 남학이 모습을 보이면 온 동네 아이들이 놀라 울며 넘어졌다고 한다. 하지만 그의 노래는 화창한 날에 꾀꼬리가 지저귀는 소리처럼 아름다웠고, 처마 끝에 달린 유리로 된 풍경이 울리는 소리처럼 영롱했다고 한다. 심지어 여자 목소리를 잘 낸 덕에 친구의 부탁으로 여장을 하고 어두운 기생방에 들어앉아 노래를 부르니, 그 목소리만 듣고 기생들이 친자매처럼 다정스럽게 굴었다. 그러나 남학의 얼굴을 본 뒤에는 모두 비명을 지르거나 놀라 자빠졌다고 한다."

— 이옥(1760-1812)의 문집 중에서

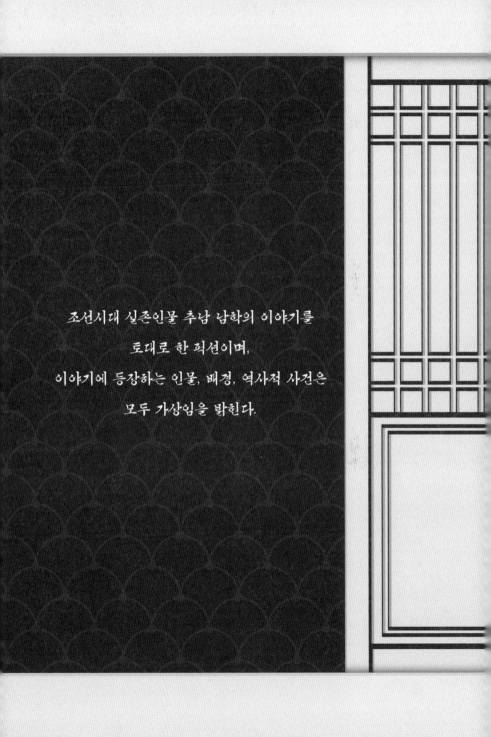

조선시대 실존인물 추남 남학의 이야기를
토대로 한 픽션이며,
이야기에 등장하는 인물, 배경, 역사적 사건은
모두 가상임을 밝힌다.

初

담이 길고 높은 대감 집에서 쫓겨난 사내의 얼굴은 땟국물로 가득했다. 머리는 기름으로 군데군데 뭉쳐 있었으며 손등은 터지고 지린내과 구린내가 한 데 섞여 코를 찌르는 요상한 냄새가 났다. 바닥에 쓰러진 사내의 주머니에서 감자가 삐죽 굴러 나왔다. 터지고 뭉그러진 감자 한 알. 그는 날아드는 발길질에도 감자를 지키려 했지만 대감집 머슴의 발길질은 자비를 몰랐다. 머슴들의 분노는 사내의 온몸 구석구석을 강타했고 감자마저 밟아 으스러뜨렸다. 사내는 입을 벌리고 비명을 질러보지만 그의 목구멍에서는 아무 소리도 새어나오지 못했다. 간혹 공기가 터져 나오는 으억, 으억 같은 소리만이 나올 뿐인데 때론 바람 빠진 소리 같기도 하며, 때론 천이 찢어지는 소리 같기도 하여 사람의 목소리라고는 할 수 없었다.

사내가 정신을 차려보니 해는 중천에 떠있고, 비실비실 마른 개들이 동네를 돌아다녔다.

그는 몸을 일으켰다. 고통이 엄습해서 미간이 찌푸려졌다. 눈은 멈췄지만 기온은 낮았다. 발은 얼었다 녹기를 반복해 썩어가서 바닥에 닿을 때마다 아예 감각이 없었다. 그는 맞은 자리가 아픈지 손으로 갈비뼈와 뒤통수를 문질렀다. 온몸이 후끈거리고 입안에서 비린한 피맛과 버석한 흙맛이 동시에 느껴졌다. 그의 얼굴에 햇살 한 조각이 내려앉았다. 그의 얼굴을 가만히 들여다본 사람이 있다면 필시 놀랄 것이다. 짙은 눈썹 사이로 솟은 오뚝한 코와 콧대 옆으로 자리 잡은 모양 좋은 깊은 눈과 빛나는 피부. 도톰하며 붉은 입술은 보기 좋게 빚은 예술품처럼 아름다웠다. 그러나 그는 자신의 모습을 감추려는 듯 온몸엔 먼지와 때와 냄새로 존재를 숨기고 있다. 그에게 대체 어떤 사연이 있는가.

사내의 뱃속에서는 꼬르륵 소리가 났다. 산채에서 먹을 것을 기다릴 사람을 생각하자 어깨가 무거워졌다.

'오늘은 꼭 먹을 것을 가져가야 한다. 아니면 굶어죽을 것이다.'

결심한 그는 비쩍 마른 몸을 옮기기 시작했다. 마을을 지나 저잣거리에 도달하자 맛있는 음식 냄새가 코를 찔렀다. 공기가 다른 듯 여기저기 고기 국물 냄새와 사람들이 섞여 북적거렸다. 그는 바닥에 주저앉아, 땅에 물로 글씨를 쓰기 시작했다.

귀가 들리지 않습니다. 말도 할 수 없습니다.
이야기를 써드립니다. 단돈 50전.

맞은편에 보이는 주막에서는 50전으로 떡과 고기를 살 수 있다. 열 살이나 되었을까. 말간 얼굴에 솜털이 난 도련님이 호기심 어린 눈으로 그의 앞에 앉았다. 깊은 갈색 눈동자를 한 도련님은 또렷한 말투로 이야기를 해달라고 한다. 사내가 허공에 손으로 글씨를 쓰는 시늉을 하니, 꼬마 도련님이 종이와 붓을 내어 준다. 반짝이는 눈망울로 보아, 호기심이 그의 악취도 잊게 하는 모양이다. 호기심은 때론 이성보다 강력하니까. 그는 글을 쓰기 시작하고 저잣거리의 사람들은 하나둘 모이기 시작한다. 도련님은 그 글을 소리 내어 따라 읽기 시작했다.

"때는 임금이 승하하기 훨씬 전의 일이었다."

一

　그는 태어날 때 모든 소리가 들렸다. 어미의 질이 찢어지는 소리, 비명 소리, 아비의 심장 뛰는 소리, 산파의 땀이 흐르는 소리, 어미가 이를 악물고 그 이가 바스러지는 소리, 사람들의 발자국 소리, 바람 소리, 벌레의 날갯짓 소리, 나무가 흔들리는 소리, 쥐들이 찍찍거리는 소리, 매미 소리를 비롯한 서른세 가지의 소리였다.

　그가 세상 밖으로 나왔을 때 귀가 따가웠다. 동시에 세상 모든 악기를 연주하는 듯 한꺼번에 소리가 배려 없이 밀려들어 왔기 때문이다. 산파의 비명이 크게 들렸다. 아이는 바닥에 내동댕이쳐져 미끄러졌다. 아이는 어떤 목소리를 내야 할지 모른다는 듯 울지 않았다. 오히려 아이의 얼굴을 확인한 어미가 소리없이 울부짖었다.

어미는 밖으로 도망치듯 기어나갔고, 순식간에 문 밖에 있던 아비도, 아이를 받던 산파도 사라졌다. 아이는 그들의 발자국 소리와 심장 소리가 멀어져가는 것이 들렸다.

'도로 어미의 몸속으로 들어가고 싶다.'

그곳이 따뜻했고 조용했기 때문이다. 푹푹 찌는 더위 속에서 비릿한 양수 냄새와 미지근한 수증기들이 공중에 날아다녔다. 아이는 어떤 소리를 내야 할까 고민하다가 조금 전에 들었던 산파의 비명으로 울었다. 이윽고 사람들의 발자국이 가까워졌는데 아까 사라졌던 사람들의 발자국 소리에 다른 발자국이 더해져있었다. 그들의 발소리에서는 분노를 느꼈다.

그들이 문을 열고 아이를 발견했을 때 아이의 뒤틀린 입술과 잇몸 사이에서 산파의 비명이 흘러나왔다. 사람들은 불붙은 화약이라도 발견한 것처럼 모두 아이에게서 떨어졌다. 아이의 얼굴을 확인한 사람들 중, 어떤 이는 탄식했고, 어떤 이는 비명을 질렀으며 어떤 이는 숨을 몰아쉬었다. 아기는 산파의 목소리로 통곡하였고, 추노꾼에 의해 잡혀온 산파는 얼굴이 새파랗게 질린 채 뒷걸음질을 쳤다.

사람들에게 머리채를 잡혀 끌려 돌아온 어미와 아비는 땀에 젖은 얼굴이 일그러진 채 턱과 손을 덜덜 떨며 울었다.

그들은 아이의 어미에게 종년이라 했고, 아비에게는 종놈이라 했다. 그리고 짐승처럼 붙어먹은 남매는 천벌을 받아야 한다고 했다.

아이의 눈앞에서 바닥에 묵직한 것 두 개가 떨어졌다. 그것은 어미와 아비의 머리통이었고, 그들은 마지막으로 아이의 얼굴에서 눈을 돌려버렸다.

어미와 아비의 머리통을 벤 칼날이 아이의 목에 닿았는데 칼끝이 가느다랗게 떨렸다. 칼을 든 사내는 이런 형상의 갓난아이는 처음 보았다. 아침에 먹은 밥이 목구멍으로 올라오는 걸 간신히 참았다.

"그 아이는 제가 처리하지요."

모두가 목소리의 주인인 노파를 바라보았다. 아이의 목에 칼이 닿기 직전 뛰어나온 백발 노파의 얼굴은 주름으로 가득하고 허리춤엔 방울을 달고 있었다.

"저주받은 아이입니다. 이 아이의 몸에 손이 닿는 순간 재수가 없고, 그 후환이 3대째 내려올 것입니다. 그러니 제가 처리하겠습니다."

노파가 말을 하자 칼을 든 사내를 비롯한 사람들은 한숨을 내쉬었다. 아이를 본 모두가 온몸에 소름이 끼치고 이상한 기분이 들어 주저하고 있었던 것이다. 아무도 추악하고 흉측한 이 아이에게 제 손을 더럽히고 싶진 않았다. 사내들은 죽은 어미와 아비의 머리통에 침을 뱉었다.

"냉큼 꺼져라."

노파는 눈을 질끈 감고 아이를 천에 둘둘 말아 안고 그곳을 나왔다. 아이를 품어준 그녀는 종년과 종놈의 어미이자 무당이었다.

"너 때문에 내 자식이 둘이나 죽었다."

아이를 그냥 죽게 둘 수도 있었지만, 누구의 어미로 오래 지냈던 노파는 아이를 죽일 수는 없었다. 아이가 너무나 추하게 생겼더라도 말이다. 재수니, 후환이니 즉흥적으로 둘러댄 자신에게 놀랐고, 그 말을 믿는 사내들에게 두 번 놀랐다.

노파는 어릴 적 귀머거리였던 두 남매를 대감댁에 종으로 보냈는데 그곳에서 도망쳐서 이곳에서 아이를 낳은 것이었고 추노꾼들이 그들을 쫓아 이곳까지 온 것이었다.

노파는 아이를 괴물아이. 괴아(怪兒)라고 불렀다. 의미가 없는 이름이지만 불러야 할 때 필요했으므로 지어진 이름이었다. 아이는 하루를 거의 숨어 지냈다. 노파가 지내는 집은 산아래 초가집이었고, 나무꾼인 영감과 함께 살고 있었다. 더 이상 나이가 들어 무당 노릇을 할 수 없어 이곳에 터를 잡고 살았다.

영감은 괴아의 존재를 몰랐다. 나이가 들어 귀가 먹었기 때문에 괴아가 숨어사는 것을 알아채지 못했고, 한번 나무를 하러 산에 올라가면 며칠을 있다가 내려왔기 때문이다. 노파가 영감에게 이 이야기를 하지 못한 이유는 아들, 딸이 근친상간을 하여 낳은 자식을 그가 반길 일이 없고, 남매가 붙어먹고 애를 낳다가 추노꾼들에 의해 목이 베어진 소문의 그 일을 영감은 재수 없는 일로 여기고 있었기 때문이다.

괴아가 세 살이 되자 얼굴은 더욱 흉측해졌다. 이빨이 나고부터 눈이 옆으로 찢어지고 코가 주저앉고 미간과 볼, 턱, 여기저기 사마귀가 들러붙었으며 눈썹은 없고 머리카락은 뻣뻣하게 굵었다.

괴아는 소리를 잘 들어서 발자국 소리나 인기척이 들리면 노파가 지시한 대로 마룻바닥 안으로 숨어 한참을 기다렸다. 아이는 점차 소리를 더 잘 들을 수 있게 되었다. 발자국 소리만으로 사람이 누군지 맞출 수 있을 경지에 이르렀고, 소리를 듣는 범위도 점차 늘어나 처음에는 집밖의 소리를 듣더니, 시간이 지나자 마을 밖의 소리까지 들었다. 노파는 아이가 점차 두려워졌다. 이 집에서 머리가 굵어지는 아이를 언제까지 감당할 수는 없었다. 날이 갈수록 노파는 괴아가 자신의 아들 딸 누구도 닮지 않았다는 사실을 깨달았다.

아이가 태어난 지 6년째 되었을 즈음. 숨어있던 괴아는 영감에게 발각되어 얻어맞았다. 괴아는 퉁퉁 부은 얼굴로 영감의 소리를 내며 밥을 내어오라 하였다. 영감은 입을 쩍 벌리고 부들

부들 떨었다. 그 다음부터 영감이 괴아를 피했다. 노파는 괴아가 영감에게 일부러 발각된 것이 아닐까 생각했다.

"저 아이의 목소리를 들은 적이 있냐?"

영감이 말했다.

"가끔 말하지요. 대답할 때."

"그러니까 아이의 목소리를 기억하느냔 말이다."

"글쎄요. 말을 했지요."

"저놈이 어쩔 땐 뒷집아이 목소리를 내다가, 어쩔 땐 네 소리를 내다가 한다. 귀신도 아닌데 말이야."

노파는 영감의 말을 듣고 골똘히 생각해보니 괴아의 목소리를 기억하지 못했다.

영감은 그날 젊은 여자의 소리에 홀려 나갔다가 벼랑에서 떨어지고 말았고, 노파는 죽은 영감의 눈동자에서 공포를 읽었다. 집으로 돌아온 노파는 괴아의 따귀를 올려 붙였다.

"이제 나무는 누가 해온단 말이야!"

화가 난 노파는 지나가던 사냥꾼에게 아이를 내어주려 했다. 사냥꾼은 태어난 지 6년째 되었다는 괴아를 보고 속을 게워냈다. 팔도를 돌아다니면서 희귀한 것을 봤던 사냥꾼이었지만 이 아이처럼 해괴한 몰골은 처음이었다.

"이것은 도깨비요? 귀신이요?"

노파는 아이의 기이한 재주에 대해 이야기했으나 사냥꾼은 믿지 않았다. 괴아는 노파에게 몽둥이로 얻어맞고 나서야 사냥꾼의 휘파람 소리를 똑같이 냈다. 또한 괴아가 개 소리를 내자 수캐가 몰려들었고, 새 소리를 내자 새가 어깨 위에 내려앉았다. 사냥꾼은 그즈음 사냥개를 잃어버렸고, 아이는 사냥개만큼 귀가 밝았다.

사냥꾼은 노파에게서 아이를 데려왔다. 노파는 아이가 떠날 때 쳐다보지도 않았다. 괴아 또한 노파를 뒤돌아보지 않았다. 괴아는 노파의 심장이 빠르게 뛰다가 괴아가 마을 밖을 벗어났을 때 느리게 뛰는 것을 들었다.

사냥꾼은 괴아를 데리고 전국팔도 산을 누볐다. 괴아는 사냥감의 발소리를 한번 들으면 추적이 가능했다. 사냥꾼은 사냥감을 쫓도록 괴아를 몰아세웠다. 산속에서는 실컷 부려먹고서는 산속이 아닌, 거리를 걸을 때는 필시 얼굴이 보이지 않게 천으로 칭칭 싸매고 모자로 머리도 덮어 눈과 귀만 내놓았다. 추운 겨울이야 상관없었지만 더운 여름날도 그리했다.

괴아는 거리에 나와 처음으로 세상을 보았다. 괴아의 키만 한 아이들, 예쁜 옷들, 화려한 장신구들, 웃음소리. 모두 괴아에겐 낯선 풍경이었다.

어느 날 괴아는 냇물에 비친 자신의 얼굴을 보고 비명을 질렀다. 괴아는 이때 알았다. 자신의 외모는 남들과 다르다는 것을,

아름답지 않다는 것을. 그대로 냇물 속에 들어가 나오지 않았다. 사냥꾼은 물속에서 억지로 괴아를 끌어냈고 하루 종일 매질을 하고 3일 동안 밥을 굶겼다.

괴아는 흉측하기도 했지만 특별한 아이었다. 처음 봤을 때 사냥꾼의 휘파람 소리를 똑같이 흉내 내었고, 동물의 소리까지 흉내 냈다. 수사슴 소리를 흉내 낸 괴아에게 암사슴이 다가온 일도 있었다. 아이의 재능은 동물 소리 흉내에 그치지 않았다.

어느 날 사냥꾼은 괴아를 데리고 이동하던 도중, 거리에서 꾀꼬리처럼 아름다운 소리로 노래하는 한 소녀를 지나쳐간 일이 있었다. 사냥꾼은 그 일을 잊고 있었다. 어느 날 사냥을 마치고 움막으로 돌아오는데 그 소녀의 노랫소리가 났다. 가까이 다가간 사냥꾼은 그것이 괴아임을 알고 온몸이 얼어붙었다.

괴아가 소녀의 목소리로 말했다.

"풀어주세요. 저를 풀어주세요."

어쩐지 죽은 딸아이의 목소리와 닮았다. 사냥꾼의 심장이 요동쳤다.

그즈음 사냥꾼은 동물을 사냥하는 것보다 사람을 사냥하는 것이 더 이득이 된다는 것을 알게 되었다.

괴아에게 여자아이의 노랫소리를 내게 했다. 그렇게 괴아가 산을 넘는 사람들을 꾀어내면, 사냥꾼이 뒤에서 도끼로 머리를 내리쳤다. 계집은 겁탈한 뒤 매음굴에 팔았고, 남자는 협박하여 돈과 패물을 빼앗고는 그대로 해체하여 간과 쓸개를 꺼내 팔았다. 사냥꾼은 괴아 덕분에 살림살이가 나아져 도박을 하거나 술을 마음껏 마실 수 있었다.

그러나 사냥꾼은 괴아가 아무렇지 않게 낮에 겁탈했던 계집의 신음소리를 내거나, 죽어가는 노파의 목소리를 내뱉는 것을 보고 겁이 나기 시작했다.

'대체 이것은 정체가 무얼까.'

'두렵다.'

'없애야 한다.'

그러나 당장 사냥을 하는 데 큰 도움이 되었으므로 쉽게 결정할 수 없었다.

그렇게 사냥꾼이 괴아를 데리고 사냥을 한 지 4년이 지났다. 괴아는 밧줄에 묶여서 밥을 먹고, 차가운 바위 위에서 잤으며, 산속에서 생활하였다. 바람이 불어 피부가 에일 정도로 추운 날에만 움막이나 동굴 속에 묶어 두었다. 괴아의 손과 발은 더욱더 딱딱해지고 살은 터지고 아물고를 반복하여 검게 변해 피부는 두꺼워져갔다.

괴아는 4년 전 냇물에 비친 자신의 얼굴을 확인한 뒤 한 번도 자신의 처지를 고민한 적이 없었다. 이런 대우가 부당하다고 생각지 않았다. 따뜻한 집안에서 부모와 함께 따뜻한 밥을 먹는 아이들과 자신이 같은 존재라고는 상상도 하지 못했다. 흙탕물을 마시고 나무뿌리로 하루를 버티고 사냥꾼의 발길질에 몸을 말 때마다, 괴아는 자신 스스로가 그런 존재라 생각했다. 자신의 눈으로 보는 사람들은 자신처럼 생긴 이가 단 한 명도 없었기 때문이다.

사냥꾼은 나이가 들고 이제 동물의 뒤를 쫓고 산을 타는 것이 힘들어지자 올해만 지나면 괴아를 팔아 돈을 좀 벌어야겠다고 생각했다. 나이가 들면 한곳에 정착하여 농사를 지으면서 사는 게 사냥꾼의 꿈이었다. 가끔 사냥꾼의 목소리를 흉내 내거나, 목소리만으로 그의 기분을 파악하는 괴아를 볼 때마다 발가벗겨지는 기분이 들어 매질하는 손에 힘이 더해만 갔다. 게다가 괴아의 키는 허리까지 오던 것이 점차 자라서 이제는 어깨까지 왔다. 사냥꾼은 점차 불안하여 괴아와 함께 있을 때는 자지도 먹지도 못했다.

'가만 보니 저놈의 목소리가 생각나지 않아.'

추한 외모는 꿈에라도 나올 정도로 각인되었지만 목소리는 기억나지 않았다. 그것이 너무나 소름 끼쳤다.

그즈음 조선에는 전국 방방 곳곳에 신기한 자들을 구하는 함

18

귀산이라는 자가 있었다. 그는 난쟁이와 키가 큰 놈, 머리가 두 개인 아이들과 눈이 네 개인 여자, 가슴과 고환이 함께 달린 남 자를 사서 어디론가 팔았다. 팔려간 이들이 어디로 가는지는 몰 랐으나 전국 팔도의 예인이나 기인들 사당패들은 함귀산을 모 르는 이가 없었다.

함귀산은 작은 눈에 기골이 장대하여 키가 8척이나 되고 손 이 솥뚜껑만 한 서른 즈음의 사내였다. 노비출신이라는 소문도 있고, 몰락한 양반의 서자라는 소문도 있었다. 그는 이치에 능했 고 임기응변을 잘했으며 머리 회전이 빨랐다. 그의 소문을 들은 사냥꾼은 그에게 괴아를 팔기로 마음먹었다.

한편 함귀산은 10년 전부터 괴물아이를 찾아다녔다. 팔도의 기인들을 모으기 시작한 것도 그 아이를 찾기 위함이었다. 함귀 산이 모시는 천필주라 불리는 자는 비밀조직 '대룡파'의 우두머 리로, 짐승의 탈을 하고 사람 목소리를 내는 괴물아이를 찾으라 는 명을 내렸다. 이는 예언가이자 무녀 이화의 점괘 때문이었다. 무당 이화는 앞을 보지 못했으나 미래를 볼 줄 알았다.

**흉측하고 기이한 모습의 아이가 사람이 되어 울면,
나라가 망한다.**

이것이 이화의 예언이었다. 지금의 임금과 조정에게 불만이 있던 천필주는 함귀산에게 어떻게든 그 아이를 찾으라 지시했다.

'지금의 나라를 망하게 한다면, 다시 사람처럼 살 수 있지 않을까.'

함귀산이 아홉 살 때 그의 집안이 역모에 가담한 일이 적발되어 모조리 죽고 말았다. 그때 어린 함귀산만이 가까스로 살아남았다. 얼굴에 세로로 난 큰 흉터 자국은 그때 생긴 것이었다. 함귀산은 제대로 살아보고 싶었다. 그러면 다시 고향에 돌아가, 사지가 찢겨 죽은 어미와 아비의 무덤에 꽃 한 송이 놓아둘 수 있지 않을까. 그래서 함귀산은 천필주의 명이 아니더라도, 조선 팔도를 다 돌아다니더라도 반드시 괴물아이를 찾아내고자 했다. 함귀산은 입술에서 인중으로 이어진 흉터를 매만지며 그런 생각을 했다.

그러나 운명의 장난이었을까. 함귀산이 사냥꾼과 만나기로 한 그날, 아무리 기다려도 사냥꾼은 오지 않았다. 하필이면 그날 사냥꾼은 산으로 올라가다 실족해서 깊은 벼랑으로 떨어져 죽었다.

함귀산은 괴아를 만날 수 없었고, 괴아는 산속에 홀로 남겨지게 되었다.

二

‘방금 뭐지?’

이수는 말을 멈추고 숲 쪽을 응시했다. 길 양옆으로 이수보다
몇 배나 키 높은 나무가 무성했다. 나무들이 빽빽하게 들어찬
숲속은 어두웠다. 나무가 흔들렸다가 멈췄고, 나뭇잎이 바닥으
로 눈처럼 흩날렸다.

‘누군가 이쪽을 보고 있던 거 같은데?’

이수의 검은 눈이 호기심에 반짝거렸다. 올해 열 한살이 되
는 이수는 반듯한 이마에 콧날이 오뚝하고 검은 눈동자가 깊은
소년이었다. 그는 호기심이 강했다. 이수의 호기심은 아버지에
게 물려받았다. 그는 행렬 앞쪽에 아버지가 탄 가마를 바라보

왔다. 오늘은 이수의 아버지 이수백이 경남 군수로 내려오는 날이었다.

　이수백은 호기심과 정의를 함께 갖춘 인재였다. 군수로서는 좋은 자질을 갖췄다. 늘 서민들의 삶을 궁금해하고 공정하게 판단했으며 검소했다. 군수는 지방의 권한을 부여받았기 때문에 백성들에게는 절대적인 존재로 군림할 수 있었다. 그러나 정해진 임기로 인해 한 지방에 계속 머물 수는 없었다. 짧은 임기 동안 군수는 담당 지방의 사정을 자세히 알기 힘들기 때문에 지방의 기득권 세력과 결탁하여 탐학의 길로 빠지기 쉬웠고, 백성들은 고통받았다. 이 모든 것을 간파한 이수백은 지방 아전들의 수탈을 엄격히 금지하는 정책을 내놓았다. 이로써 이수백은 남아있는 백성들의 이탈을 예방하는 한편, 이미 도망간 백성들을 돌아오게 하였다. 허나 그의 강직함 때문에 곤란에 빠지기도 하였고, 백성들의 세금을 감면해주려다 보니 이에 연루된 관리들의 모함이 끊이지 않았다. 이수는 그런 아버지를 존경했다.

　이수는 걷기 전부터 아버지를 따라 전국을 옮겨 다녔다. 사귀었던 벗들과 헤어져야 하는 아쉬움도 있지만 이수는 워낙 호기심이 강하고 호방한 성격이라 그때마다 고을에 좋은 벗을 사귀었다. 새로운 지역은 각기 성격이 다른 친구와의 만남처럼 느껴졌다.

'마을에 도착해 짐을 풀면 숲속으로 다시 와야지!'

이수는 이곳이 마음에 들었다. 그러나 이 아이의 호기심이 엄청난 일을 불러일으킬 것이라고는 아무도 예상치 못했다.

이수의 어머니 홍씨 부인은 가마에 난 창문을 통해 이수를 대견함과 걱정스러움으로 바라봤다. 작년 그 일 때문이었다.

이수가 열한 살이 되던 날, 한 스님이 목탁을 두드리며 집안으로 들어왔다. 행색이 남루하지만 눈빛은 맑고 깊었다. 홍씨 부인이 엽전을 들고 시주하려 하자 스님이 근심가득한 표정으로 말을 전했다.

"이 집에 아이가 있습니까?"

마침 이수의 열한 번째 생일잔치를 하려고 분주하게 종들이 움직이고 있었다.

홍씨 부인은 스님의 물음에 망설였다. 어제 꿈자리가 뒤숭숭했기 때문이었다. 아이가 있다는 것쯤은 누구에게 물어도 아는 사실일 터. 마지못해 고개를 끄덕였다.

"좀 볼 수 있겠습니까."

평소 같으면 홍씨 부인은 시주나 몇 푼 하고 돌려보냈을 것이다. 하지만 어젯밤 꿈자리가 뒤숭숭했던 탓에 몸종 칠득이를 시켜 이수를 불러왔다. 스님은 한동안 말없이 이수의 검은 두 눈과 단단한 어깨, 반짝이는 이마와 부드러운 손발을 살펴보았다.

"용감한 아이로구나. 앞으로 어머니 말씀 잘 듣도록 해라."

"예."

홍씨 부인은 이수를 돌려보내고 스님을 배웅하였다.

"아이의 용맹스러움은 하늘을 찌르고, 눈에서 총기를 뿜어내니 장차 큰일을 할 것입니다. 한 가지만 지켜주신다면, 그리 될 것입니다."

"그, 그게 무엇입니까?"

"이 아이가 열두 번째 탄생일을 맞는 날을 포함 앞뒤 3일 동안은 절대로 밖으로 나가게 해선 안 됩니다. 그렇지 않으면……."

홍씨 부인은 눈을 가늘게 뜨고 콧등을 찡그렸다.

"그렇지 않으면?"

"모두가 화를 입습니다. 이 아이는 죽게 되고. 이 집안은 망할 것이며, 임금은 눈물을 흘릴 것입니다."

홍씨 부인은 휘청거리는 몸을 가누고 치맛단을 움켜쥐었다. 몇 해 전 이수의 형이자 이수백과 홍씨 부인의 장남, 이후가 병으로 세상을 떠난 후 이수만이 유일한 자식이었기 때문이다. 이수의 형이었던 이후는 12세에 모든 학문을 섭렵할 정도로 천재였다. 그런 장남이 병으로 죽었으니 모두가 원통함을 금치 못하였고 그 기대와 사랑을 이수가 오롯이 받고 있었다.

"그게 무슨 말입니까. 우리 아이가 무슨 잘못이라도 한단 말입니까?"

"잘못이 아니라 그런 운명이 아이 앞에 도사리고 있습니다."

아이의 죽음도 모자라 임금의 눈물을 입에 담다니. 홍씨 부인은 주먹을 움켜쥐고 스님을 쏘아보았다.

"혹시 무슨 일이 있으면 꼭 오행사 염 대사 앞으로 연통을 주십시오."

스님이 합장을 하면서 말했다.

오행사의 염 대사.

홍씨 부인이 부들부들 떨던 몸을 겨우 진정시키고 고개를 들자 스님은 이미 사라지고 없었다.

'누가 알아선 안 된다……. 누군가 안다면 이수를 해할지도 모른다.'

홍씨 부인은 남편 이수백에게도 말하지 못한 채 마음만 졸였다. 남편은 미신을 믿지 않았고 자신이 경험한 일만 믿는 사람이었다. 늘 홍씨 부인에게 걱정이 지나치다고 하는 사람이다.

그렇게 시간이 흘러 스님이 말한 열두 번째 생일날이 하루 앞으로 다가온 것이다.

홍씨 부인은 이수에게 단단히 집에 있어야 한다 일렀지만 아이에게 도전의식만 불러일으킬 뿐이었다. 새 집에 온 이들은 저마다 짐을 정리하느라 정신없었다. 그녀는 칠득이에게 이수를 행랑채 방안에 넣어놓고 절대로 나가지 못하게 그 문을 꼭 지키라 명했다.

"칠득아, 배가 아파 뒷간에 가야겠다."

"안 되유, 도련님. 오늘은 거기서 한 발짝도 못 나갑니다유. 요강이 있으니 거기서 볼일을 보셔유."

"손이 묶여 있잖느냐."

"소변 보는 데 손이 뭔 필요하시대유."

해가 지기 시작했고, 칠득이는 이수가 줬던 떡을 먹고 나니 잠이 솔솔 왔다. 영문을 모르는 이수는 방 안에 갇혔다. 방문에 쇠사슬로 묶어 자물쇠를 채웠고, 그 열쇠는 홍씨 부인이 가지고 있었다. 방문 앞엔 칠득이가 보초를 서고, 그러고도 믿지 못하여 대문 앞에는 다른 머슴들을 배치했다.

홍씨 부인은 이수의 방의 그림자로 때때로 아들을 확인했다. 그러나 운명은 피할 수 없는 것일까.

이수가 있는 옆방에서 연기가 피어올랐다. 매캐한 냄새를 맡은 칠득이가 옆방으로 뛰어 들어가 불을 끄려고 했지만 이미 불은 병풍에 옮겨 붙었다. 불길은 거세게 타올라 장지문을 태우고 눈 깜짝할 사이 이수가 있는 방으로 옮겨붙었다.

"불이야!"

홍씨 부인은 칠득이의 비명에 놀라 문을 열고 그리로 향했다. 떨리는 손으로 자물쇠를 열려 했으나 뜨겁게 달궈져서 손을 댈 수 없었다.

"어서! 이수를 꺼내라."

이수백이 뛰어나와 행랑채로 달려갔다. 발로 문을 차서 부수고는 번지는 화마 속에 몸을 던졌다. 이수의 형이 병으로 작년에 죽었기 때문에 이수는 3대 독자였다. 이수백은 불길 속에서 이수를 엎고 나왔다.

홍씨 부인은 이수를 꽉 껴안았다. 눈물이 흘렀다.

'내가 땡중의 말만 믿고 아들을 죽일 뻔했구나.'

이수의 몸을 살폈지만 몸에 화상 하나 입지 않고 멀쩡했다. 기침만 콜록거렸다. 이수백은 그제야 안도의 한숨을 토해냈다.

불길은 행랑채를 태우고 곳간과 마구간까지 번져갔다. 머슴들은 정신없이 우물을 퍼다 날랐으나 바람까지 강하게 불어서 순식간에 사랑채까지 번졌다.

이수는 그대로 잠이 들었는지 눈을 감은 채 고른 호흡을 했다.

손이 부족한 상황이었다. 홍씨 부인도 저고리 소매를 둥둥 걷고 물동이를 지고 나섰다. 안채 뒤편의 우물에 물이 가득 차 있던 것이 불행 중 다행이었다. 한참이 지나서야 불길이 잡혔고, 아침이 되자 불이 완전히 꺼졌다. 다행히 불은 안채까지 옮겨붙지는 않고 사랑채와 행랑채가 있는 별채만 태운 채 끝이 났다.

불은 왜 났는지 알아낼 수 없었다. 홍씨 부인은 더 이상 이수를 가두지 않았다.

집을 재건하는 날이 지속되었다.

'지루해. 허구한 날 집에만 있어야 하다니.'

결국 이수는 칠득이를 따돌리고 담을 넘었다. 앞으로 벌어질 일을 모른 채, 이수는 우리에서 탈출한 자유로운 짐승처럼 동네 밖으로 달려갔다. 바로 이수의 생일이 지나고 3일째 되는 날이었다.

경남의 작은 마을, 산에 둘러싸인 동네는 아득하고 아름다웠다. 마을의 저잣거리에는 비단과 떡과 새로운 먹을거리로 가득했고 밭은 황금빛으로 물들었다. 향기로운 아카시아가 살랑거렸고, 초록잎들이 하늘에서 빛났다. 아이들은 새로 온 얼굴이 신기한 듯 이수 뒤를 무리지어 졸졸 따라왔다.

이수가 산어귀에 다다르자 무리 중 가장 몸집이 큰 아이가 말했다.

"그리로 안 가는 게 좋을걸? 저 산속 동굴에 괴물이 산다구. 그때 복이도 산에 갔다가 괴물을 보고 나흘간 밥도 먹지 못하고 무른 똥만 쌌단 말이다."

"괴물? 정말 그런 게 있단 말이냐?"

"모습이 얼마나 추하고 무서운지. 잡아먹힐 뻔한 것을 겨우 도망쳐 나왔대. 밤마다 아이들을 데려가 잡아먹는데. 산속에 뼈들이 가득하고 오독오독 씹어 먹는 소리가 들린대."

"너는 봤느냐?"

"아니!"

"같이 보러 가지 않겠느냐?"

"아아아…… 아니!"

이수의 말에 몸집 큰 아이의 얼굴이 일그러졌다.

"내가 산에 갔다는 건 비밀이다. 괴물을 만나고 오면 너희들에게 알려줄게."

이수의 여유로운 미소와 빛나는 눈에 매료된 듯 몸집 큰 아이는 고개를 끄덕였다.

이수는 나무 막대기 하나를 주워 숲 속으로 들어갔다. 이수는 다섯 살 때부터 열한 살이 될 때까지 말 타기, 활쏘기, 사냥, 무술을 매일같이 훈련하고 있었다. 이수에게 괴물은 두려운 상대가 아니었다.

괴물?

사람들은 알지 못하는 생물체를 보고 괴물이라 한다. 이수는 그 괴물이라 하는 것들을 많이 보아왔다. 사람들은 고양이를 보고도 그러하였고, 거북이를 보고도 그러했다.

'다른 것은 왜 괴물인가.'

깊은 의문이 어린 이수의 마음속에 있었다. 이수가 노래를 흥얼거리며 산을 올랐다. 이수의 몸종이 가끔 부르는 노래로 제목은 알 수 없다. 이수의 노랫소리에 아름다운 새 소리가 보답하듯 들렸다. 흔들리는 나뭇잎 소리, 시원한 바람 소리들에 홀려 시간이 흐르는 것도 잊고 걸었다. 시간이 얼마나 흘렀을까.

사방은 숲으로 둘러싸였고 어둑했다. 두려움을 떨치려 이수는 노래를 이어나갔다. 어딘가에서 아름다운 여자아이의 목소리가 들렸다.

'분명 여자아이의 목소리가 들렸는데?'

이수가 소리에 이끌려 한참을 걸어가자 그곳에 동굴이 있었다. 시원하고 축축한 바람이 세어 나오는 동굴 안은 암흑이었다. 노랫소리는 그곳에서 흘러나왔다. 한 가지에 빠지면 앞뒤를 모르는 이수는 조심조심 다가갔다. 소녀의 노랫소리가 멈췄다.

'분명히 이 안에서 나는 소리다.'

돌 사이로 부는 바람을 타고 악취가 이수의 코로 몰려들어왔다. 어둡고 쾌쾌하고 눅진한 곳에서 믿을 수 없는 아름다운 소리가 나다니.

호기심이 발동한 이수는 울퉁불퉁 튀어나온 바위를 손으로 짚으면서 안으로 들어갔다. 동굴안은 컴컴했다. 천장에서 목덜미에 물방울이 떨어지고 이수는 자신도 모르게 몸을 떨었다. 바위틈 축축한 버섯과 썩는 냄새가 났다.

'어둠 속에 무언가가 있는거 같은데?'

이수는 놀랐지만 비명을 꾹 삼켰다. 어둠속 물체는 어둠과 하나가 된 듯 움직임이 없다.

'괴물…….'

'이게 아이들이 말하는 괴물인가.'

이수는 한 발짝 더 다가갔다. 눈이 어둠에 적응하여 모양새가 얼핏 보였다. 훅 하고 역한 냄새가 났다. 어떤 물체가 이수의 얼굴 앞에 어느새 다가와 있었다.

머리털은 산발로 얼굴을 뒤덮고 쭈글쭈글한 껍질과 수포로 이루어진 것 같았다. 코가 있을 자리에는 돌덩이가, 입이 있을 자리에는 쪼그라든 구멍이 있을 뿐이었다. 새까만 두 눈은 머리칼에 가려져 있었는데 눈에서는 누런 즙이 흘러내렸다. 손과 발은 길고 검은 발톱으로 늑대처럼 네 발로 질척한 짚단 위를 밟고 있었다. 키는 이수와 비슷했으나 나이를 가늠할 수 없었다.

'괴물?'

그러나 이수는 괴물의 우물처럼 까만 두 눈을 본 순간 두려움이 사라졌다.

"그 소리, 네가 낸 것이냐?"

괴물은 말이 없이 먹잇감을 보듯 이수를 노려보았는데 코는 냄새를 맡는 듯 벌름거렸다. 이수는 주머니 안에 집에서 가져온 육포가 들어있는 것을 생각해내곤 조심히 꺼냈다. 그가 낚아채려 하자 이수가 뒤로 숨었다. 철컥 소리가 동굴 안에 울렸다. 괴물의 목에는 사슬이 연결되어 있어 동굴 바위에 묶어둔 모양이다. 목은 상처가 아물고 나길 반복해서 깊게 패어 있었고 그곳에 붉은 피가 흘렀다. 괴물은 목줄 때문에 더 이상 이수에게 다가올 수 없었다. 천천히 육포를 괴물 앞에 내려놓았다. 괴물이 천천히 손을 내밀어 육포를 집어 냄새를 맡더니 입 안으로 쑤셔 넣었다.

"맛있지? 내가 또 가져다 줄 수 있어."

괴물의 몸짓이 잠시 멈췄다. 말귀는 알아듣는 것 같았다.

"내 이름은 이수야. 사흘 전에 이곳에 왔다. 우리 아버지는 이수백이라고 이곳 군수로 오셨어. 굉장히 존경스러운 분이야. 너도 만나보면 마음에 들지도 몰라. 근데 너는 여기서 사느냐?"

이수가 괴물을 살펴보니 귀 두 개, 손 두 개, 발 두 개, 코와 입이 붙어있는 것이 사람이 분명했다. 다만 끔찍한 병을 앓거나 저주에 걸려 있는 듯했다.

"네 이름은 무엇이냐?"

"네 이름은 무엇이냐?"

괴물이 이수의 말을 따라했다. 그 목소리가 똑같았다. 이수의 얼굴이 환하게 빛났다.

"엄청난 재주구나."

이수의 칭찬에 괴물은 말없이 이수의 보드라운 뺨, 빛나는 눈동자, 훤한 이마와 힘찬 코, 매끄러운 입술을 황홀하게 바라보았다. 이수의 목소리는 강하고 거짓이 없으며 두려움이 없었다. 모두가 그를 볼 때 두려움을 느꼈지만 이수는 달랐다. 괴아는 그의 아름다운 얼굴과 강직한 목소리에 매료되었다.

어느 날부터 사냥꾼은 괴아를 묶어둔 채 오지 않았고, 밤이 되면 살을 찢는 추위와 허기와 싸웠다. 쥐와 벌레를 잡아 껍질을 벗겨 먹으며 하루하루를 버텼지만 더 이상은 무리였다. 괴아의 갈비뼈와 등가죽이 붙을 때쯤 이수가 나타난 것이었다. 이수가 오지 않았다면 괴아는 오늘 죽었다.

"이름이 없는 거구나. 그럼 나는 너를 황선이라고 부를게. 깊고 넓을 황에 선할 선, 어떠냐. 황은 밝다는 뜻도 되니까. 따라해 봐. 황선."

"황…… 선……."

"이제 그게 너의 이름이다."

황선이 귀를 쫑긋거리며 소리를 흡수했다. 그러고는 입을 들썩였다. 그의 입술 사이에서 믿을 수 없을 정도로 아름다운 새

소리가 났다. 숲에서 걸어오다 들은 아름다운 소리였다.

이수는 그날 밤 이후 매일 황선을 찾아갔다. 등불을 가져가서 컴컴한 동굴을 밝혀주었고 떡이나 말린 육포를 황선에게 주었고 솜옷과 털신, 솜이불도 가져와 추위를 피하게 하였다. 황선은 답례로 소리를 들려주었다.

이수는 재밌는 이야기부터 사서삼경, 소학 등의 책을 읽어주었다. 황선은 말을 못 하는 게 아니라, 들은 단어가 얼마 없어서 말을 몰랐다.

이수가 책을 들려주고 단어를 가르쳐주자 금방 익혀 대화를 나눌 수 있게 되었다. 이수가 노래를 들려주자, 황선은 노래를 한 번 듣고 따라했다. 황선이 노래를 하면 낡고 더러운 곳간은 아름다운 공간이 되었다. 황선의 목에 걸린 쇠줄을 이수가 풀어주었지만 황선은 그 자리에서 꼼짝하지 못했다.

"사람은 다를 것이 없다. 천한 자와 귀한 자가 따로 없다. 그러니 너와 나도 같은 사람인거야."

이수가 말하자 황선은 눈을 마주치지 못했다.

"사람은 나쁘다."

"나쁜 사람들도 있지만 착한 사람들이 더 많아. 생각하고 행동하며 부끄러움을 느낄 줄 알고 부족함을 알며 노력하는 것, 그것이 사람이야. 너와 나처럼."

"너와 나는 같은 사람이 아니다."

황선은 자기의 몰골이 부끄러운 듯 고개를 돌렸다. 이수가 자세히 살펴보니 군데군데 껍질이 마구 벗겨져 있었고 머리를 감은 흔적이 보였다. 황선이 이수를 기다리는 동안 혼자 이수의 흉내를 내어본 것이다.

"얼굴이…… 다르다."

"얼굴이 다 달라야 사람인 거야. 황선, 넌 대신 재주가 많잖아."

황선의 얼굴에 주저함이 비춰졌다.

"나는 태어나지 말아야 했을까?"

황선이 이수에게 처음으로 한 질문이었다. 이수는 한참 생각한 후 밝게 웃으며 말했다.

"태어나지 말았어야 할 사람은 없어. 황선아, 우리 집에 가자. 우리 집에서 나랑 지내다 보면, 너도 네 스스로가 그 답을 찾을 수 있을 거다."

홍씨 부인은 열두 살 생일이 지나도 이수에게 아무 일이 없자 안심하였다. 지나가던 땡중의 미친 소리라 여겼다. 이수는 아침에 책을 들고 나가 해가 지기 전에 돌아왔다. 이 마을에서도 이수는 친구들을 사귀며 잘 지내는 모양이었다. 몸에서 고약한 냄새를 풍기는 것 빼고는 모든 것이 정상이었다. 벌써 이 마을에 온 지도 다섯 달이 지났다.

그런데 이수가 옆에 짐승 같은 몰골의 황선을 데리고 마을에 나타나자 모두가 그자리에서 얼어붙었다. 황선의 추한 외모를 보고 수군덕거리고 아이들은 울음을 터트렸다. 허나 이수는 이수백의 아들이라 아무도 뭐라 말을 할 수 없었다.

"아무것도 신경 쓸 필요 없어. 내 등만 보고 따라와."

이수는 황선이 자신의 옷깃을 거머쥐는 걸 알고 손을 잡았다. 동네 사람들은 황선에게 돌을 집어던지고 침을 뱉고 물을 끼얹었다. 이수는 처음으로 칼을 뽑아 황선 앞에 섰다.

"나의 손님이니, 앞으로 이 아이를 건드리면 나를 건드리는 것과 같을 것이다."

이수백의 집은 난리가 났다. 몸종들은 모여 수군덕거렸다. 벌써 아들이 마을에서 칼까지 뽑아들었단 소문이 퍼졌다. 황선에게 상을 차려주라는 이수의 명령에 상을 들고 가던 단이가 넘어져 코가 부러졌다. 밥상을 보고도 망설이던 황선은 이수가 먹으라고 허락하자 허겁지겁 입안으로 쑤셔넣기 시작했다. 이수는 방 안에 있는 색경을 모두 뒤집어놓아 황선이 스스로의 얼굴을 보지 못하게 하였고, 그에게 행랑채 한 칸을 내어주었다.

그 시각 이수는 이수백과 홍씨 부인 앞에 무릎 꿇은 채 대면하고 있었다. 홍씨 부인은 아들의 얼굴을 보자 가슴이 덜컥했다.

저 당당한 미소가 나오면 그 고집은 누구도 꺾을 수가 없었다. 키우던 강아지 복실이가 사라진 날, 복실이를 찾겠다고 온 마을을 다 뒤졌다. 이수는 그때 밥도 먹지 않고 잠도 자지 않았다. 죽기를 각오하고 부리는 고집이었다. 이수는 매번 불쌍한 것들을 데려왔다. 어느 날은 버려진 아이, 어느 날은 아픈 거지, 어느 날은 정신이 나간 노파에 다리가 부러진 비둘기까지. 불쌍한 모든 것을 데려와 치료해주고 먹여주고 재워주었다. 그런데 이번엔 추한 아이다. 이수가 데려온 추한 아이. 그 아이는 사람일까?

홍씨 부인은 아니나 다를까 염 대사의 말이 불현듯 떠올라 창백한 얼굴로 손을 떨었다. 옆에 앉아 아들을 바라보고 있는 이수백은 이 사실을 몰랐다.

"방을 내어주고 이곳에서 지내게 해주세요."

"네 말을 먼저 들어보마. 저 아이는 누구이며 왜 집으로 데려왔느냐."

이수는 차근차근 황선에 대해 설명했다. 숲속에 갇혀있던 일, 죽을 뻔한 일, 헛소문들…….

"누구도 귀한 목숨이며 곤경에 처한 자는 도와야 한다고 말씀하셨습니다. 아버님 말씀대로 도움이 필요한 사람을 돕는 것이 정의 아닙니까."

이수는 또랑또랑한 확신에 가득한 목소리로 말했다. 이수백은 알았다. 쫓아내도 또 황선을 찾아갈 터였다. 이수는 절망 앞에 더 빛나고 장애물이 있어야 생기를 발하는 아이였다. 이수를 이기는 법은 한가지밖에 없다. 스스로 질릴 때까지 내버려두는 것이다. 늘 그랬던 것처럼.

"그 아이를 깨끗이 씻기고 방을 내주어라."

이수는 아버지의 명령에 기뻐했다.

이후 이수백은 황선과 마주치면 공평하게 대하려 했다. 반면 홍씨 부인은 스님이 했던 말이 떠올라 황선의 얼굴을 똑바로 볼 수 없었다. 이수백은 먼저 의원을 불러 다친 곳을 치료하게 하였다. 의원은 황선을 진찰하게 했지만 외모가 이런 것은 육십 평생 처음 보는 것이라며 구역질을 하고 돌아갔다. 치료를 받고 깨끗하게 씻은 황선의 얼굴은 더욱 흉측했다. 집안에 회임한 종들은 황선 쪽으로는 머리도 두지 않으려 했다.

이수는 개의치 않고 황선에게 환한 미소를 보였다. 둘은 매일 붙어 다녔다.

시간이 지남에 따라 황선은 이수에게 글도 배우고, 얼굴을 숙이고 웃기도 하였다. 특히 무예 훈련을 할 때 황선은 좋은 상대였다. 상대방의 호흡을 듣고 반응하며 칼날이 가르는 바람의 소리도 들을 수가 있었다. 황선은 이수의 목소리가 듣기 좋았다. 탄성을 지르는 소리, 책 읽는 소리, 기합 넣는 소리, 웃는 소리,

심장 소리, 자신이 흉내 낼 수 없는 이수의 입술 사이에서 나오는 유일한 소리. 그의 목소리를 들으면 목이 메어왔다.

'나도 나만의 목소리를 갖고 싶다'

황선은 생각했다.

홍씨 부인은 서둘러 염 대사 앞으로 편지를 쓰기 시작했다. 집안에 이상한 아이가 들어오게 된 일, 그 아이의 신비한 재주. 이수의 12번째 생일날 만난 그 아이와 매일 붙어 다니는 일. 하루는 이수의 말소리가 들려서 뒤돌아보니 황선이 눈을 반짝이며 미소를 짓고 있었다. 홍씨 부인은 지금도 그날 일을 생각하면 온몸에 소름이 돋았다. 왜 이수의 흉내를 내느냐며 역정을 내었지만 황선은 대답 없이 고개만 숙였다. 홍씨 부인은 그 일을 이수백에게 이야기했지만 걱정 가득한 아내와는 달리 남편은 황선의 존재에 대해 그리 걱정은 하지 않는 눈치였다. 달리 말하면 이수처럼 이수백도 그의 재주를 재미있어 했다.

홍씨 부인은 다급히 편지를 써서 머슴 칠득이에게 건넸다.

"오행사 염 대사에게 전달하거라."

홍씨 부인은 칠득이에게 편지를 건네고선 황선과 마주쳤다. 그때 황선은 홍씨 부인의 떨리는 목소리로 그녀가 자신을 싫어한다는 것을 느낄 수 있었다.

황선은 칠득이를 따라가 그의 딸아이 목소리를 흉내 내어 다시 불러들였다. 칠득이가 딸 목소리에 한눈을 파는 사이, 황선이 그 편지를 빼돌려 내용을 읽었다.

칠득이는 편지가 없어진 것에 놀라서 당황하였고 이 사실을 홍씨 부인이 알게 되면 매질을 당할 것을 두려워해 몰래 편지를 찾았다. 황선은 떨어진 편지를 주웠다며 칠득이에게 전해주었다. 칠득이는 황선이 빼돌린 편지라고 생각지 못하고 황선에게 고마워했으며, 그 편지를 들고 오행사로 향했다. 칠득이는 까막눈이었다.

"염 대사님 계십니까?"

"산에 오르셨습니다."

오행사에 도착한 칠득이가 편지를 전달하려고 스님을 찾았지만 불공을 드리러 산에 올랐다는 말만 들었다.

"저희 마님께서 꼭 전해 달라 하셨습니다."

스님이 돌아왔을 때, 칠득이는 가고 편지만 놓여 있었다. 염대사는 그 편지를 열어보았지만 안에는 **절을 벗어나면 죽을 것이다.** 라는 한 구절이 적혀 있을 뿐이었다.

황선과 이수는 노을이 보이는 언덕에 앉았다. 벌써 여름이 지나가고 가을이 오고 있었다. 황선은 이수의 집에서 근 여덟 달이나 지냈다. 아마 이수가 아니었으면 굶어죽거나 얼어 죽었을 것이다.

"선은 하늘이 돕고 악은 하늘이 벌한다."

"공자"

"어떤 것이 악일까?"

"악은 덕을 행하지 않는 것이지."

"어떤 좋은 가치도 절대적 의미에서 선일 수 없다. 그것을 선이라고 했을 때 이미 그것은 선이 아니다. 그 이유는 어떤 개념이나 사태가 이미 그것이 아닌 것을 함유하고 있기 때문이다."

"노자"

"황선, 공부 열심히 했구나."

이수가 황선을 보며 웃었다. 근사한 미소가 빛났다.

"나는 커서 포도대장이 될 거야. 그래서 나쁜 놈들을 잡고, 착한 사람들은 도와줄 거야."

"포도대장이라니 잘 어울린다. 이수 넌 꼭 될 수 있을 거야."

"너는 뭐가 되고 싶어?"

"내가 뭐든 될 수 있을까?"

"황선 넌 노래도 잘하고, 소리도 잘 듣고, 산도 잘 타고, 재능이 많으니 다 될 수 있어."

들판에 오가는 나비, 바람에 흔들리는 야생화들, 머리카락에 스치는 바람, 손등을 간질이는 개미들. 이 모든 것이 꿈 같았다.

'지금이 영원하길……'

황선은 속으로 빌었다. 이수가 주머니에서 색경 하나를 꺼냈다. 뒷면은 용무늬가 그려진 독특한 유리 색경이었다.

"아버지가 청나라 다녀오시면서 사온 귀한 물건이야."

황선은 떨리는 손으로 색경을 받았다.

"귀한 물건을 나에게 주어도 될까?"

"난 네 벗이야."

"벗?"

"응. 벗은 평생 같은 편이 되어주고, 함께하는 거야. 그러니 아무것도 두려워하지 마."

유리 색경(鏡)을 받아든 황선은 천천히 광택이 나는 면(面) 안으로 얼굴을 비춰보았다. 그 안에는 끔찍한 모습의 형체가 있었다. 황선은 얼굴에 불이 붙은 듯 뜨겁고, 심장이 아팠다.

'나에겐 벗이 있다.'

황선은 주먹을 꽉 쥐고 고개를 들었다.

'영원한 내 편.'

황선은 처음으로 색경 안의 자신과 눈을 맞췄다.

'영원히 함께하는 사람.'

황선의 눈에 눈물이 흘렀다.

'아무것도 두려워할 필요가 없다.'

황선은 더 이상 고개를 숙이지 않았다.

시간은 흘러 가을이 지나고 겨울이 되었다. 시간이 지나면 강산도 변한다 했던가.

이수는 날이 갈수록 황선에 대한 다른 마음이 고개를 쳐들었다. 아버지가 아끼던 것을 황선이 가지고 있을 때, 황선이 이수에게 가르치려 들 때, 황선이 새소리를 내면 사람들이 좋아할 때, 이수는 황선이 더 이상 불쌍하지도 안타깝지도 않았다. 그 무렵 황선은 그가 직접 만든 탈을 썼다. 황선이 탈을 쓰고 흉내를 내면 모두가 좋아했다. 이수가 때때로 집을 비워도 황선은 종들과 잘 지냈다. 황선은 사람의 소리를 통해서 기분을 파악했으므로 무엇을 원하는지 알았다.

그렇게 몇 달이 지나고, 이수백이 급작스런 부름을 받고 한양으로 가게 되었다.

이수는 드디어 한양에 갈 수 있어 기뻤다. 곧 병조에서 주관하는 무과시험 초시가 있다. 이수는 그간 포도대장이 되기 위해서 활쏘기와 검술 훈련도 하였고, 무경7서(武經七書) 통감(通鑑), 병요(兵要), 장감(將鑑), 박의(博議), 무경(武經), 소학(小學) 등의 공부도 게을리하지 않았다.

"황선은 어찌할 것이냐?"

이수백이 물었다.

"함께 한양에 가도 됩니까?"

"안 될 것 없지. 황선도 한양에 가면 더 좋은 기회를 얻을 수 있을지도 모른다."

시간은 호기심을 무디게 하고, 질투는 판단을 흐리게 한다. 이수백의 말을 들은 이수의 눈에 불이 번뜩였고, 아랫배가 뜨거웠다.

"아버님이 한양으로 간다며. 한양은 어떤 곳인지 참으로 기대된다."

황선은 입꼬리를 올리며 미소를 지었다. 그 모습을 본 이수는 뒷마당에 가서 구역질을 했다. 이제 이수에게 황선은 사라져 버렸으면 하고 바라는 존재가 되었다.

"황선은 같이 가지 않겠다 하였습니다. 고향인 이곳에 남겠다고."

이수의 말에 이수백은 아무것도 묻지 않고 고개를 끄덕였다.

아버지는 아들의 마음을 읽었다. 이미 이수에게 황선은 철지난 꽃놀이였고, 수십 번 읽어버린 책이었으며, 작아져서 입지 못하는 옷이었다.

'아버지에게 바른 대로 이야기하면 황선을 데리고 갈 수도 있었어.'

이수는 죄책감이 들 때마다 황선은 있던 자리에 되돌아가는 것뿐이라고 자신을 설득시켰다.

'아니야. 괜찮을 거야. 여기서 오래지냈으니 잘 살 거야.'

이수가 한양으로 가기 전날, 황선은 숲속에 있었다. 시리도록 빛나는 눈과 찬바람에 뺨이 얼었다. 사정없이 몰아치는 눈. 발 아래 뽀득거리는 눈밭 위를 황선은 이수의 털옷을 입고 걸었다. 아침부터 이수가 먹고 싶다는 산딸기를 따러 가기 위해서였다. 이수는 웬일로 산딸기를 꼭 따오라고 부탁을 했다.

괴물처럼 바라보는 사람들도, 돌멩이를 던지는 아이들도, 짐 승이라고 말하며 산 꿩을 먹으라고 던져주었던 사냥꾼도, 이제 누구 하나도 황선의 마음을 아프게 할 수는 없었다.

이제 황선의 세계는 이수로 인해 새로 만들어졌기 때문이다. 황선은 아무렇지 않았다. 사람은 다 같은 것이고 누구나 행복 할 수 있고 또 이수가 자길 보고 웃으니까. 벗이 생겼으니까. 조 선 팔도 사람들이 다 돌을 던져도 이수만 있으면 된다.

산딸기는 좀처럼 찾기 힘들었다. 황선은 해가 다 져서야 집으 로 올 수 있었고 손끝이 빨개지고 얼굴이 꽁꽁 얼어 입이 벌어 지지 않았다.

부엉이가 우는 깊은 밤이었다. 행여나 누구라도 깰까 산딸기 를 들고 상처투성이가 되어 집으로 돌아왔다.

"이수야, 이수야."

이상하게도 집은 고요했다. 이수의 방은 텅 비어있었다. 그제야 황선은 집안을 둘러보았다. 마구간도 헛간도 안채도 행랑채도 사랑채도, 모두 텅 비어있었다. 그들은 한양으로 떠난 것이었다. 황선만 남겨두고서.

황선은 다리에 힘이 풀려 주저앉았다. 바닥에 산딸기가 굴러 떨어졌다.

"이수야!"

황선은 마을 어귀로 내달려가 보았지만, 이수를 찾을 수는 없었다. 온몸에 힘이 빠지고 어지러웠다.

'약속했잖아, 함께한다고!'

허탈한 웃음과 울음이 섞인 짐승의 소리로 흐느꼈다.

이수가 떠난 후 황선은 머물 곳이 없었다. 다시 산속으로 돌아가기엔 보통 삶에 길들여졌다. 이수가 황선을 두고 떠났다는 소문이 돌자 돌멩이가 사방에서 날아오기 시작했다. 황선은 그들에게서 도망치기 바빴다.

그러던 어느 날 황선이 우물가에서 물로 주린 배를 채우고 있었는데, 한 아이가 다가와 말을 걸어왔다.

"이수가 어디 있는지 알고 싶으면 따라와. 알려줄게."

황선은 기뻐서 아이의 손짓을 따라 우물 가까이로 갔다. 그때 숨어있던 아이들이 우르르륵 나타나, 황선의 목에 올가미를 걸고 우물 속으로 빠뜨리려고 했다.

"괴물을 죽이자!"

"난 괴물이 아니야. 이러지 마!"

황선은 울며 애원했지만 아이들은 이 순간을 기다렸다는 듯 황선을 검고 깊은 우물 속으로 끌고 갔다.

"네 몰골을 봐. 이수랑 좀 어울려 다녔다고 잊어버렸냐, 이 괴물아! 오죽하면 이수도 널 버렸겠냐고!"

우물 속엔 괴물이 있었다.

"아니야……, 아니야. 이수는 나를 버리지 않았어!"

아이들을 황선을 올가미로 걸어 단단히 붙잡았고 황선은 그럴수록 몸부림쳤다. 덫에 걸린 짐승처럼.

풍덩!

깊은 물에 물체가 떨어지는 소리가 들렸다. 순간 정적이 숲속에 퍼졌다. 아이들은 눈을 껌뻑이며 입을 쩍벌렸다. 그리곤 황선을 바라보며 뒷걸음질쳤다. 우물 안에는 황선이 아닌 다른 아이의 등이 둥실 떠올랐다.

"네, 네가 죽였어!"

아이들은 "괴물이 아이를 죽였다!" "괴물이 복이를 죽였다!" 소리 지르며 도망갔다. 아이들의 비명과 절규소리가 숲속에 메아리쳤다. 황선은 목에 올가미를 건 채로 숲속으로 달아났다.

'아니야! 내가 그런 게 아니야!'

얼굴은 뜨거운 눈물로 뒤덮였다.

그때 어디선가 발자국 소리가 들렸다. 멀지 않은 곳에서 동네 무뢰배들이 몰려왔다. 그들은 번뜩이는 눈으로 황선을 찾았다. 그 뒤로는 횃불 든 마을 사람들과 포졸들이 가득했다.

"그 괴물이 마을 아이를 죽였소. 이수백 집안도 떠났으니 이참에 잡아서 껍질을 벗깁시다."

"저주받은 살인광 짐승을 잡아라!"

"불길한 징조를 잡아 사지를 찢어 죽여야 한다!"

황선은 어찌할 줄 몰랐다.

'내가 그런 게 아니야! 나는 괴물이 아니야!'

이수가 준 색경을 들어 보았다. 그 안에 괴물이 있었다.

괴물의 말은 아무도 믿어주지 않을 것이다.

황선은 산을 내달렸다. 뒤따라오는 횃불의 수는 줄지 않고 가까워져 왔다. 그는 넘어지고 구르고, 혼절했다 정신이 들었다를 몇 번 반복했다. 가까이 오는 발소리를 들으면서 추적을 따돌리고 방향을 바꿨다. 발톱은 깨지고 무릎엔 피가 흘렀고 피부는 벗겨지고 갈비뼈는 욱신거렸으며 눈알은 빠질 듯했다. 넘어졌을 때 갖고 있던 색경이 깨졌지만, 황선은 그것을 움켜쥐었다. 손바닥에 날카로운 고통이 느껴졌고 시뻘건 피가 흘렀다. 넘어져 구르다가 날카로운 돌에 왼쪽 팔꿈치 살이 한움큼 떨어져 나갔으나 아픈지 몰랐다. 황선은 의식이 조금이라도 있을 땐 걷고 달렸다. 오직 이수가 있는 한양 쪽으로.

황선은 이수를 만나 묻고 싶었다.

왜 떠났느냐고. 내가 뭘 잘못한 거냐고. 잘못한 게 있다면 빌고 싶었다.

'이수는 어떤 일이 생겨서 나를 두고 갔을 것이야! 뭔가 잘못된 거야!'

황선은 그렇게 되뇌며 고개를 숙인 채 걷고 걸었다.

횃불이 어둠 속에서 완전히 사라지고 엿새가 지난 날, 황선의 머리 위로 눈보라가 몰아쳤다. 그런 황선의 눈앞에 아름다운 이수가 있었다. 멍한 눈을 한 황선은 눈보라 사이로 손을 뻗었다. 손등에 차가운 눈꽃이 떨어졌다. 손끝에서 이수의 온기가 느껴지는 순간, 그의 의식은 어둠 속으로 꺼져버렸다.

드

"괴물아이가 어디로 갔습니까."

"어디서 온지 모르니 어디로 간지도 모르지요."

함귀산은 소문을 쫓는 사내였다. 빛바랜 장삼을 입은 그는 키
가 크고 어깨가 넓으며 수염이 검고 곧았다. 추한 모습의 아이
가 사람 흉내를 낸다는 곳으로 향했다. 그 괴물아이의 이름은 황
선이라 했다. 함귀산은 마을사람들에게 모두 물어보았지만 다들
피하기만 하고 황선의 행방에 대해 제대로 아는 자가 없었다.

"그 괴물 새끼가 어딨는지 알면 우리에게 가르쳐주시오. 그
괴물은 살인광이오. 내 여식을 죽였소. 그놈을 내 손으로 잡아
가죽을 벗기고 사지를 찢어 죽일 테니 꼭 찾아주시오."

복이의 아버지 강 씨는 이를 갈며 그렇게 말했다. 함귀산은 그런 강 씨의 목을 조르고 싶은 욕구가 치밀어 올랐다. 특출난 재주도, 깊은 생각과 신념도 없는 농사꾼인 주제에. 함귀산은 사지를 찢어 죽여야 할 자는 괴물아이가 아니라 아무 쓸모 없는 버러지 같은 네놈이라고 생각했다.

함귀산은 강 씨의 때 낀 목에 낫을 박아넣고 싶었지만, 괴물아이를 찾으면 꼭 기별을 달라고 말했다. 사람은 좋은 웃음을 지어보이는 것도 잊지 않았다.

모두가 죽어도 절대로 황선은 죽어선 안 된다.

함귀산은 마을에 머물면서 괴물아이 황선을 데리고 있던 자가 이수백이며, 그 아들이 이수임을 알아냈다. 그리고 그들이 황선을 두고 한양으로 갔다는 소식을 들었다.

황선은 이수에게 버림받았다. 황선은 대체 어디로 사라진것일까. 마을 사람들의 이야기에 따르면 보통 추한 얼굴이 아니다. 그런 자는 어딜가든 눈에 띌 것이다. 일단 이곳에서 한양으로 가는 길을 훑기로 했다. 함귀산은 입술이 두 개로 나뉘져 있고, 삐뚤어진 콧구멍이 보이지 않도록 수염을 빗어 내리며 말머리를 한양 쪽으로 향했다. 그의 머리 위로 까마귀 떼가 울고 있었다.

매끄러운 피부, 오뚝한 코, 짙고 깊은 눈동자, 색경 속 사내의 입꼬리는 올라가 은은한 미소를 띠었다. 이수다. 황선은 손을 뻗어 색경 속 얼굴을 만지려 했다. 차고 날카로운 것이 황선의 손가락을 찔렀다. 붉은 피가 떨어졌다. 이수의 반듯한 얼굴은 붉은 피 속으로 사라지더니 황선의 울퉁불퉁한 얼굴이 나왔다. 입을 벌리자 날카로운 이빨이 드러났다. 목구멍 안쪽에서 길고 가는 혓바닥이 튀어나와 날름거렸다. 괴물이다. 저것은 …….

으악.

황선이 눈을 뜨자 온몸을 씹어 삼키는 통증이 쏟아졌다. 가슴팍에서 숨이 턱 하고 막혔다. 온몸을 옴짝 달싹 할 수 없었다. 도망가지 못하게 팔다리는 밧줄로 묶여있었다.

'꿈이었어.'

천막 위로 눈송이가 떨어지는 소리가 들렸다.

황선은 눈을 감은채로 소리로 주변을 탐색하였다. 움막 안에는 5명의 심장 소리가 들렸다. 침을 삼키는 소리, 발이 땅에 닿는 무게 소리로 모두 남자임을 알 수 있었다. 그들의 목소리는 10대 후반에서 20대 초반이었고, 서로 나누는 목소리에 적의가 느껴졌다. 그러나 어딘가 짓눌려 있고, 겁에 질린 상태이기도 했으며, 텃새를 부리는 목소리도 섞여있었다.

"이보게들, 이놈 깬 모양이여."

수염이 가득한 털보가 신기한 듯 말했다. 대여섯 명 되는 사람들이 북적대다가 사내의 말에 모여들었다.

"뭐여? 사람이여, 짐승이여?"

"역병에 걸린 건감?"

"귀신한테 저주받은 거 아니여?"

"벗겨보자! 수놈인지 암놈인지."

저마다 황선을 보고 한마디씩 해댔다. 사람들이 황선의 손발을 잡고 누더기가 된 옷을 벗기려던 찰라, 천막을 걷는 소리가 들렸다. 그리고 여인 하나가 가슴을 펴고 너른 보폭으로 들어왔다. 발걸음에 유독 힘이 있는 그녀가 들어오자 다섯 사내는 입을 닫았다. 움막 안의 공기가 바뀌는 순간이었다. 사내 무리가 반으로 갈라졌고, 그 갈라진 사내들 사이로 걸어온 여인은 황선을 내려다보았다.

"왼팔 펴봐."

황선이 어떤 판단을 내려야할지 몰라 가만있었다. 여인이 억지로 왼쪽 팔을 펴 팔꿈치를 확인했다. 팔꿈치에는 말끔하게 상처를 꿰맨 자국이 있었다. 황선은 온몸에 고통이 느껴져 인상을 찡그렸다.

"닷새 만에 눈을 떴네. 네 목숨도 질기구나."

황선의 눈에 들어온 여인 덕중은 목과 허리가 가는 반면, 얼굴에는 패기가 가득했고 당당했다. 열두 살 황선보다 고작 서너 살 많을까. 허나 오랜 길거리 생활 때문인지 손등은 터져 있었고, 발뒤꿈치에는 각질이 뭉쳐 있었다.

"한양으로 가야 해."

황선이 몸을 일으켰다. 사내들은 황선의 입술 사이에서 목소리가 나오자 술렁거렸다.

"난 덕중이야. 이 무리를 이끌고 있지. 우리도 마침 한양으로 갈 거야. 널 도와줄 수 있어."

덕중에게선 역한 날비린내가 풍겼다. 황선의 얼굴을 보는 그녀의 얼굴엔 광채가 났고 눈은 반짝였다. 기이하고 추한 황선의 몰골을 보고도 놀라거나 주눅 든 얼굴이 아니었다. 황선이 입을 꾹 다문 채로 덕중을 슬쩍 올려다보다가 고개를 숙였다.

"왜 널 보고도 놀라지 않냐, 딱 그런 표정인데?"

황선이 소리로 모든 것을 읽어낸다면, 덕중은 눈치로 모든 것을 읽어내는 여인이었다.

"당연히 역겹고 이상하지. 너도 네 얼굴 본 적 있을 거 아냐. 근데 여긴 다 이상해. 여기 홀쭉이는 털이 다 하얗고, 여기 업보는 팔이 하나 없고, 여기 땅딸이는 키가 내 반만 해. 여기서 네가 제일 이상하긴 하지만."

"왜 한양으로 가게 도와주는데?"

덕중은 황선의 물음에 손뼉을 짝 쳤다.

"우린 특이하고 이상할수록 돈을 벌거든. 그치만 세상에 공짜는 없다. 내가 니 목숨을 살려줬으니 너도 빚을 갚아야지. 앞으로 한양 갈 때까지 너도 우리랑 같이 공연을 좀 해야겠어."

황선이 몸을 비틀면서 묶인 손발을 풀려고 하자 사내들이 그의 사지를 무릎으로 눌렀다. 황선은 온몸이 바스러지는 고통에 비명을 질렀다. 덕중이 손을 들자 사내들의 움직임이 멈췄다.

"이거 풀어줘."

"어떻게 할거야? 이제 더 추워지고, 그럼 넌 한양에 가기도 전에 얼어 죽거나 맞아줄을걸? 너 어디서 도망쳐온 거 아니야?"

"제발 이거 풀어줘."

"아참, 이거 너한테 소중한 물건 같은데?"

덕중이 들고 있는 것은 뒷면에 용무늬가 그려진 황선의 색경이었다. 이수가 준 유일한 선물이었으나 반쯤 깨지고 피가 묻어 있었다.

"네놈이 이렇게 귀한 유리 색경을 어찌 가지고 있는거야? 훔친거니?"

"그거 줘!"

"온몸이 만신창이가 되었어도 꼭 품에 안고 있던걸? 소중한 사람이 준 것처럼."

"돌려줘!"

"같이 갈 거지? 약조하면 줄게."

황선은 어깨를 움츠린 채 고개를 끄덕였다.

"세상에 진짜 못생겼다. 넌, 정말 특별한 존재가 될 거야."

덕중이 꼭두쇠로 있는 남사당패는 다섯 사내와 덕중으로 주로 풍물, 접시돌리기, 재주넘기, 줄타기, 탈놀이, 인형극을 번갈아가며 했다. 솜씨가 좋은 뜬쇠는 홀쭉이뿐이었고, 나머지 업보와 땅딸이는 인형극과 탈놀이를 주로 했고, 나머지 둘은 새로 들어와 뭐든 엉성한 신참내기들이었다. 덕중이와 홀쭉이가 줄타기와 재주넘기로 열을 올려놓아도 나머지 놈들이 접시를 돌리다 깨먹거나 인형극을 지루하게 해서 흥을 깨기 일쑤였다. 엽전은커녕 잘 차린 밥 한상 제대로 받지 못하고 인심 좋은 구경꾼들이 던져주는 감자에 만족해야 했다. 그래도 살아있음에 다행이었다. 덕중이에게 듣기로는 작년에는 말 잘하는 봉사 하나가 돈을 훔쳐 도망가다 굴러 목이 부러져 죽고, 곱사등이 하나는 추위를 견디지 못하고 겨울에 얼어 죽었다고 했다. 그렇기 때문에 모두가 살기위해 덕중의 말을 들었다. 황선은 몸을 움츠린 채 고개만 숙이고 있었다. 남사당패는 하루 종일 걸어 다음 마을로 갔다. 바닥에 거적을 깔아놓고 공연을 한 다음 엽전을 모으거나 한상 차려 받아 굶주림을 피했고, 그마저 어려우면 덕중이 몸이라도 팔아 사당패를 먹여 살렸다. 덕중이 나이가 가장 어렸지만 이들의 어미이자 대장이었고 밥줄이었다.

"돈을 벌면 빨리 한양에 갈 수 있으니까. 네가 어떻게 하느냐에 달렸어."

덕중은 고개를 푹 숙인 황선의 등을 밀었다. 황선이 등장하자 모여든 사람들은 눈을 크게 뜨고 인상을 썼다.

"춤이라도 추든 뭐든 해보라니까."

덕중이 황선을 다그쳤다. 사람들은 황선의 얼굴을 보더니 조롱을 했으며, 나중엔 돌을 던졌다. 추한 얼굴과 기이한 몸뚱이만으로는 돈을 벌 수 없었다.

"저 새끼 죽여 버려. 쓸모없는 병신새끼."

홀쭉이가 침을 튀기며 달려들었다. 덕중도 몇 번 허탕을 치자 한숨을 내쉬었다. 그녀의 한숨에서 황선은 자신을 버리려는 마음을 읽었다. 여기서 버려지면 그녀의 말대로 맞아죽거나 굶어죽을 것이다.

"저 새끼 죽여 버려. 쓸모없는 병신새끼."

황선이 홀쭉이의 목소리를 내었다. 놀란 덕중이 반짝거리는 눈으로 황선을 바라본다.

"방금 너 뭐야?"

"방금 너 뭐야?"

이번엔 덕중의 목소리를 똑같이 내었다. 사내들은 남자 목소리뿐 아니라 여자 목소리까지 흉내 내는 황선을 보고 한걸음 물러섰다.

"진짜 괴물새끼네, 그려."

"진짜 괴물새끼네, 그려."

이번엔 업보의 목소리를 똑같이 내었다. 황선 옆에 덕중만 바짝 붙어있었다.

"너, 또 뭘 할 줄 알어?"

황선이 암컷 개 소리를 내자 수캐가 다가와 꼬리를 흔들었다.

"얘가 그랬다구? 말도 안 돼."

땅딸이가 말했다.

"얘가 그랬다구? 말도 안 돼."

땅딸이의 목소리가 황선의 입에서 나왔다. 그사이 수캐는 세 마리로 늘어나 있었다.

황선이 새소리를 내자 새들이 모여들었다. 황선이 여러 재주를 선보이자 덕중은 자신의 안목이 틀리지 않았다고 생각했다.

"노래 같은 거 할 줄 알아?"

덕중이가 말하자 황선의 입에서 소녀의 목소리가 흘러나왔다. 사냥꾼과 사냥할 때 늘 부르던 노래였다. 사내들의 얼굴은 일그러졌다.

"얘보다 재주 있는 새끼 나와 봐?"

덕중의 고함에 다들 고개를 숙였다.

"오늘부터 너 나랑 자자."

그 말에 사당패들의 얼굴이 흙빛이 되었고 홀쭉이는 타는 눈으로 황선을 노려봤다. 덕중은 입가에 미소를 띠고 떡을 집어 황선의 입에 넣어주었다.

'어쩌면 이 아이가 내 꿈을 이뤄줄 수도 있겠어.'

덕중은 올해로 열여섯 살이었다. 예쁘장한 외모를 가지고 흉내를 곧잘 냈던 그녀는 원래는 일패기생이 되려고 했었다. 기생은 총 세 종류가 있었는데 일패기생은 오직 임금 면전에서만 노래하고 춤을 추는 기생이며 매춘은 하지 않았다. 이패기생 중 관기는 문무백관을 상대하고, 민기는 일반 양반을 상대하며 노래와 춤을 춘다. 원칙적으로는 매춘을 하지 않지만 암암리에 한다. 그리고 삼패기생은 평민을 상대하는 기생으로 노래, 춤, 매춘을 병행했다.

덕중의 어미는 들병이였고, 덕중의 언니는 화랑유녀였다. 덕중은 들병에 술을 담아 떠돌며 파는 들병이나, 절 주변에서 매춘을 하는 화랑유녀가 되지 않은 것을 다행으로 생각해야 했다. 덕중의 언니는 어린 덕중에게 마을 부자인 최영감의 첩이 되라고 했다. 그때 덕중의 나이가 고작 열셋이었다. 최영감은 환갑이 넘은 동네 장수영감으로 덕중을 아홉 살 때부터 봐왔던 영감이었다. 덕중은 죽어도 싫었다. 이를 악물고 버티며 잡으려는 언니의 손등을 이빨로 물고 배를 발로 걷어찼다.

어릴 적부터 덕중은 겁이 없었다. 한 대 맞으면 열 대로 되돌려 주고, 억울하게 당하면 치졸하게 복수했다. 덕중의 뺨을 올려붙인 아씨의 집에 불을 질러버리거나, 덕중의 어미를 죽도록 팬 대감집의 7대 독자를 납치해 팔 다리를 분질렀고, 언니의 유방을 반쯤 도려냈던 포졸의 집에 찾아가 쌀밥에 독약을 넣었다. 덕중은 엄마나 언니처럼 살지 않을 터였다. 몸만 파는 기생이나 양반집 첩이 되거나 평민의 노리개가 되느니 자신이 주도하여 노래와 춤을 파는 게 나을 거라 여겼다. 덕중은 유명한 사당패가 되어 언젠간 궁궐로 들어가 임금의 눈에 뜨일 꿈을 꾸었다.

'황선이 있다면 더 이상 매춘을 하지 않아도 돼.'

덕중은 그만큼 황선이 어떤 무엇보다 구경거리가 될 것이라고 장담했다. 그리고 운이 좋으면 높은 관료의 눈에 띄일 좋은 재료가 될 것이다.

그날 밤 덕중은 황선을 직접 씻겼다. 눈으로 괴물의 몸을 확인한 황선은 남자였고 이제 구석구석 막 털이 나기 시작했다. 덕중은 새 옷을 주고 옆에 누우라 했다. 덕중의 목소리는 다정했고, 황선은 덕중이 풍기는 특유의 날비린내 속에서 달큰한 향을 맡았다.

"다음번에 사람들이 괴롭히면 물어뜯어 버려. 그래야 다시는 못 건드려. 사람들이란 자신보다 약하면 여지없이 공격하는 족속들이거든."

덕중은 황선의 손을 꽉 잡았다.

"넌 무엇을 갖고 싶어?"

이수.

"넌 무엇이 되고 싶어?"

이수.

황선은 마음속으로만 대답하였다. 덕중은 얼굴을 숨기며 말없이 돌아누운 황선에게 자장가를 불렀다. 6년 전, 그녀의 어미가 팔려가기 전날 밤 불러준 노래였다. 덕중은 어미가 유일하게 남겨준 옥목걸이를 만지작거렸다. 어미도 양반집 안채에서 몰래 훔쳐서 덕중에게 준 것으로, 그녀가 목숨만큼 아끼는 목걸이였다.

황선은 덕중의 노래를 따라했다. 그 노래를 듣고선 덕중은 6년 만에 눈물을 흘렸다. 진짜 엄마의 목소리처럼 따뜻하고 처연했다. 덕중은 주먹으로 눈물을 꾹 눌러 닦으며 황선에게 노란 비치노리개를 보여주었다.

"이거 원래는 여기 꼭두쇠의 마누라 꼈어. 내가 죽이고 그 자리를 차지했지. 이제 내꺼야. 난 절대 엄마나 언니처럼 살지 않을 거야. 망가지느니, 망가뜨리는 삶을 살기로 했거든."

황선은 덕중의 목소리에서 힘과 욕망을 느꼈다.

덕중은 황선에게 솜옷과 털모자를 주었다. 몸은 훨씬 따뜻했으나 마음은 불안했다. 황선은 덕중이 왜 주는지 몰랐지만 그녀의 목소리는 들떠 있었다. 그날 밤은 잠이 오지 않았다.

그러나 질투는 어디나 존재하는 법, 덕중이 솜옷과 털모자를 준 데다가 매일 밤 황선과 함께 자게 되자 그때부터 황선의 역경은 시작되었다.

황선은 덕중이 없을 때마다 사내들에게 얻어맞았다. 황선에게 먹으라고 준 감자에 똥을 바르거나, 뜨거운 불로 황선을 지지기도 했고, 황선의 주머니에 일부러 엽전을 숨겨놓고 도둑으로 몰아 패기도 했다. 그래도 덕중이는 황선을 황금 알을 낳는 거위처럼 아꼈다. 그도 그럴 것이 황선이 들어오고 나서부터 남사당패는 벌이가 좋아지기 시작했다.

황선이 끼고 나서부터 남사당패의 공연 순서와 내용이 달라졌다. 홀쭉이가 재주넘기로 사람들을 끌어모으면, 나머지 놈들이 인형극과 풍물을 하고, 사람들이 지루할 때쯤 탈을 쓴 황선을 내보낸다. 덕중은 황선의 얼굴에 탈을 씌웠다. 그 편이 호기심을 자극할 터였다. 덕중의 예상대로 사람들은 탈을 쓰고 줄에 묶인 황선에게 호기심을 느꼈다.

"자~ 이놈은 말이죠. 지난해 백두산에 갔다가 이번에 잡아온 놈입니다. 이놈의 재주가 남달라, 용궁에서도 초청을 받았습죠. 자자~ 샌님들도 들어보시고 잘하면 엽전을 던져주시지요."

탈은 쓴 황선이 걸어나와 새 소리를 낸다. 새들이 하나 둘 사람들의 어깨와 머리 위를 날며 울었다. 사람들이 신기해하며 엽전을 던지기 시작했다. 두 번째는 소 울음 소리를 냈다. 마을의 소들이 일제히 울기 시작했고, 마지막으로 닭 울음 소리를 내자 마을의 닭들이 일제히 울었다.

사내의 목소리로 호통을 치다가 소녀의 음색으로 노래를 불렀다. 길 가던 사람들은 모두 멈춰서 황선의 재주를 구경했고, 감탄하며 엽전을 던졌다. 그것뿐만 아니었다. 뒤돌아 사람들의 발자국 소리만 듣고 아이인지 어른인지, 어떤 병이 있는지, 여자인지 남자인지 외모까지 맞췄다. 몇 리 떨어져 있는 주막 안에 몇 명의 사내가 어떤 이야기를 나누고 있는지도 알아냈다. 덕중은 마지막까지 황선의 탈을 벗기지 않았다. 그것은 궁금증으로 연결되었고 사람들은 탈을 쓴 황선에게 열광했다.

덕중이는 입이 귀에 걸렸지만 내색하지 않았다. 날이 갈수록 덕중의 주머니는 두둑해졌으며 무엇보다 늙은이들에게 몸을 팔지 않아도 되었다.

덕중의 남사당패 일행이 한양에 도착하였으나 돈맛을 본 덕중은 황선을 놔줄 생각을 하지 않았다.

"저 벌레만도 못한 놈이."

홀쭉이는 덕중이 밤마다 황선과 함께 자는 걸 못마땅하게 생각했다. 덕중의 옆자리는 원래 홀쭉이 것이었다. 홀쭉이는 덕중보다 저 괴물새끼가 더 미웠다.

'저 괴물 새끼를 내보내야겠어.'

공연에 들어가기 전, 홀쭉이는 황선의 얼굴에 씌우는 탈을 묶은 새끼줄을 반쯤 칼로 잘랐다. 공연 중 새끼줄이 끊어지면서 탈이 발밑으로 떨어졌고, 황선의 흉측한 얼굴이 사람들에게 드러났다. 여인들은 비명을 질렀고, 사내들은 욕을 했고, 노파는 주저앉았으며, 아이는 울음을 터트렸다. 오도 가도 못하고 얼굴을 두 손으로 감싼 황선을 보며 신이 난 홀쭉이가 침을 뱉고 때렸다.

"괴물이다!"

"괴물을 죽여라!"

홀쭉이는 황선을 발가벗기고 사람들 앞에서 짓밟았다. 사람들이 너 나 할 것 없이 몰려들었다. 벌레라도 발견한 사람들처럼 서로 약속이나 한 듯 황선을 밟았다. 코가 깨지고 머리가 터지고 입에선 붉은 피가 나왔다. 황선은 고통 속에 몸을 애벌레처럼 둥글게 말았다. 익숙한 고통이지만 익숙한 슬픔은 아니다.

그때 멀리서 낯익은 발자국 소리가 들렸다. 이수의 발자국 소리였다. 심장 소리 또한 이수의 것이 틀림없었다.

'이수다!'

이수의 숨소리와 목소리가 멀지 않은 곳에서 들려왔다.

황선이 눈을 가느다랗게 뜨자, 사람들 사이로 이수의 모습이 언뜻 보였다.

이수야, 이수야, 나 여깄어.

소리는 신음이 되어 힘없이 흘러나왔다. 사람들은 황선을 죽어라 밟았다. 시야가 흐려지고 정신이 아득했다. 황선을 밟는 사람들의 얼굴은 어딘가 신이 나 보였다.

'이수라면 나를 도와줄 것이다.'

나의 벗!

우연과 변덕이 세상을 지배하는 순간이 있다. 황선에게도 그 순간이 왔다. 황선이 벌떡 고개를 드는 순간 황선의 눈동자와 이수의 눈동자가 마주쳤다. 그러나 이수의 눈동자는 곧 흥미를 잃고 황선이 아닌 다른 곳으로 향했다. 그리고 그대로 인파속으로 멀어져 갔다.

정말 이수였을까.

황선은 머리가 빙글빙글 돌고 구역질이 일었다. 어금니를 꽉 깨물었다. 발길질이 황선의 머리통을 날렸고 눈앞이 번쩍 불이 일었다.

'천한 자와 귀한 자가 따로 있지 않다. 사람은 다 똑같아.'

그렇게 지껄였던 이수는 그를 버렸다. 이수가 가르쳐준 세상과 진짜 세상은 달랐다. 이수는 자신이 했던 약속을 깨면서 황선에게 한 말들이 모두 거짓임을 가르쳐주었다. 세상은 살 만한 곳이 아닌 살아내야만 하는 곳이었고, 아름다운 삶의 터전이 아니라 지옥과 같은 무덤이었다. 친절과 선의 대신, 복종과 권력, 악의가 넘실대는 곳이며, 황선은 태어나지 말았어야 할 괴물이었다.

정신을 차려보니 헛간 안이었다. 고통이 밀물처럼 밀려들었다. 온몸이 퉁퉁 부었고, 손가락 하나 힘이 들어가지 않았다. 화가 난 표정의 덕중이는 회초리로 홀쭉이의 등짝을 갈기고 있었지만, 홀쭉이는 만신창이가 된 황선을 보더니 등에 피가 나면서도 이죽이죽 웃었다.

"이러다간 곧 죽어버릴 거 같아."

황선의 상처를 살피던 덕중이 곤란한 표정으로 중얼거렸다.

"얻어맞은 데는 똥물이 최고지."

덕중은 황선에게 똥을 먹였다.

황선은 숨만 쉬어도 온몸이 아팠다. 이 아픔 따위 익숙하여

슬프다. 익숙함은 절망을, 절망은 분노를 불러왔다. 황선의 배꼽 아래에서 분노가 보글보글 끓어올랐다. 억울하다.

덕중은 황선이 얕은 숨을 내쉬는 것을 보며 얼굴을 쓰다듬었다.

"조금만 참으면 나을 거야. 그럼 우리 둘이 떠나자."

덕중의 목소리는 여전히 차분했고, 황선은 그 목소리로 그녀는 자신을 절대 놔주지 않을 거라는 것을 알았다. 황선은 말없이 눈을 감았다.

그날 밤 조용히 헛간 문이 열렸다. 사당 입구에는 홀쭉이가 벌건 눈으로 낫을 들고 서 있었다. 달빛에 그의 머리털과 눈썹털이 희게 빛났다.

"아직도 목숨이 붙어 있다니."

허연 흰자위를 드러내며 홀쭉이는 황선에게 낫을 휘둘렀다. 홀쭉이는 질투로 눈이 멀었다.

"죽어, 괴물아! 너 같은 건 죽어야 돼."

황선의 속에서 그동안 조용히 들끓어 오르던 게 튀어나오려 했다.

황선은 죽기 싫었다. 이렇게 태어난 것도 억울한데 이렇게 죽는 것은 더 억울했다. 태어날 때부터 황선은 어미와 아비의 죽음을 목도했고, 사냥꾼을 따라다니며 수많은 죽음을 바라보았다.

죽음은 존재의 끝이다. 죽음 너머는 아무것도 존재하지 않는다. 그래서 죽음은 두렵지 않다. 두려운 것은 살아서 아무것도 아닌 존재가 되는 것이다. 그 누구에도 벗이 되지 못하고, 그 누구에게도 사랑받지 못하는 존재가 되는 것.

"죽는 건, 너야."

황선은 홀쭉이가 들고 있던 낫을 빼앗아 그대로 목덜미에 박았다. 홀쭉이는 이제까지 반항 한 번 안 하던 황선의 반격에 찍소리 없이 쓰러졌다.

'난 안 죽어. 난 두 번 다시 죽지 않아. 니들을 짓밟아주면서 살 거야. 난 괴물이니까.'

황선이 조용히 사당을 빠져나가려는데, 들어오는 덕중과 마주쳤다. 그녀는 피를 뒤집어쓴 황선과 바닥에 쓰러진 홀쭉이를 번갈아보았다.

"괜찮아. 이런 자식 따위 죽어도 돼. 그러니까 가지 마."

황선은 비실비실 웃음이 새어 나왔다.

"놔."

덕중을 세게 밀쳤다. 그녀는 황선의 허리를 잡았다. 덕중의 손을 뿌리치고 발로 찼지만 끝까지 황선에게 매달렸다.

"못 가! 절대 못 가!"

황선이 힘을 다해 뿌리치자 그녀는 바닥에 나뒹굴었다. 넘어진 덕중의 하얀 뺨 한쪽에 헛간 바닥에 세워져 있던 쇠꼬챙이가 박혔다. 그녀의 얼굴은 피로 붉게 물들었다. 눈과 이마가 일그러지고 입은 크게 벌어졌다. 황선은 경악하는 덕중의 주머니에서 색경을 꺼내 내달렸다. 그의 등 뒤로 괴성이 들렸다. 공포, 저주, 슬픔, 분노가 응축된 여인의 비명소리였다.

황선은 뛰었다. 피범벅이 된 몸으로 산속을 누비며 마음속으로 저주했다. 홀쭉이를, 어미를, 아비를, 세상을, 그리고 이수를.

황선이 피를 뒤집어쓰고 산으로 달아날 무렵 함귀산은 홀쭉이를 내려다보고 있었다. 황선이 홀쭉이의 목에 낫을 꽂아넣은 뒤 함귀산이 들어온 건 불과 일각 차이였다. 함귀산은 소문을 쫓는 자였고, 전국 팔도의 소문은 흘러 함귀산의 귀로 들어왔다. 그 소문에 의하면 어린 계집 덕중이가 이끄는 사당패에 괴물아이가 들어간 것 같았다. 흉측한 얼굴과 소리를 이용한 흉내 내기는 묘기에 가까웠고 한 번 들은 목소리는 잊어먹는 법이 없다 했다. 분명히 사냥꾼이 데리고 있던 괴물아이 황선이다. 함귀산은 덕중의 사당패를 추적하였다. 그리고 덕중이의 사당패가 있다는 곳에 도착했을 때는 홀쭉이의 목에 낫이 꽂혀 있었다. 바닥에는 피가 흥건했고 덕중이 쓰러져있었다. 함귀산은 덕중의 시퍼런 눈동자를 보았다. 그녀는 입을 쩍 벌리고 바들바들 떨었다. 그가 덕중의 얼굴에서 쇠꼬챙이를 빼내자 피가 분출하였다.

"괴물아이는 어디로 갔느냐?"

덕중은 말이 없이 허공만 쏘아보았다. 함귀산은 덕중의 얼굴에서 뺏던 쇠꼬챙이를 목에 댔다.

"살아 있어야 복수라도 할 거 아니냐. 어디 갔느냐. 대답하지 않으면 쇠꼬챙이는 뺨이 아닌 니 목구멍에 박힐 것이다."

정신이 돌아온 듯 덕중의 눈동자가 입술이 갈라진 함귀산을 올려다보았다.

"모릅니다. 허나 그 괴물은 제가 반드시 찾을 것입니다. 그다음 당신을 찾아가겠습니다."

"이름이 무어냐?"

"덕중입니다."

함귀산은 덕중의 옷소매를 찢어 그녀의 뺨에 댔다.

"얼굴 망가졌다고 죽지 않는다. 꽉 눌러라. 괴물아이를 찾으면 한양 대성사에 들러 대룡파 천필주를 찾아왔다 일러라."

원한만큼 사람을 움직이는 건 없다. 괴물아이에게 원한을 갖은 여인이라, 살려둘 가치가 있었다. 함귀산은 대신 덕중의 목에 걸린 목걸이를 가져갔다.

"이건 괴물을 찾는 날 돌려주겠다. 절대로 니가 나서서 그 괴물을 해쳐선 안 된다. 나에게 먼저 찾아오너라."

덕중은 고개를 끄덕였다.

함귀산은 이후 움막에서 나와 주변을 탐문하였으나 괴물아이

의 행방에 대해 아는 자가 없었다. 함귀산은 이화에게 즉시 보
고하였다.

"놓쳤습니다. 멀리가진 못했으니 근처 산을 더 뒤져보겠습
니다."

"그가 데려간 것이로구나. 긴 시간 찾지 못한다."

이화는 동공 없는 눈으로 먼 산을 바라보았다.

'이제야 널 만나는구나.'

사내는 황선을 내려다보았다. 황선의 뭉개진 코와 울퉁불퉁한 피부와 바늘로 꿰매놓은 듯한 입술. 머리가 터져있고, 코밑으론 피가 말라붙어있다. 사내는 황선의 입가로 액체를 흘러 넣었다.

"삼켜라. 고통을 덜어줄 것이다."

황선은 사내가 흘려주는 액체를 목구멍으로 삼켰다.

"저는 한양으로 가야 합니다. 가서 만날 사람이 있습니다."

"나와 가자."

"누구십니까?"

황선이 고개를 들어 사내를 보았다. 입가와 눈가에 주름이 깊게 지고 장삼에 머리카락이 없었지만 눈빛은 맑고 깊었다. 황선이 몸을 일으키려하자 갈비뼈가 으스러지는 고통에 숨이 턱 막혔고, 온몸을 쿡쿡 찔러 정신이 아득해졌다.

"그냥 스님이라 불러라."

안광이 빛나는 남루한 옷을 입은 늙은 사내는 자기를 스님이라 부르라고 했다. 그는 저잣거리에서 황선을 유심히 본 이었다. 황선의 괴기스런 맨 얼굴을 보고도 평정심을 유지했던 단 한 사람, 염 대사였다.

"저는 가야 합니다."

"내가 하자는 대로 하면. 네 얼굴을 고쳐주겠다."

"고치다뇨? 그럼, 이것이 병이란 말입니까?"

황선은 놀라서 고통도 잊은 채 몸을 일으켰다. 그에게 한줄기 빛이 내려오는 듯했다.

이런 몰골이 병이라면, 고칠 수 있다면, 한 번도 상상하지 못했지만 꼭 이루고 싶었다. 흉측하지 않은 얼굴을 가진 삶은 어떤 삶일까. 그게 무엇이든 지금보다 나을 것이다.

"그렇다."

"저는 이런 몹쓸 병에 왜 걸린 것입니까?"

"너는 전생에 죄를 많이 지어 그렇단다. 게다가 두 해 전에 죽어야 할 운명이었다."

'죽어야 할 운명……'

황선의 얼굴이 확 달아올랐다.

운명 안에서 인간들은 무기력하다.

염 대사는 올해 나이로 쉰을 넘었다. 그는 20년 전부터 궁중 예언가이자 왕의 말벗이었다. 12년 전 불길한 점괘가 나왔다.

남쪽에서 태어난 흉측한 아이.
그가 지나간 곳엔 피바람이 불며, 그가 왕 앞에서 울면
새로운 이가 나라를 다시 세우려 피를 부른다.

경남의 큰 지붕 밑, 용 아이를 절대 괴물아이와 만나지 못하게 해야 했다. 그렇지 않으면 두 사람은 물론 나라 전체가 위험에 빠진다는 것. 흉측한 괴물의 모습을 하다가 사람의 모습으로 스며들어 결국 나라를 망하게 한다는 점괘였다. 염 대사는 오십 평생 이런 점괘는 처음이었다.

염 대사는 이 사실을 왕에게 말하지 못했다. 그보다 이런 점괘를 뽑은 자신을 원망했다. 그리하여 그는 수양을 핑계로 궁을 떠났다. 왕은 심적으로 의지했던 염 대사에게 왜 궁을 떠나는지 물었지만 이실직고할 수 없었다. 만약 이 사실이 새어나간다면 분명히 왕을 해하려는 적대세력들 또한 그 아이를 찾아다닐 것이다. 일이 커지고 만다. 왕은 아쉬워하면서 꼭 소식을 전해 달라 당부했다.

염 대사는 오직 괴물아이를 찾기 위하여 팔도를 돌아다녔다.

이화는 3년 전 오행사로 염 대사를 찾아왔다. 이화는 어릴 적염 대사의 밑에서 수련을 한 적이 있었으나, 그녀는 무녀가 되기에는 욕망과 분노가 많았고 살기가 어렸다. 자신의 능력으로타인을 조종하고 통제하려 들었다. 염 대사는 그녀를 하산하라했다.

그 이후 대룡파의 수장, 천필주의 눈에 띄어 예언가를 하고있다는 소문이 돌았다. 천필주의 정체를 아는 자는 없다. 나이가 몇인지 남성인지 여성인지조차도 말이다. 누군가는 천필주가 악명 높은 도적이라 했고, 누군가는 조정의 높은 벼슬아치라했다. 누구도 그의 진짜 신분을 몰랐다. 천필주가 누구인지 모르니, 누가 천필주의 편인지, 적인지, 밀정인지 알지 못했고, 잘못하면 역으로 사람들이 죽어나갔으니 은밀히 자신이 맡은 일만을 할 뿐이었다. 대룡파는 관군의 움직임을 알고 있고, 무기고를탈취하고 화약을 빼돌리기도 하며 기세를 넓혀나갔다. 조정 내부에 조력자가 있는 것이 확실했으나 증거가 없었다. 기근과 흉작이 이어질수록, 전국적으로 대룡파의 기세가 드높아졌다.

"향이 좋습니다."

이화는 붉은 입술 사이로 차를 흘려 넣으면서 말했다. 이화의 옆에는 늘 함귀산이 함께였다. 그는 키가 8척이 넘는 장신으로 죽을 뻔한 목숨을 이화가 살려주었고, 그녀에게 충성을 맹세한 자였다.

"차 마시러 이곳까지 온 것은 아닐 테고."

"제 점괘에 의하면 그 괴물아이가 대사님과 만날 겁니다. 그럼 저희에게 넘겨주십시오."

"대룡파 천필주가 찾는 아인가?"

"대사님은 그저 그 아이를 넘겨주시면 됩니다."

"자네가 미래를 볼 수 있다면, 앞일도 알 것 아닌가?"

"그 괴물아이는 용의 아이와 만나 함께하겠지요. 용의 아이는 그를 완성시키는 도구입니다. 만나야 하죠. 우린 그저 때를 기다립니다. 그리고 저희보다 염 대사님을 먼저 만나게 될 겁니다."

"만약 자네 말이 맞는다면, 내가 왜 역모를 꾀하는 무리들에게 그 아이를 넘기겠나?"

"하나뿐인 혈육을 잃게 되실 테니까요."

이화의 눈빛에 살기가 어렸다. 이화는 사뿐한 발걸음으로 일어나서 돌아갔다. 그녀가 앉은 자리에서 산 향이 났다.

염 대사에게는 누이가 있었다. 어린 염 대사를 업고 젖동냥을 하던 어린 누이. 염 대사는 눈을 감아버렸다.

"난 이미 속세와 연을 끊었네."

염 대사는 깊은 신음을 내쉬었다. 운명에 맞서는 법을 그는 아직 득도하지 못했다.

가장 중요한 것은 괴물아이를 찾아 그들 대룡파의 손에 넘어가지 않게 하는 것이었다.

'만일 그들이 먼저 괴물아이를 찾는다면……'

그는 용의 아이, 이수를 찾아 어머니 홍씨 부인에게 단단히 일렀다.

그러나 운명은 바뀔 수 없는 것일까.

용의 아이와 괴물, 둘은 만나고야 말았다. 용의 아이의 호의가 괴물아이를 진정한 괴물로 완성시킨다. 용의 아이 집에 찾아가 무슨 일이 있다면 연통을 넣어달라고 하였으나 소식이 없어 방심하고 있었다.

'괴물아이를 찾아내면 보는 자리에서 죽이겠노라.'

마음속으로 몇 번이나 다짐했다.

그러나 괴물아이는 어느새 황선이라는 이름이 생겼다. 절대로 그에게 이름을 주어서는 안 되었다. 게다가 그는 소리에 대한 특별한 재주가 있었다. 예상 밖의 일이었고 점괘에는 없는 재주였다. 괴물아이에겐 거짓말이 통하지 않았다. 그 아이는 목소리의 떨림과 심장 박동으로 거짓인지 참인지 가려내는 아이였다. 모두의 소리를 내어도 자신의 목소리는 없었고, 떠도는 바람소리는 내어도 자신의 마음 소리는 내지 못하는 소년이었다. 이제 12세가 된 아이의 두 눈은 검고 어두웠고, 그가 내는 목소리에서 염 대사는 잊었던 누이의 자식들을 떠올렸다.

'저 외모 때문에 아이는 저런 삶을 살아야 하는 걸까.'

그는 모든 것을 알아채는 청각과 모든 것을 움직이는 소리를 낼 수 있었지만 얼굴은 너무나 흉측했다. 단지 껍데기일 뿐인데 사람들은 그를 욕하고 멸시한다. 게다가 아직 어린 아이다.

이 아이를 가르치자. 고쳐주자. 그렇다면 아이의 운명도 바뀔 수 있다. 결계를 만들어 그 안에 스스로와 아이를 가두자. 그곳에 숨어 지낸다면 시간도 느리게 갈 뿐더러 누구도 찾지 못한다.

보자마자 죽이겠다고 다짐했던 염 대사는 그렇게 다짐을 고쳐먹었고 아이가 다른 마음을 먹는다면 죽일 생각이었다.

"너의 재주가 아까우니, 내 말을 따라 수련하면 네 얼굴을 고쳐주겠다."

"무엇을 수련합니까?"

"사람은 뭐라고 생각하느냐."

"자기밖에 모르는 죽어야 할 버러지들입니다."

염 대사는 고개를 저었다.

"그 마음이다. 그걸 버려야 네가 산다. 네가 살아야 한양에도 갈 것 아니냐."

황선의 눈빛이 흔들렸다. 그 눈빛 안에서는 끊임없이 염 대사의 속내를 의심하고 살폈다.

"그리고 대신 약조 하나 해야 한다."

"그것이 뭡니까?"

"내가 시키는 일을 할 것, 그리고 앞으로 무슨 일이 있어도 절대로 사람을 건드려선 안 된다."

"그들이 저를 먼저 해하려고 했습니다. 저는 한 번도 제가 먼저 사람들을 해한 적이 없습니다."

"약조하겠느냐?"

"정말 제 얼굴을 고칠 수 있습니까?"

"일곱 달이 되는 해, 보름달이 뜰 때까지 그 약조를 지키면 고칠 수 있다."

"따르겠습니다. 무슨 일이든 하겠습니다. 대신, 대사님도 약조 꼭 지키셔야 합니다."

염 대사는 황선의 눈빛에서 섬뜩함을 느꼈다.

황선이 13세 되는 해, 이렇게 염 대사를 만났다. 염 대사는 황선을 지게에 지고 산으로 들어갔다. 뒤에 업힌 황선이 산길을 기억해두려고 해보았지만 몇 번이고 같은 길이 나왔고, 같은 새소리가 들렸으며 바람 소리도 변함이 없었다. 깊은 산속에 도착하자 낡은 초가집이 있었다. 한 칸짜리 방이 두 개에 부엌이 하나인 단출한 집이었다. 볏집 위에는 지네들이 기어 다녔고, 안은 퀴퀴한 냄새가 났다. 초가집 앞에는 밭이 있고 떨어진 곳에 우물도 있었다. 염 대사는 황선에게 지닌 물건을 모두 달라고 하고 옷을 갈아입으라 했다. 황선이 가지고 있던 물건은 이수에게 받은 색경밖에 없었다. 그날부터 염 대사가 시키는 대로 했다.

'이 몰골로 13년을 살았는데 일곱 달쯤이야 참을 수 있어.'

염 대사는 주로 하찮은 일을 시켰다. 망아지를 한 마리 사와 던져주더니 잘 키우라 하였고, 십 리도 넘는 곳에서 물을 길러 와 밑 빠진 독을 가득 채우라 했다. 또 책을 8척만큼 쌓아놓고 종일 읽으라 하였다. 화살을 쏘고 검술을 배웠다. 황선은 염 대사가 시키는 대로 묵묵히 하였다.

황선의 눈에 비친 염 대사는 죽어가는 사람을 살려주기도 하고, 앞날을 예견하기도 했다. 또한 머리카락으로 국수를 삶고, 물로 비를 뿌렸으며, 호랑이를 돌아서게 했고, 뒤주 속에 들어가서 나올 때는 몇십 리 떨어진 곳에서만 구할 수 있는 저잣거리 음식을 구해오기도 했다. 새를 부릴 줄 알았고, 염 대사와 황선이 있는 주변은 늘 안개로 자욱해 십 리 밖도 보이질 않았다. 가끔 도적 떼가 초가집 근처에서 불을 지피고 머물 때도 그들의 눈앞에 있는 염 대사와 황선은 그들의 눈에 보이지 않는 듯했다.

모든 것이 오랫동안 수련한 덕택에 가능한 일이라고 했다.

'수련으로 저런 일까지 해내는 대단한 분이야. 저분의 능력이라면 이 몰골도 정말로 고쳐질 수 있을 거야.'

황선은 염 대사의 능력을 보고 믿음이 깊어졌다.

염 대사는 산에 들어온 다음날부터 매일 저녁 황선에게 맑은 약물을 주었는데, 이것을 하루도 빠짐없이 마시면 일곱 달이 되는 해에 얼굴이 나아질 것이라고 하였다. 황선은 냄새도 없고 향도 없는 그 약물을 입속에 쏟아 넣었다. 짭짤하고 뒤가 쓴맛이 났다.

"스님은 왜 여기서 사십니까. 밖으로 나가면 더 좋은 일도 많이 하고 출세할 수 있을 텐데요."

어느 날 황선이 물었다.

"나는 몇 년 전 큰 잘못을 했다. 내가 저지른 일을 내가 마무리 짓기 위해 이곳에 있는 거야."

황선은 염 대사가 이 산속에서 어떻게, 무슨 일을 하는지 알 수 없었다.

몇 달이 지났고 황선은 산속의 생활이 조금씩 익숙해졌다. 밭을 갈고 물을 기르고 시조를 짓고 노래를 불렀으며, 염 대사를 따라다니면서 약초를 캐고, 어깨 너머로 의술도 배웠다. 어느덧 다섯 달이 흘렀다.

냇물에 비친 황선의 얼굴은 바뀐 건 없었고, 슬슬 인내심이 바닥을 드러냈다. 한 번은 도망갈 생각을 하여 짐을 챙겨 산을 내려왔다. 어떻게 된 일인지 숲길을 걷고 걸었지만 계속 제자리였다. 돌아도 돌아도 그 자리였다. 허름한 옷을 입은 낯익은 노인이 밭을 갈고 있어서 길을 물어보려 다가갔다.

"어르신, 마을로 가려고 하는데 길을 아십니까?"

황선이 다가가보니 염 대사였다.

"밥이나 차리거라."

되돌아왔는데 시간은 반나절밖에 지나지 않았다. 황선은 염 대사가 보통 아닌 사람임을 알고 시키는 대로 하였다.

황선은 염 대사의 말대로 색경을 들여다보지 않으려 했지만 연못에 비친 자신의 얼굴을 볼 때면 그대로 물에 빠지고 싶었다. 연못 위에는 쭈글쭈글한 얼굴과 가죽으로 뒤덮인 벌건 눈, 종기처럼 솟은 수포들이 가득한 피부, 그것은 사람의 형상이 아니었다. 더 힘든 건 약속한 일곱 달이 가까워져 오는데 얼굴에 변함이 없다는 것이었다.

'혹시 날 속이는 게 아닐까.'

황선은 의심이 고개를 들기 시작했으며 이수에 대한 생각은 점점 짙어져 갔다.

그날 아무렇지 않게 산딸기를 따오던 이수. 무심하게 뒤돌아보던 이수. 사람은 다 똑같다고 말하던 이수.

'이수는 무엇을 하고 있을까?'

'그의 바람대로 포도대장이 되었을까?'

'왜 나를 외면했을까?'

'그는 정말 나를 버렸을까?'

인정하고 싶지 않은 생각이 고개를 쳐들었다.

황선은 자주 이수의 꿈을 꿨다. 몸은 떨어져 있지만 마음은 늘 이수의 생각을 했다.

'밤마다 스님은 대체 무엇을 하는 걸까.'

황선은 문풍지에 비친 염 대사의 그림자만을 바라보았다. 염 대사는 밤이 되면 절대 그의 방문을 열지 말라고 했다. 황선은 자신의 약을 만들고 있는 거라고 생각하며 그 명령을 지켰다.

황선은 동물의 소리를 흉내 내어 동물을 꾀어내기도 했다. 어느 날은 사슴, 어느 날은 늑대, 어느 날은 멧돼지가 나오기도 했다. 귀로 정확히 듣고 소리를 내니 황선은 어느새 동물들을 부릴 줄 알게 되었다.

남는 시간에는 동물의 소리가 어디서부터 나오는지 해부하기도 했다. 사냥꾼에게 어깨너머 배운 해체술이었다. 사냥꾼은 어린 황선 앞에서 동물의 배는 물론 사람의 배도 갈랐다. 황선은 동물의 가죽을 벗겨 뼈를 발라내고 내장을 살폈다. 물론 염 대사에겐 말하지 않았다.

황선이 본 바로는 껍데기만 다를 뿐 속은 같았다.

보름달이 뜨는 밤, 황선은 여느 때와 마찬가지로 염 대사가 내준 일을 마치고 뒷산에 갔다. 그날은 늑대 소리를 내어 늑대들을 부르려고 했는데 황선의 눈앞에 붉은 천이 나풀거렸다. 덕중이의 치마보다 부드러운 천이었다. 희미한 지린내가 바람을 타고 풍겨왔다. 천 사이로 두 개의 발이 삐죽 나와 있었다. 숨소리는 들리지 않았고 심장 박동도 멈춰있다.

황선이 고개를 들자, 혀를 길게 뺀 여자와 눈이 마주쳤다. 여자는 어떻게 올라갔는지, 나무에 목을 매달아 죽은 것이다.

'이런, 묻어줘야겠다.'

황선은 나무 위로 올라가 줄을 끊었다. 여자는 바닥에 툭하고 떨어졌다. 가까이서 본 여자는 살결이 곱고 코가 오뚝한 아름다운 여자였다.

손을 뻗어 쓰다듬어 보았다. 매끄럽다……. 자신의 얼굴을 만져봤다. 손끝에 닿는 느낌이 끔찍했다. 문득 궁금했다.

'저 육신, 저 얼굴 껍질 안에는 무엇이 있을지.'

황선은 여자를 숨겨두고선 도구를 챙겨 작업을 시작했다. 염 대사와의 약속이 걸렸지만 어차피 죽은 시체가 아닌가. 게다가 본인이 입만 열지 않으면 알 리가 없다. 황선이 어릴 때부터 따라다녀야 했던 사냥꾼은 얼굴 하나 찡그림 없이 사내들의 배를 갈라 쓸개와 간을 꺼냈었고, 피를 묻히기 싫을 땐 황선에게 시키기도 하였다.

사냥꾼은 사람들은 살기 위해선 무슨 짓이든 하는 족속이라고 했다. 자신 같은 사람은 먹고살기 위해 사람을 어쩔 수 없이 죽이는 거지만, 윗사람들은 창고에 곡식이 가득한대도 사람을 죽인다고 했다. 조정대신들은 말 한 마디로 사람을 굶겨 죽이고 때려 죽이고 전쟁에 내보내 죽인다고 하였다.

황선은 여자의 얼굴을 얇게 포를 뜨듯 칼로 도려냈다. 죽은 후라 그런지 피가 많이 흐르진 않았다. 붉은 살점과 혈관들 사이로 듬성듬성 뼈가 보였다.

'얇은 가죽 하나만 벗겨내면 같은 것을……'

황선의 시야가 흐릿해졌고 목구멍이 따가웠다.

그날 황선은 평소보다 늦게 집에 돌아왔다. 냇가에 들러 몸을 씻었지만 황선의 몸에서는 사람 피 냄새가 진동했다. 밤하늘에 보름달이 떠 있었다. 황선은 자신의 그림자가 세 뼘 이상 자라 있는 것을 알지 못했다.

"무얼 하십니까? 밤마다."

황선이 물으면 염 대사는 늘 황선의 얼굴을 고치기 위한 약을 만들고 있다고 했다. 해시(21시~23시)가 되면 절대로 방문을 열지 말라는 염 대사의 말을 황선은 일곱 달이 다 되어가도록 어긴 적이 없었다.

그날은 궁금한 나머지 문간으로 다가갔다. 염 대사는 여느 날과 같이 방에 있었다.

소인은 오늘 죽습니다. 그간의 죄, 용서하십시오.
옆에 있어드리지 못한 죄가 큽니다.
죽기 전에 몇 자 적습니다. 만일 왕께 어느 날 추한 얼굴로
아름다운 소리를 내어 세상을 혼돈시키는 자가 있다면
바로 죽여야 하옵니다.
제가 끝내야 할 일을 끝내지 못하여 송구스럽습니다.
부디 평안하시길 바라옵니다. - 염 대사 -

염 대사는 편지를 작게 접어 비둘기 다리에 묶어 날렸다.

"들어오거라. 밥 먹자."

안에서 염 대사의 소리가 들렸다. 황선이 문을 열고 들어가자 맛있는 밥상이 차려져 있었다. 평소와는 다른 푸짐한 상이었다. 둘은 마주 보고 앉았다.

"피 냄새가 나는구나."

"오는 길에 죽은 사슴을 만났습니다."

"어서 들거라."

황선이 먹지 않고 염 대사를 바라보더니 한 숟갈 크게 떠서 염 대사 밥에 얹어주었다.

"먼저 드시지요."

염 대사가 한숟갈 뜨자 황선도 따라 한숟갈 떠 입으로 가져갔다.

"오늘이 약조한 일곱 달 되는 날입니다. 약은 완성하셨습니까?"

곧 얼굴을 고칠 수 있다는 생각에 황선의 심장이 요동쳤다.

"너의 부모님을 만난 적이 있다."

황선은 염 대사의 목소리가 평소와 달리 가늘게 떨린다는 것을 알아챘다. 황선은 묵묵히 밥을 입으로 가져갔다.

'한 번도 기억에 없던 부모님이라니, 그럼 처음부터 염 대사는 나를 알고 있었던 걸까.'

"아이를 절대 가져서도 안 되고, 만약이라도 가지면 바로 뱃속에서 죽이라 일렀다. 그렇지 않으면 부모가 죽게 될 것이라고. 그러나 너의 부모는 너를 죽이지 못했고 그냥 낳아버렸다. 넌 한 번 살았고, 이수를 만나 두 번 살았다."

"이수를 아십니까? 대체 대사님…… 저를 왜 이곳에…….."

"나는 너의 마음을 고칠 수 있을 거라고 생각했다. 너는 백지처럼 순수하며 뛰어난 재능을 가지고 있기 때문이지. 그런데 넌,

약조를 어겼어."

"아닙니다. 약을 주십시오."

"사람을 절대로 건드리지 말라고 했는데…… 왜 나무에 매달린 처녀의 살가죽을 벗기고, 몸을 열고 안을 들여다보았느냐!"

"어차피 죽은 이였습니다."

"죽은 이도 사람이다. 넌 세상에 나가면 안 된다."

"저를 속이신 겁니까?"

"이 밥에는 독약이 들었다. 저승길 혼자 심심하지 않게 나도 같이 가마. 다음 세상에는 사람 말고 다른 것으로 태어나거라."

"저는 죽기 싫습니다. 살려주십시오. 제가 대체 뭘 잘못했습니까?"

황선은 손가락을 목구멍에 쑤셔넣었다. 구역질이 올라오면서 밥을 그대로 게워냈다.

이곳에서 늙은이에게 속아 뭘 하고 있는 것인지 한심했다. 황선의 눈은 분노로 들끓었다.

그의 눈에는 이미 죽음의 그림자가 드리워져 있었다. 황선은 염 대사가 귀하게 여기는 한약재를 마구 헤집어 닥치는 대로 입속에 털어 넣었다. 염 대사는 끝까지 황선의 허리를 잡고 놓아주지 않았다. 황선이 분에 못이겨 고함을 지르자 날아가던 비둘기가 추락했다. 비둘기의 다리에는 염 대사가 쓴 편지가 묶여 있었다.

편지의 내용을 확인한 황선은 눈앞의 이 스님이 한해 전 홍씨 부인이 편지를 썼던 오행사 염 대사임을 알게 되었다.

"처음부터 약따위는 없었군. 나를 속였어."

황선은 분노에 휩싸여 비둘기의 목을 비틀어버렸다.

"안 돼!"

염 대사가 목이 꺾인 비둘기를 바라보았지만 그것도 잠시였다. 그의 목이 타들어가는 듯 뜨거워졌다. 황선도 목구멍과 가슴이 타들어가는 고통을 느끼며 의식을 잃었다. 염 대사는 몸에서 힘이 빠져나갈 때까지 황선을 지켜보았다. 두 눈도 감지 못하고 서서히 목숨을 거두며 죽었다.

염 대사는 죽기 전에 후회하였다. 그를 보자마자 죽였어야 했음을.

五

염 대사의 초가집에서 홀로 지낸 넉 달간은 황선에게 지옥이
었다.

한 가지 목표만 가지고 버텼다.

얼굴을 스스로 고친다, 그런 다음 이수를 찾아간다.

이미 한 번 죽었으니 못할 일도 없었다. 염 대사의 비책에 쓰
여 있는 대로 얼굴을 고치는 시술을 행하려 하였다. 염 대사의
책에는 각종 약초와 그것을 쓰는 법이 쓰여 있을 뿐 아니라 의
술에 대한 것도 소상히 기록되어 있었다. 밤낮으로 약초를 캐고
약을 짓고 수술도구도 준비했다. 황선은 염 대사가 남긴 비책
을 보며 여러 번의 실험으로 만든 약물을 배합했다. 완성된 약

재를 코로 들이키고 환각상태가 될 때까지 이수를 떠올렸다. 얼굴에 약초를 발랐다. 감각이 옅어지자 먼저 얼굴의 수포를 녹여 걷어냈다. 누런 고름이 나오고 피가 흘렀다. 쥐가 얼굴을 갉아먹는 듯한 고통과 정신을 차릴 수 없는 고열이 반복되었다. 눈 위의 살을 째고 동물의 뼈로 콧대를 만들어 세우고 살가죽을 끌어올려 이어 붙였다. 얼굴이 부글부글 끓어올랐다. 환각제를 삼키고 화유석을 갈아 흐르는 피 위에 뿌렸다. 토하고 피똥을 싸기를 반복했다.

오두막엔 밤바다 살쾡이가 염 대사의 시체를 뜯어먹고, 다음 차례로 황선마저 노렸다. 황선은 의식이 없는 상태에서도 동물의 소리를 내어 살쾡이와 늑대를 쫓았다.

황선은 추웠다 더웠다를 반복했다. 의식이 멀어져 갔다. 꿈속에 사냥꾼이 나왔다가 얼굴을 모르는 어미와 아비가 나왔다. 덕중이도 홀쭉이도 염 대사도 나왔다. 마지막에 환한 빛과 함께 아름다운 이수가 나왔다. 이수는 반짝이는 하얀 이를 보이며 웃었다. 이수가 손을 뻗어 황선의 손을 잡았다. 둘은 함께 노래를 불렀다. 황금 들판을 달렸고, 그곳에서는 황선도 이수도 황금처럼 영롱하고, 은처럼 반짝였다. 밤하늘처럼 어두웠다가 별처럼 빛났다. 몇 날 며칠이 지났는지 알 수 없었다. 황선은 목이 타서 손에 잡히는 것을 들이켰다. 이윽고 숨이 쉬어졌다. 몸과 얼굴이 욱신거렸다. 그러다 또 정신을 잃었다.

어느 날 얼굴 위에 내려앉은 딱지가 떨어졌다. 몸이 가벼워졌고 좋은 향이 났으며 배가 고팠다. 황선이 밖으로 나오자 밖은 어느새 눈이 쌓이고 동백꽃이 피어 있었다.

꽃들을 입속에 처넣고 닥치는 대로 뱃속으로 먹을 것을 밀어넣었다. 그러자 정신이 들고 눈앞이 또렷해졌다. 손끝으로 더듬더듬 얼굴을 만져보기 시작했다. 콧등은 높고 곧았으며 눈도 만져졌다. 피부는 비단보다 매끄럽고 입술은 통통하고 보드라웠다. 개울물로 달려갔다. 허겁지겁 물을 들이 킨 그는 물속에서 얼굴을 처들었다. 물속에는 어딘가 모르게 이수를 닮은 사내가 있었다.

'으으윽…… 으으으으으으윽……'

황선은 끓어오르는 울음을 내뱉었다.

'성공이다……!'

황선의 두 눈에서 뜨거운 눈물이 흘러나왔다. 한참을 그렇게 오열했다.

정신을 차리고 난 다음부터 황선은 빠르게 행동했다.

먼저, 염 대사 집의 세간 살림을 뒤졌다. 비밀편지가 몇 장 나와 챙겼다. 놀랍게도 어린 왕에게서 온 편지로, 서로 안부를 주고받은 것이었다. 편지의 내용은 힘들고 외롭다는 사사로운 내용부터, 백성들에 대한 고민과 해결책에 대한 의견까지 묻고 있었다.

엽전 몇 꾸러미와 이수가 주었던 색경과 돈이 될 법한 물건 몇 개와 염 대사가 연구한 것으로 보이는 주술서와 예언집, 의서를 챙겨 봇짐에 쑤셔 넣었다. 염 대사가 입던 도포를 입고 그 위에 겨울용 방한 겉옷과 털신을 신었다. 색경 안에는 자신이 원하는 얼굴이 들어있었다. 코는 반듯했고 피부는 매끈했으며 검고 깊은 눈동자는 반짝였다. 이마와 입술과 턱은 적당하게 선을 그리며 균형을 이뤘다. 황선이 감탄하는 사이, 바늘로 찌르는 듯한 고통이 얼굴에 퍼졌다. 약초 관련 책에 써 있는 대로 버드나무 잎을 씹었다. 그러자 고통이 덜하였다.

황선은 불을 지르고 산에서 내려왔다.

황선은 그토록 염 대사가 자신을 죽이려고 했던 이유, 죽어가면서까지 자신에게 넌 살아서는 안 된다고 했던 이유를 도저히 알 수 없었다.

그리고 황선은 매일 염 대사가 준 약이 얼굴을 고치는 약이 아니라, 시간을 잊게 해주는 약이었음을 알았다. 황선은 산속에서 일곱 달이 아니라 일곱 해를 있었던 것이다. 7년이 지나는 동안 키는 훌쩍 컸고 어깨는 넓어졌으며 다리와 팔을 둘러싼 근육

이 적당하게 부풀어 올랐다. 매일 같은 노동과 수련에 몸이 탄탄해졌다. 황선은 자신의 외모를 바라보며 황홀감이 솟구쳤고 7년의 세월을 보상받는 듯했다. 황선은 손에 흐르는 땀을 도포에 문질러 닦으며 발걸음을 서둘렀다. 마른 나뭇가지 사이로 잎이 피어났고 따뜻한 햇살 한 조각이 그의 머리 위로 내려앉았다. 황선은 21살이 되었고, 겨울이 끝나가고 있었다.

六

‘누구지?’

추적추적 겨울비가 내렸다. 빗소리에 섞인 발소리가 희미하
게 들렸다. 이수는 발걸음을 서둘러 안채로 향했다. 시각은 축시
(丑時)를 넘어가고 있었기에 손님이 있을 리가 만무했다. 안채는
조용했다. 한양으로 온 이수백은 정2품 이조판서에 걸맞지 않게
단출한 기와집에 몸종 하나 없이 지냈다. 홍씨 부인과 이수백이
안팎의 살림을 했으며, 큰일이 있을 때는 사람을 써서 일하게
하고 후하게 돈을 쳐 주었다. 그 때문에 이수백의 집 곡식창고
는 늘 비어 있었다.

이수는 열아홉이 되는 해 무과시험에 합격하여 장원급제했

다. 그 이후, 정진하여 스물하나에 종5품 무관직에 해당하는 포청 종사관을 역임하고 있었다. 이수가 사건을 맡았다 하면 모두 해결하였기 때문에 억울하면 종사관을 찾아가란 말이 백성들 사이에서 돌았다. 그럼에도 불구하고, 이조판서를 지내는 아버지 이수백은 이수에게 칭찬 대신 늘 깨어있어라, 생각하여라, 무리하지 말라 하며 엄하게 대했다.

그 말이 이수에겐 넌 부족하니 더욱더 노력해야 한다는 말로 들렸다.

그즈음 이수백의 집에 여러 조정대신들이 들락거렸다. 병조판서가 왔을 때는 이수백이 호통을 쳤고, 호조판서가 왔던 날은 문조차 열어주지 않았다. 예조판서가 왔을 때는 대화를 길게 나누었고, 영의정 김좌서 대감이 왔다가 돌아갔던 날에는 표정이 굳어있었다.

김좌서 대감은 이수를 보며 장성했다고, 더욱 나라에 도움이 되는 사람이 되라는 말을 남겼다.

이수백은 싸늘하게 굳은 표정으로 그날 저녁도 먹지 않았다.

'무슨 일이 있는 걸까?'

그러나 이수백은 입만 꾹 다물고 있었다. 이수는 말 없는 아버지가 걱정이 되었지만 그즈음 이수 또한 수사를 하느라 바빠 집을 며칠씩 비우기 일쑤였다.

그날도 이수는 사건이 마무리되어 며칠을 비웠던 집으로 돌아오는 길이었다.

워낙 늦은 시간이라 발소리를 낮추며 집 안으로 들어섰다. 안채 방 앞에는 이수백과 홍씨 부인의 신발이 가지런히 놓여있었다.

'이상하나.'

언제나 어머니는 나가는 방향으로 신발코 방향을 정리해놓기 때문이다. 지금은 들어오는 방향으로 정리가 되어있다.

'혹시 무슨 일이 있는건가?'

이수는 방 앞에서 목소리를 내었다.

"아버님"

돌아오는 것은 침묵뿐이었다.

"어머님"

방문 가까이 귀를 가져가보자 고요했다.

'기분 탓인가.'

이수가 돌아서려는데, 발바닥에 축축한 물기가 느껴졌다. 달빛에 비춰진 툇마루 밑 흙에는 여러 발자국으로 어질러져 있었다. 그 위로 빗줄기가 쏟아져 내렸다. 이수의 팔에 소름이 돋았다.

"거기 누구 있느냐?"

이상한 기분을 느낀 이수가 몸을 돌려 방문을 열었다. 방문은 힘없이 스륵 열렸다. 달빛이 방문 사이를 비췄는데 사람 형상이 공중에 매달려 있었고, 그 밑에 또 하나의 형상이 가로로 누워 있었다. 방 안에서 싸늘한 한기와 비릿한 냄새가 풍겼다. 이수는 방문을 활짝 열고 달려들어 갔다. 달빛에 비춰진 그 모습을 가까이서 눈으로 확인한 이수는 다리에 힘이 풀렸다. 누워 있던 것은 어머니 홍씨 부인으로 가슴에는 자창이 나 있고 피가 번져 있었다. 공중에 매달려 있던 것은 아버지 이수백으로, 서까래에 목을 매단 채 싸늘한 시체가 되어 있었다.

이수는 허리의 칼을 뽑아 아버지의 목을 옭은 새끼줄을 끊어 내렸다. 쿵 소리를 내며 이수백이 바닥으로 쓰러졌다. 맥박을 잡았지만 뛰지 않았고, 이미 손발은 딱딱하게 굳어갔다. 이수는 떨리는 얼굴로 홍씨 부인의 심장에 귀를 대보았지만 뛰지 않았다. 이수의 비명은 세차게 내리는 빗속에 묻혀 버렸다.

비는 아침이 되어서야 멈췄다. 밤사이 떨어진 기온 때문에 바닥은 꽁꽁 얼었다. 그 사이 이수는 꼼짝하지 않고 부모님 곁을 지켰다.

꽁꽁 언 마당을 사람들이 오가며 짓밟았다. 포도대장 김충호와 부장 최자열, 포졸들이 이리저리 집안을 수색했다. 심부름으로 집에 들렀던 종단이가 관아에 신고를 한 것이다. 김충호는 긴 수염에 나이가 있고 도적의 난을 진압하고 그 자리에 올라온 자였다. 눈은 매서웠고 감이 좋았다.

"아버님이 유서를 남기셨네."

바닥에 주저앉은 이수는 김충호가 내민 유서를 바라보았다.

"아버님 사랑채에서 찾아낸 것일세."

이수는 떨리는 손으로 유서를 펴보았다. 그 유서 안에는 십자가와 성경책이 들어 있었다. 이수의 맥박이 빨라졌다. 부모님이 천주교를 믿었다고? 듣도 보도 못한 이야기였다. 떨리는 눈으로 유서의 내용을 읽어 내려갔다. 그곳에는 '나라도 없고 군주도 없고 하나님만 있다. 아내와 함께 하나님 곁으로 간다'는 내용이 쓰여있었다.

'말도 안 돼.'

이수는 믿을 수 없었다.

'이건 조작된 거야'

분명히 어젯밤 발자국과 물기가 있었다. 누군가 아버지와 어머니를 죽인 다음 자살로 꾸민 짓이었다. 하지만 증거는 빗물에 다 씻겨 내려갔다.

"서까래의 줄이 여러 개인 것으로 보아 자살이 맞습니다."

최자열이 서까래를 확인한 후 말했다. 그는 간사한 성격의 인물로 평소 이수에게 열등감을 느끼는 자였다.

"이 검은 아버님의 검이 맞는가?"

포도대장이 내민 칼은 자루를 가죽으로 감은 단검이었고, 그 검은 집안 대대로 내려오는 물건이었으며 가죽자루에 한자로 성을 새겨놓았다. 이수의 표정이 굳었다.

"이 검에 어머님의 피가 묻어있네. 정황상 아버님이 어머님을 검으로 찌르고 본인도 목을 맨걸로 보이네."

"이 검은 아버님 검이 맞습니다. 그러기에 더욱 아버님 짓이 아닙니다. 생전 아끼시던 검으로 어머니를 찌르는 일은 하지 않으실 분입니다."

이수가 손을 부들부들 떨며 말했다.

"동네 사방팔방을 돌아다니며 수소문했으나 어젯밤 이 집 근처에서 수상한 자를 목격한 자는 없다고 합니다."

포졸들이 숨을 헐떡이며 하나 둘 들어와 보고했다. 다들 추위에 코까지 빨갛게 얼어 있었다. 이수는 주먹을 꽉 쥐고 이를 악물었다.

"아닙니다. 누군가 침입자가 있습니다. 툇마루 밑에 발자국이 있었습니다. 제가 분명히 보았습니다."

"대장님! 이것 좀 보십시오."

최자열이 이수의 방에서 접힌 종이를 들고 달려 나왔다.

"종사관의 서랍에서 양귀비가 나왔습니다. 제정신이 아닌 종사관의 증언을 믿어서는 아니 됩니다."

"닥쳐라!"

이수가 주먹으로 최자열의 면상을 날렸다.

"아닙니다! 절대로 아닙니다! 누군가의 모함입니다!"

이수가 눈을 매섭게 뜨고 소리를 질렀다.

김충호는 깊은 한숨을 내쉬더니 돌아섰다. 최자열이 졸졸 김충호의 뒤를 뒤따랐으며 포졸들도 우르르 빠져나갔다.

외부 침입의 증거가 없다 하여 천주교 신자였던 이조판서 이수백이 아내 홍씨 부인을 죽이고 자살한 것으로 판명되었고. 수사도 종결되었다. 마른 나무 위에 쌓인 눈이 툭 하고 바닥에 떨어졌다.

왕은 이수의 집에 몰래 찾아왔다. 호위무사 하나 없이 혼자의 몸이었다. 포도대장 김충호의 사건 보고를 받고 온 것이다.

왕과 이수는 어릴적 나이때가 비슷하여 이수가 아버지를 따라 궁궐에 드나들때면 자주 어울렸다.

특히 이수가 궁궐 밖의 이야기를 해주면 어린 왕은 반짝거리는 눈빛으로 들었다.

"아버님을 지켜주지 못해 미안하네."

달밤에 왕의 하얀 입김이 퍼졌다. 이수는 왕 앞에서 무릎을 꿇었다. 이수백과 홍씨 부인이 죽고 장례를 치르지 않았다. 아무에게도 소식을 알리지 않고 부모님의 시체를 아직 행랑채 옆 빈터에 보관하였다. 3일 후에 장례를 치러야 하는 것이 풍습이지만 이수는 부모님의 죽음을 인정하고 싶지 않았다.

왕 또한 자신의 아비가 부당하게 죽어가는 것을 지켜보며 아무것도 하지 못했다. 왕의 아비를 죽게 만든 자들은 왕이 된 후 자신들을 척결할까봐 두려움에 떨었지만 왕은 그들을 벌하지 않았다. 적을 적으로 돌리면 싸워야 하고, 두려움을 없애는 것은 내 목을 베는 것밖에 없다. 그러지 못하면 두려움과 불안감은 가족처럼 평생 어르고 달래며 안고 살아가야 했다. 이러한 경험 때문인지 왕 또한 이수백의 자살 소식을 믿지 못했다.

"나도 이 대감이 스스로 목숨을 끊을 거라 생각지 않네. 거기다 어머님께 그런 짓을 할 분은 더더욱 아니지."

"그날 분명히 침입자가 있었습니다."

"혹시 심증이 가는 자가 있는가. 만약 누군가 아버님을 살해했다면 분명 목적이 있을터. 자네 아버님이 죽어 가장 이득을 보는 사람이 누구겠나?"

'영의정 김좌서'

이수는 속으로 읊조렸다.

아버지 이수백은 최근 상소를 올려 김좌서를 비난해왔다. 이수백이 임금에게 상소를 올리며 바른 말을 하는 통에 김좌서와 그쪽 사람들은 위기를 느꼈고, 눈에 가시였을 것이다. 부모님의 죽음의 배경에 필시 영의정 김좌서가 있을 터였다. 김좌서의 아들은 내금위장 김인규이다. 김인규는 김충호와 같은 전쟁터에서 싸운 적이 있다. 김좌서는 왕이 어릴 적부터 옆에 있던 대신이었고, 친인척 관계가 얽혀있다. 평소 김충호가 이수를 곱게 보지 않았고 해결하기 어려운 사건만 맡긴 것도 이런 이유라면 이해가 갔다. 게다가 지금 나라 안팎으로는 흉서 사건으로 인심이 흉흉했다. 흉서는 지방 곳곳에서 매일 날아들었다.

왕의 가장 골칫거리는 곳곳에서 세력을 확장하고 있는 대룡파다. 대룡파는 끔찍한 도륙을 하는 도적집단으로 세력이 점차 커져갔다. 대룡파가 뿌리는 흉서는 왕의 허물을 고하는 내용이었다가 좌의정 송길준과 대룡파 천필주가 결탁하여 역모를 꾀한다는 내용이었다가 했다.

이수백은 오히려 좌의정 송길준은 충신이며 무고하다고 상소를 올렸다.

"이제 그만 보내드리게."

왕이 이수의 어깨를 두드려주었다.

왕이 떠나고 이수는 한참 동안 서 있었다.

이수백과 홍씨 부인이 죽고 이수가 관직을 박탈당하다시피 종사관에서 물러나자 주변 인물들은 약속이나 한 듯 사라졌다. 벗들부터 따르던 포졸들, 이수백의 집을 제집처럼 드나들던 아버지의 벗들. 이수는 텅 빈 집안에서 홀로 몇 날 며칠 눈물을 흘렸다.

'범인을 잡는다고 부모님을 죽게 하였어.'

이수는 일에 매진하여 이수백과 홍씨 부인의 안위는 안중에
도 없었다. 이수백이 탄 가마가 도적질을 당할 뻔했을 때도, 홍
씨 부인의 뒤를 누군가 밟은 적이 있다고 했을 때도, 그 일보다
도성에서 벌어지는 사건에만 열중했던 것이다.

'그래, 부모님을 죽인 것은 자객들도 아니고 썩어빠진 대신들
도 아니다. 스스로의 불효다.'

여기까지 생각이 든 이수는 가슴을 도려내는 고통을 느꼈고,
먹지도 자지도 않고 하루하루를 보냈다. 이수는 점차 폐인이 되
어갔다. 그렇게 7일째 되던 날, 이수는 환각을 보았다.

텅 빈 집안으로 솜을 넣은 쓰개치마를 두른 선녀가 사뿐하게
걸어 들어왔다.

그녀는 날듯 걸어 이수의 앞에 서더니 절을 올렸다.

"연홍이라 하옵니다."

이수는 연홍이 누군지 한참 만에 떠올렸다. 바로 이수와 혼례
를 올리기로 한 상대였다. 그녀는 홀로 이곳으로 온 것이다. 이
수는 연홍을 보자마자 쓰러졌다. 연홍은 주저 없이 침을 꺼내
혈을 찌르고 이수의 몸을 주물렀다.

연홍은 형식보다 실용이 중요한 소녀였고, 예식보다 마음이

먼저라고 생각했다.

어릴 적 연홍은 길거리에서 신발도 신지 않고 돌아다니는 사람들을 보았다. 그들은 악취가 났고 때가 끼었으며 옷은 다 찢어졌다. 연홍은 가장 나이 든 거지에게 자신이 두른 비단목도리를 풀어 둘러 주었다. 거지는 놀라서 연홍을 보았고, 연홍의 아버지와 어머니는 그런 연홍의 손을 낚아채다시피 해서 집으로 데려왔다.

"왜 그런 짓을 했느냐?"

"저보다 그 사람이 더 추워보여서 그랬습니다."

"다시는 그러지 말아라."

연홍은 대답하지 않았다. 불만 가득한 눈빛으로 볼을 부풀렸다.

"왜 그러지 말아야 하나요?"

"그는 그렇게 사는 거다. 네가 쓸데없는 자비를 베풀 만한 상대가 아니란 말이다."

"허나 기침도 하고 손도 얼고 추워 보였어요. 그러다 죽기라도 하면 어찌합니까."

"그러다 죽는 것이 원래 그들이야. 언젠가 너도 알게 될 것이야."

연홍은 알 수 없었다.

집안에는 음식이 가득 넘치는데 밖으로 나가면 거지들은 앙상한 갈비뼈를 드러내며 굶어죽는다. 집안에는 비단옷이 넘치는데 밖으로 나가면 거지들은 넝마를 몸에 두르고 동상 걸린 발로 돌아다닌다. 연홍은 어릴 적부터 사람을 돌보는 것을 좋아했으며, 내의원 첨정이었던 할아버지의 저서를 몰래 훔쳐보며 독학으로 침술을 배웠다. 밖으로 나갔을 때 아픈 이들을 보고 아무것도 해줄 수 없는 게 싫었기 때문이다. 죽어가는 그들을 살리고 싶었다.

연홍은 신분을 숨기고 몰래 집 안 물건을 거지들에게 나눠주기 시작했고, 독학으로 침술을 배우자 아픈 사람들을 몰래 돌봐주기 시작했다.

그 사실을 알게 된 연홍의 부모는 연홍을 가두고 나가지 못하게 하였고, 돌아가신 할아버지의 서재도 잠가 책을 읽지 못하게 하였다. 어서 연홍이 시집가서 아이를 낳으면 변할 거라 생각했다.

"아가씨와 혼인하실 그 종사관님은 정말 좋은 분입니다."

연홍의 정해진 혼처가 이수라는 사실을 연홍은 거지에게 들었다. 연홍의 어머니와 아버지는 이수를 마음에 들어 했다.

"종사관님은 기백도 좋으시며 인물도 훤칠하시고 무엇보다 마음씨가 좋으십니다."

"관리들이란 똑같아. 자신의 배부른 게 가장 중요하지. 그것만이면 족하게? 배가 고프지도 않은데 곳간에 쌀은 잔뜩 쌓아두

잖아."

"달라요. 종사관님의 아버님 이조판서 대감님은 종도 부리지 않으십니다. 늘 나눠주시느라 그 분 집 곡식창고만 텅텅 비어있습니다. 그 밑에서 자란 이수 종사관님 또한 가난하고 아픈 백성을 돌보십니다."

"난 관심없어."

연홍은 말은 그렇게 했지만 궁금해졌다.

"포도청에 투서를 넣으면 우리 같은 놈들의 말을 들어주시고 수사해 주시며 억울함이 없게 해주세요."

"다 소문이잖아."

"저번에 똘이가 말에 치여 팔이 부러졌을 때도 직접 업고 가셔서 의원님을 만나게 해주셨어요."

연홍은 똘이를 바라보았다. 여섯 살 된 남자아이가 앞니가 빠진 채 천진난만한 미소를 짓고 있다. 연홍은 처음으로 이수란 자가 궁금해졌다.

그러다 어느 날 움막촌에 찾아와 똘이의 안부를 묻는 이수를 볼 수 있었다. 눈이 맑고 기품이 있으면서 따뜻한 인상의 사내였다. 연홍은 가슴이 뛰었다. 저 사람이라면 혼인이라는 것을 해볼만도 하겠다고 생각했다.

그러나 하루아침에 혼사가 취소되었다. 이수의 부모님이 돌아가셨다는 것이다. 연홍은 예정대로 혼인을 할 거라고 하니 그녀의 아버지 어머니는 얼굴이 사색이 되었다.

"줄초상 나고 싶지 않으면 입 다물고 없던 일로 하여라. 그의 집안은 망했어."

"집안이 망했다고 사람까지 망합니까?"

연홍은 이해가 되지 않았다. 이미 마음을 주었던 상대의 집안이 망했다고 혼인을 하지 말라니, 게다가 거지들에게 이야기를 듣기로는 이수의 부모님은 자살한 것이 아니라 살해당했다고 했다.

"관직도 박탈당했다. 건넛마을 권 대감의 둘째 아들과 혼인을 하게 될 것이니 그리 알아라."

연홍의 아버지는 말했다.

"싫습니다."

연홍은 아버지의 말이 끝나자마자 대답했다. 연홍의 아버지는 한없이 너그러운 분이지만 한 번 마음먹으면 절대 돌아서지 않는 대쪽같은 사람이었다. 연홍은 어릴 적부터 아버지에게 반항을 많이 했지만 소소한 반항이었다. 연홍의 아버지는 오히려 하나인 딸 연홍에게 뭐든 가르쳐주고 싶어했다. 그러나 결국 연홍의 아버지도 사람인지라 딸이 좋은 남편감을 만나 아이를 낳고 행복하게 살길 원했다.

"싫다고 해도 어쩔 수 없다. 여자 인생은 워낙 그런 것이야."

부모님의 죽음 이후 이수는 관직도 박탈당하고 폐인처럼 집안에 들어박혀서 혼자 지내고 있다고 한다. 연홍의 마음속이 찌르르 아팠다. 무엇을 해도 집중할 수 없었다. 그리하여 마음을 먹고 이수의 집으로 홀로 간 것이다. 집에는 편지를 한 통 써놓았다. 그간 어머니 아버지에게 감사했다는 것과 제 삶은 제가 선택하겠다는 내용이었다.

연홍이 이수의 집으로 들어간다는 것은 이제 그의 아내가 되는 것이다.

연홍의 아버지는 창피하다면서 연홍을 잡아와 죽이라고 하였으나 어머니가 울며불며 말렸다. 아버지도 끝내는 입을 다물고 없던 자식 취급을 하였다.

그녀를 본 이수는 처음에는 믿지 못하는 눈치였다. 이수는 분명 이생의 숨을 다했고, 그를 데리러 선녀가 내려왔다고 생각했다. 이수는 선녀를 향해 손을 내밀고 한걸음씩 다가갔고, 그녀의 발밑에 쓰러져버린 것이다.

이수가 눈을 떴을 때 고소한 냄새가 집안 가득 풍겼다.

'얼마 만에 맡는 음식 냄새인가.'

몸도 머리도 전보다 가벼웠다.

이수는 부모님의 죽음에 자책감까지 더해 밑바닥까지 떨어져 있었다. 눈앞에서 부모를 지키지 못한 죄, 부모의 명성 또한 지켜내지 못한 죄에 하루아침에 관직까지 잃었다.

"나으리, 좀 드세요. 약재와 닭고기를 넣어 기력 회복에 좋을 거예요."

이수는 죽을 내려놓는 여인에게 시선을 향했다. 어느 처자가 망한 혼사에 미련이 남아 사내 집을 찾아온단 말인가.

"돌아가시오."

연홍이 고개를 들어 이수를 바라보았다. 눈에 촉촉한 생기가 빛났다. 이수는 연홍에 대해 알고 있었다. 자신과 혼인을 약속한 여인. 자신이 도와줬던 아이, 똘이에게 이야기를 들어 알고 있었다. 마음씨가 착하며 사람들을 도와주고 양반집 규수임에도 불구하고 아픈 아이들은 치료를 해주고 굶주린 아이들에겐 먹을 것을 주기도 한다. 아름답고 패기가 있었다. 이수가 처음으로 마음으로 품었던 여인이었다. 수수한 차림으로 화려하게 빛나고 있는 그녀를 보자 자신의 몰골이 부끄러웠다. 망가진 모습보다 실패한 모습이 더 싫었다.

"풀 냄새, 밥 짓는 냄새, 비 냄새, 꽃 향기, 제가 좋아하는 냄새에요. 전 이곳이 마음에 듭니다."

연홍은 엉뚱한 대답을 하고 돌아섰다.

"저는 아내로서 제 할 일을 할테니 나으리는 나으리 할 일을 하시면 되어요."

연홍은 피하지 않고 그의 눈동자를 바라보았다. 저 안쪽의 무언가를 바라보듯 꿰뚫어보는 눈빛이다. 연홍은 쉽사리 돌아갈 기세는 아니었다.

"드세요. 먹어야 살 것 아니에요."

그녀는 심각한 일을 아무렇지 않게 다루는 능력이 있었다.

소매를 걷어 올리고 집안을 청소하고 밥을 짓기 시작한다. 오랜만에 텅 빈 집에 밥 냄새가 풍기고, 빨래가 너풀너풀 바람에 흔들렸으며 먼지가 사라졌다. 연홍은 밤사이 쌓인 눈을 치우고 동네 꼬마들과 눈싸움을 하기도 했다. 사랑채에는 온기가 감돌았고 장독대도 반짝였다. 굴뚝에 연기가 솟는 것도 오랜만이다.

이수는 하루종일 방에만 틀어박혀 있다가 해가 지면 나가 유곽으로 돌아다녔다. 하지만 연홍은 이수에게 아무런 말도 하지 않았다. 그저 밥을 차리고, 먹지 않는 밥을 치우고, 빨래를 하고, 외출을 하고 돌아오면 혼자 책을 읽었다. 그녀는 스스로 택한 부자유에서 자유를 느꼈다. 그렇게 연홍은 이수를 살렸다.

七

　최자열은 이수의 주먹을 맞고 나가 떨어졌다. 이수의 충혈된
눈빛을 보더니 그는 덜덜 떨며 시선을 피했다.

　"대, 대체 왜 이러십니까."

　"내 부모님을 해한 게 누구냐 물었다."

　이수가 멱살을 잡고 일으켜 다시 주먹을 날렸다. 최자열은 대
책 없이 맞았다. 입술이 터지고 코에서 피가 흘렀다.

　"전 모릅니다!"

　"그럼 왜 날 모함했느냐. 그 서랍에서 나온 양귀비, 네놈 짓이
렸다!"

　코를 쥐어 잡던 최자열이 비명을 질렀다.

"잠깐만요! 이때구나 싶어서 그런 거에요. 나도 종사관 한번 될 수 있겠다 싶어서. 그게 다예요. 잘못했습니다."

최자열을 이수에게 무릎을 꿇었다.

"제가 친한 왈패들에게 들은 소문이 있습니다."

이수는 최자열의 말에 귀를 기울였다. 천 씨라는 사내에서 들은 말인데 천 씨가 자신의 사촌과 함께 술을 먹는데, 그 사촌이 은밀하게 자신이 큰 돈을 받고 이조판서를 보내버렸다고 말했다는 것이다. 처음엔 믿지 않았지만 평소 생활고에 시달려서 나무뿌리로 끼니를 연명하던 사촌이 갑자기 술도 사고 큰 돈을 척척 쓰는 것으로 보아 아예 없는 말을 지어낸 것은 아닐거라고 했다.

"그자가 누구냐?"

백 씨는 허리춤을 풀러 시원하게 소변을 갈기기 시작했다. 뒤에서 이수가 다가오는 것도 몰랐다. 이수는 그대로 백 씨의 팔을 꺾었다.

"으악! 뉘! 내가 누군지 알고. 이거 놓으란 말이다!"

오줌 방울이 이리저리 흘렀다.

이수는 백 씨의 팔을 더욱 세게 비틀고 다리로 정강이를 차 넘어트렸다. 백 씨는 자신이 싼 오줌 위에 주저앉았다.

"살려주십쇼!"

험상궂은 얼굴의 백씨는 애원하기 시작했다. 아까까지 부리던 배짱은 사라지고 없었다.

"왜 죽였느냐!"

"무슨 말인지, 도통 모르겠습니다."

"이조판서 대감 내외를 왜 죽였느냐 물었다."

백 씨는 평소 일정한 직업도 없이 행인의 돈을 뺏거나 상인을 겁박하여 먹고 사는 자였다.

"그걸 왜 저한테 묻습니까!"

우드득. 백 씨의 팔이 부러졌다.

찢어지는 비명소리가 골목에 울러 퍼졌다.

"저는 모르옵니다. 정말입니다. 저도 사주 받아서 한 짓입니다."

"다음은 남은 팔이 부러질 거다. 말해. 그 일을 시킨 자가 누구인가."

이수의 안광이 번뜩였다.

"나으리, 제발 저 죽습니다."

팔이 부러져 꿈틀거리는 백 씨는 콧물을 쏟았다.

"말해라. 누구 짓인지."

백 씨는 공포에 질린 눈으로 빌었지만 이수는 다른 팔을 잡아 비틀었다. 그는 결국 술 냄새를 풀풀 풍기면서 기어들어가는 소리로 말했다.

"이름은 모릅니다. 다만 키가 크고 입술에 언청이 흉터 같은 게 있었습니다."

이수는 그제야 백 씨의 팔을 놔주었고, 그는 온몸을 부르르 떨며 어둠 속으로 도망갔다.

八

황선은 산에서 내려와 한양으로 향했다. 마을에 내려오자 거리 곳곳에 쌓인 눈들이 햇볕에 녹고 있었다. 거리에는 아무도 황선을 향해 돌을 던지거나 침을 뱉거나 울음을 터트리는 자가 없었다. 하지만 황선은 여전히 경계심을 늦추지 않고 봇짐을 꼭 움켜쥐었다. 멀리서 웅성웅성 소리가 들렸다. 황선이 그리로 가보니 사람들이 모여있었고 그들의 시선 끝에는 어느 기와집 앞에 노파가 앉아있었다. 노파는 차가운 바람에도 몸 하나 꼼짝하지 않고 바닥에 쪼그려앉았는데 입가에 침은 뚝뚝 흐르고 눈동자는 멍하며 안색이 노랬다.

지나가던 행인 둘이 나누는 대화가 황선의 귓가에 들렸다.

"아니, 저 노파는 왜 저 집 앞에 저러고 있소?"

"저 노파가 저기에서 죽으면 저 집주인에게 살인죄를 씌우려고 하기 때문이오."

"아이고, 그 이유가 무엇이요?"

"노파의 주인이 저 집주인에게 은을 빌려줬는데 안 갚았다지뭐요. 그래서 앙심을 품고 저런 것이오. 저번에도 못이긴 저 집주인이 노파를 데려다 치료해 주니 또 반쯤 죽여 데려다 놓은거요."

"아무리 그래도 죄 없는 노파를 저리 죽게 두나."

"노파가 그 집 종으로 오래 살았는데 이제 나이 들어 일도 못하고 죽을 날만 남았으니 저렇게라도 써먹는 거겠지요."

황선은 바닥에 주저앉은 노파의 눈빛을 보았다. 쪼글쪼글한 얼굴에 파묻힌 두 눈은 삶의 의지라곤 하나도 없이 메말랐다.

노파 앞으로 가마가 지나갔다. 가마에 달린 창문을 열고 부인이 노파를 구경했다. 머리를 쪽진 부인은 재수없다는 듯이 고개를 절레절레 흔들었고, 가마 옆엔 어린 여종이 손을 호호 불어가며 총총 걸음으로 걸었다. 황선은 노파에게서 겨우 눈을 떼고발걸음을 옮겼다. 배에서는 꼬르륵 소리가 났다.

주막의 툇마루에 걸터앉은 무뢰배들이 여주인의 엉덩이를 더듬었다. 여주인은 연신 그들의 손을 쳐내며 탁주를 내왔다. 황선의 옆으로 넝마를 걸친 사내가 절뚝이며 걸었다. 자세히 보니 발 뒤꿈치에 피가 배어 나왔다. 아무도 그를 도와주는 이는 없었다.

영감의 갈라진 비명소리가 들린다.

"살려주십쇼!"

황선은 그 소리에서 공포심을 느꼈다.

비단으로 몸을 두른 배 나온 사내가 영감의 허리를 발로 찬다. 감히 천한 것이 앞을 막았다고 소리를 고래고래 지른다. 영감은 무릎을 꿇고 사내를 향해 이마를 바닥에 붙이고 살려달라고 죄를 빈다. 분이 풀리지 않는 사내의 팔을 기생이 꿰차며 걸어간다. 사내는 못 이기는 채 향긋한 향내를 풍기는 기생의 허리를 안고 걸어간다.

궁궐 밖 정자에서는 가야금 소리가 들려오고, 중국 사신들의 웃음소리도 들린다. 눈빛이 흐릿한 선비들이 허리춤을 풀고 오줌을 갈겼다. 황선은 양손으로 귀를 막았다.

부자들이 싸울 때 죽는 것은 가난한 자들이며, 양반들이 싸울 때 죽는 것은 노비들이다.

세상에 살아남는 자는 선한 자가 아니라 권력자다. 황선은 욕지기가 올라왔다.

사람들이 가득한 저잣거리를 걸어가자 거간꾼이 황선에게 다가와 물었다.

"무엇을 사려하오?"

"물건을 팔려고 합니다."

"내 잘 아는 가게가 있으니 따라오시오."

황선이 따라간 곳은 점방이 즐비한 시전이었다. 거간꾼은 코가 큰 상인에게 황선을 넘겨줬다.

"팔 물건이 무엇이오?"

"붓입니다. 주신 분께 귀한 거라 들었는데."

황선은 움켜쥐었던 봇짐을 열어 염 대사의 붓을 꺼냈다.

상인은 황선의 행색을 아래위로 훑어보더니 붓을 찬찬히 살폈다.

"에이, 뭐 별로 귀한 거는 아닙니다. 내가 다섯 냥에 사죠. 후하게 쳐주는 거요."

황선은 상인의 목소리에서 거짓을 느꼈다.

"닷 냥이면 옷하고 갓하고 신발하고 먹을 것을 살 수 있겠습니까? 오늘밤 잘 곳도 있어야 합니다."

"아이구 젊은 양반이 욕심이 과하쇼."

상인은 말했다.

"그럼 다른 곳에 가서 팔겠습니다."

황선이 물건을 넣고 뒤돌아서자, 상인이 황선 앞을 가로막았다.

"성격이 급하시네! 어디서 오셨소? 한양 물정은 하나도 모르는 듯한데. 이건 또 어디서 났고? 혹시 그 봇짐 안에 이런 물건이 또 있소?"

"지방을 돌아다니다가 왔는데 한양은 처음입니다. 팔 물건은 몇 개가 더 있습니다."

황선이 말하자 상인의 눈빛은 웃고 있었으나 목소리에서 욕심이 느껴졌다. 황선은 그것을 놓치지 않았다.

"이건 어떻소? 오늘 밤 우리 집에서 재워주고 날이 밝으면 물건을 후하게 사줄 만한 사람을 소개시켜 드리리다."

황선은 잘 곳이 없었으므로 고개를 끄덕였다.

그날 밤. 황선이 상인이 마련해준 방에서 잠을 자는데 발소리가 들렸다. 낮에 만난 상인의 발소리 하나, 또 다른 자의 발소리하나, 총 둘이었다. 대문 소리가 들리지 않았던 것으로 보아 미리 문을 열어두었던 모양이다. 소리를 들은 황선은 몸을 일으켜 이불에서 벗어났다. 그자들은 조심히 방문을 열고 들어와 황선이 자고 있는 이불에 칼을 꽂았다. 그제야 아무도 없는 것을 느낀 상인은 놀라서 이불을 들췄다.

황선은 어둠속에서 상인들을 지나 방밖으로 나갔다. 소리만으로 상인들의 위치와 움직임을 알 수 있었다. 황선을 죽이기 위해 혈안이 되있던 상인들은 그가 방 밖으로 나갈 때까지 움직임을 깨닫지 못했다. 탁 하고 문 닫히는 소리에 상인과 그의 친구는 우왕좌왕했다. 황선은 그들이 가져온 호롱불을 장지문에 옮겨 붙였다. 불은 바람을 타고 매섭게 붙기 시작했다. 상인과 친구들이 문을 두드리며 열어 달라 했지만 황선은 타오르는 불꽃을 바라보다 손에 들고 있던 호롱을 던졌다. 호롱에는 아주까리 기름이 들어 있어서 불길은 맹렬히 타올랐다.

'모든 것이 너무나도 추하구나.'

그가 겪은 세상은 저 불길이었다.

뜨겁고 아프고 지옥 같았다. 부모는 황선을 버렸으며, 할미는 황선을 팔았고, 사냥꾼과 덕중은 황선을 이용했으며, 염 대사는 자신을 속였고, 이수는 황선을 기만했다.

삶이란 전쟁이고, 승자는 먼저 죽이는 자라는 것을 한번 더 확인시켜주는 저들을 보고 마음이 아팠다.

이제 더이상 당하고 살지 않을 것이다. 원하는 것이 있으면 수단 방법을 가리지 않고 얻을 것이다. 남들처럼.

황선이 상인의 안채를 뒤졌다. 그 집에서 챙겨 나온 돈을 세어 보니 꽤 두둑했다.

황선의 얼굴이 욱신거렸다.

'불길이 가까워서였을까.'

눈 밑은 팔딱거렸고 찌르는 듯한 고통이 피부를 꿰뚫고 지나갔다. 명주 천에서 버드나무 잎을 꺼내 입속에 넣고 씹었다. 향긋하고 쌉쌀한 향이 입안에 퍼지면서 고통이 옅어졌다.

아침이 되자 저잣거리는 사람들로 붐볐다. 설을 맞이할 준비로 분주한 사람들의 모습이 보였다.

황선은 저잣거리에서 유리 색경과 면경들이 눈에 들어왔다.

황선이 색경을 집어 들어 얼굴을 비춰보았다. 색경 속에는 매끈한 피부의 남자가 있었다. 두 눈은 옆으로 길고 안으로 깊으며, 코는 기백 있게 쭉 뻗었고, 턱은 매끈했다. 가끔 참을 수 없는 진통이 몰려오는 것 빼고는 다 괜찮았다. 옆에 서서 색경을 고르던 기생이 생긋 웃었다. 기생은 호기심 어린 시선으로 황선을 보았다.

"혹시 우포청 이수 종사관님 아니세요?"

기생은 눈을 반짝거리면서 황선에게 말했다.

이수?

"종사관님은 미쳐버렸다는 소문이 들리던데 멀쩡하시네."

황선의 눈이 커지자 기생은 그제서야 자신이 잘못 보았다는 것을 깨달았다.

"어머, 제가 잘못 봤나봐요, 너무 닮아서."

"미쳐버렸다는 게 무슨 소리입니까?"

"소문 못 들으셨어요? 이조판서 이수백 대감님이 두 달 전에 글쎄, 부인을 죽이고 자살했다네요. 근데 자살이 아니라 살해당했다는 소문이 파다해요. 그래서 그 집 아들인 이수 종사관님이 관직도 물러나고 혼인도 파하고. 부모님 그렇게 된 후에 완전 정신을 놔버려서 그렇게 청렴하셨던 분이 유곽만 돌아다닌다고."

황선은 다음 말이 들리지 않았다. 눈만 껌뻑거렸다. 황선은 기생의 끈적이는 눈길을 뒤로 하고 걸었다. 분명 이수백은 좋은 관리였다. 처음에는 황선을 집에 들인 것을 못마땅해했지만 시간이 지나면서 잘해주었다. 갑작스런 현기증에 발걸음을 멈추고 벽에 기댔다.

"그 봇짐을 내놓아라."

갑자기 골목 곳곳에서 거지들이 나와 황선을 둘러쌌다. 그들의 시선은 황선이 꽉 쥐고 있는 봇짐을 향했다. 황선은 소리로 이미 3명이 다가오는 것을 느꼈으며, 발자국 소리와 몽둥이를 휘두를 때 나는 바람의 소리로 공격해오는 방향과 속도를 예상할 수 있었다.

소리를 읽은 황선은 이들을 단숨에 제압했다. 가장 어린 거지는 제 편이 다 쓰러지자 덜덜 떨었다. 소문은 낮은 곳에 흘러 모이게 되어있다. 한양의 가장 낮은 곳은 거지들이다. 구걸하면서 이곳저곳을 돌아다니고 사람들은 그들을 사람 취급을 하지 않는다. 귀가 있지만 듣지 못하는 것처럼 대한다.

"죽은 이수백 대감 댁이 어디냐?"

아이는 황선의 손아귀에서 발버둥치며 도망치려했다.

"살려주십시오."

황선이 새 소리를 내자 새 한 마리가 황선의 손에 앉았다. 황선은 아이에게 새를 주었다. 아이는 놀라 동그랗게 뜬 눈으로 황선을 바라보았다.

"대답하면 해치지 않겠다."

"대감님 댁은 마을 끝에 있습니다."

이수의 집은 도성 근처에 있는데 단출한 기와집이라면서 자세히 설명해 주었고 이수와 혼인하기로 한 여자 연홍이 얼마나 아름답고 마음씨가 좋은 여인인지, 이수백과 홍씨 부인이 어떻게 죽었고, 엉터리 유언을 남겼는지도 말해주었다.

"너도 이름이 있느냐?"

아이가 고개를 끄덕이자, 황선은 덜덜 떠는 아이의 손에 은가락지 하나를 놓아주었다. 상인의 집에서 가져나온 물건이었다. 아이가 은가락지와 쓰러진 거지들을 바라보았을 때 황선은 사라지고 없었다.

九

'저 여인은 누굴까?'

그녀는 손이 시린지 호호 불어가면서 언 빨래를 털어 널었다. 가녀린 어깨는 팔랑였고, 귀밑에 젖은 머리카락이 달라붙어 있었고, 두 볼이 발그레했으며 보기 좋게 햇빛에 그을려 있었다.

조촐한 기와집 안에는 다른 하인들의 모습 또한 보이지 않았다. 생기하나 없는 집에 그나마 그녀의 존재가 한 줌의 생기를 불어넣어 주었다.

연홍을 보던 황선은 가슴속에 뜨거운 것이 치밀어 오르는 것을 느꼈다. 이수에 대한 배신감 혹은 아름다운 여자에 대한 지배욕, 여러 복잡한 감정이 얽혀 황선의 심장을 옭아맸다. 연홍의 얼굴 선엔 기품이 있었고, 맑은 눈동자는 갈색 빛을 띠었으며, 도톰한 입술에는 강단이 느껴졌다. 그녀는 황선이 범접하지 못할 정도로 아름다웠다.

시간은 모든 것을 정복한다. 허나 황선에게는 아니었다. 살아온 만큼 떨어져 있던 날이 더 많았지만 이수와 함께한 시간은 인생의 유일한 의미가 있는 시간이었다.

이토록 아름다운 여인이 곁에 있다니, 절대로 이수의 눈길과 마음은 황선에게 향할 것 같지 않았다.

그때, 이수가 사랑채에서 나왔다. 황선은 담장 너머로 이수의 얼굴을 보았다. 8년 만에 본 이수의 키는 황선만큼 컸지만 안색이 창백했고 눈은 퀭했다.

기생 말대로 이수의 이목구비는 색경으로 들여다본 자신과 많이 닮았다.

황선이 얼굴을 만들 때 이수를 생각해서일까?

연홍이 이수를 반기면서 말을 걸었지만, 이수는 대답도 하지 않고 연홍의 옆을 지나갔다. 하지만 황선은 이수의 심장 뛰는 소리를 들었다. 이수는 연홍을 마음 깊이 품고 있다. 다른 사람은 몰라도 황선은 알 수 있다. 연홍에게서 멀어져가는 이수의 심장소리는 다시 느려졌다.

이수가 대문 밖으로 나왔다. 황선은 얼어버린 채 이도저도 못하고 고개를 숙였다. 이수는 거리에 장승이라도 서있는 것처럼 무심하게 황선 옆을 지나쳤다. 이수는 황선을 알아보지 못했다.

황선의 심장은 바늘로 찔린 것처럼 아프고 숨통이 조여왔다. 해는 저물었고 멀리서 개 짖는 소리가 들렸다.

황선은 이수의 뒤를 따르기 시작했다. 이수는 황선이 뒤따라오는 것도 모르는 듯 축 처진 어깨를 하고 느릿느릿 골목을 걸었다. 한참을 걸어 한 유곽으로 들어갔다. 노랫소리와 웃음 소리가 담을 이리저리 넘었다. 황선도 이수를 따라 유곽으로 들어갔다.

유곽 안은 어둑한 불빛 속에서 사람들이 모여 있었고, 천 뒤에서 노래를 하는 여인의 형태가 보였다. 이수는 구석에서 궐련을 피웠다. 황선도 대각선 뒤쪽으로 자리를 잡고 앉았다. 이수의 모습이 황선의 눈에 들어왔다.

텅 빈 눈과 축 처진 어깨, 벌어진 입과 푹 들어간 뺨. 이따금 가수들의 노래를 듣고 두 손으로 머리카락을 움켜쥐기도 했고, 마른세수를 하기도 했다. 한참을 꼼짝하지 않았고 누군가 말을 걸어도 대꾸가 없었다. 술로 입술을 축일 뿐 별로 먹는 것도 없었다. 황선은 거리를 두고 이수를 관찰했는데 그 다음날도 또 그 다음날도 마찬가지였다. 이수는 늘 유곽 귀퉁이에 자리를 잡고 넋나간 사람처럼 노래만 들었다. 황선은 이수가 포도대장이 되어 승승장구할 거라 생각했다.

좋은 부모 아래서 권력과 돈과 명예와 행복 그 모든 것을 가지고 있을거라 믿었고, 자신은 그런 이수에게 복수를 해야 마땅했다. 그런데 지금 이수는 복수할 상대조차 되지 않았다. 명예는 물론 삶에 대한 모든 것을 잃은 상태였다. 지금 죽어도 여한이 없을 행색이었다. 그간의 다짐과 계획이 물거품이 되는 순간이었다. 이래서는 복수의 의미가 없다.

이수가 가장 행복할 때 무너뜨려야 했다.

이수의 무기력한 모습에 자신이 무너질 지경이었다. 분노를 불태우기 전에 꺼져버렸고 복수를 하기도 전에 김이 빠지는 격이었다.

그때 천 뒤에서 여인의 노래가 끝나고 가수는 남자로 바뀌었다. 천에 비친 그림자는 보통 키의 마른 체형의 사내였다. 그의 노랫소리가 천을 넘어 들렸는데 나이를 가늠할 수 없었고 그의 목소리는 어디서도 들어보지 못한 소리로 슬픔과 외로움이 묻어났다.

사내의 노래를 듣던 이수의 눈에서 눈물이 흘렀다. 며칠 동안 관찰했지만 노래에 이토록 반응하는 것은 처음이었다.

황선은 자연스레 그 사내의 목소리에 집중했다. 어디서도 들어본 적 없었지만, 사람의 마음을 흔드는 목소리였다. 황선은 태어나서 처음으로 노래를 듣고 속에서 뜨거운 것이 치밀어 올랐다. 온몸에서 열이 나고 가슴이 두근거리면서 힘이 빠졌다.

그 이후에도 이수는 그의 노래에만 눈물을 흘렸다.

"저자는 누구입니까?"

황선이 유곽의 주인에게 물었다.

"나도 모르오. 무슨 사연인지 얼굴도 가리고 이름도 숨긴다오."

그 다음날, 황선은 유곽 뒤에 숨어 사내가 나오길 기다렸다. 이수의 마음을 움직인 사내에게 관심이 갔다. 어쩌면 이수에게 복수하기 위해 그의 목소리를 이용할 수 있을지 모른다.

밖에서 본 사내의 얼굴은 오십이 넘은 나이로 성긴 수염에 머리가 희끗했다. 몸은 말랐고 어깨는 굽었으며 눈 밑은 거뭇했고 눈알은 노랬다. 귀한 목소리와 달리 평범한 외모의 사내였다. 유곽에서 꽤 두둑한 돈을 번 그가 술 한 병과 떡을 샀다.

사내는 한참을 걸어 외곽의 초가집으로 들어갔다. 마른 잡초가 허리까지 자란 집으로 마당 안에는 큰 감나무가 있었다.

"거기 누구요?"

사내가 안에서 소리를 버럭 질렀다. 황선의 인기척을 들은 모양이었다.

"유곽에서 노래를 듣고 이곳까지 따라왔습니다."

황선이 답하자 사내는 아무런 답이 없었다.

"어떻게 하면 그런 목소리를 가질 수 있습니까?"

사내는 그제야 툇마루로 나왔다.

"서명응이냐, 허겸이냐? 둘 중 누가 시켜서 온 게냐!"

사내는 눈썹을 치켜뜨고 소리를 질렀다.

사내의 이름은 권득출로, 소문난 명창이자 장악원의 관료였다. 그의 노래를 좋아했던 왕이 직접 별명까지 붙여주었다. 권득출은 장악원 주부까지 올라가면서 한때는 승승장구하였으나 지금은 주류세력에서 밀려났다. 거기다 폐병까지 얻어 유곽을 돌며 노래하고 밥벌이나 하는 처지였다.

"모르는 이름입니다. 단지, 사람을 울게하는 목소리는 어찌 낼 수 있는지 궁금하여 따라왔습니다."

사내는 황선을 뚫어지게 보았다.

"제가 폐병을 고쳐드릴 수 있습니다."

"의원인가?"

"의원은 아닙니다만, 고칠 수 있습니다."

"돌아가게."

사내는 버럭 화를 내고 돌아섰다. 황선은 유곽에서 사내가 부른 노래를 똑같이 불렀다. 황선의 목소리는 사내를 따라했지만 그보다 더욱 아름답고 구슬펐다. 사내는 매서운 눈으로 황선을 노려보았다. 황선은 아랑곳하지 않고 노래를 불렀다. 사내는 황선의 노래를 받아 더 구슬프고 아름답게 불렀고, 황선은 사내의 노래를 가로채어 더욱더 애절하게 불렀다. 사내는 결국 주저앉아 눈을 감고 노래를 듣기 시작했다. 황선이 노래를 끝내자 사내가 몸을 일으켰다. 사내가 새 소리를 내자 새가 어깨에 와 내려앉았다. 황선도 따라 새 소리를 내자 새 두 마리가 날아왔다. 두 사람은 비슷한 재주를 가졌다. 사내는 황선을 위아래로 훑어보더니 들어오라는 손짓을 했다.

"비상한 재주를 가졌구나. 흉내 내는 재주를 말이다. 허나 정작 너의 목소리는 없으니 안타깝도다."

황선은 집안을 둘러보았다. 생명이 꺼져버린 초가집은 퀴퀴한 냄새가 났다. 여기저기 비가 새고 먼지도 쌓여 있었다. 옛날의 명성을 기억하는 듯 한쪽에는 고급 서적들과 악기들이 명주천에 덮여 있었고, 건너편 방구석에는 허리까지 오는 쌀뒤주가 있었다. 오래된 악기가 많았고 음률 관련 서적들과 중국서적까지 신기하고 귀한 것 투성이었다. 황선은 사내의 말투와 집안을 둘러보고 그의 사정을 어렴풋이 알았다. 그의 나이 또한 오십이 넘었으니 이제 자신의 재주보다는 젊고 어린 재주꾼에게 분명 마음을 열 것 같았다.

황선은 진짜 의도를 숨긴 채 최대한 착해 보이는 말투와 표정을 짓고 사내를 추켜세우면서 대화에 맞장구를 쳤다.

술이 들어간 사내는 권력이나 출세는 아무 소용없는 것이라고 했다.

"사람을 울게 하고 웃게 하는 것은 사람의 마음을 움직이는 것이다. 사람의 마음을 움직이는 노래를 하려면 상대방이 원하는 것을 알아야 한다. 사람들이 무엇을 원하는지, 무엇을 갖고 싶은지, 어떤 기분인지. 사람의 소리에도 여러 가지 소리가 있다. 외로운 자의 발걸음과 힘찬 자의 발걸음의 소리가 다르다. 사람이 필요로 하는 음식이나 친구가 있듯이 그 사람이 필요한 소리가 있다."

사내의 주름진 이마와 쑥 들어간 볼이 쓸쓸해 보였다.

"원래 무엇을 하시던 분이었습니까?"

"장악원 출신이었지. 그곳은 원래는 소리를 배우는 곳이야."

장악원.

"저도 들어갈 수 있습니까?"

"썩어빠진 곳에 뭐하러."

황선은 목소리를 한 번 들으면 그의 숨소리까지 흉내낼 수 있다. 그럼에도 불구하고, 이곳까지 따라온 것은 이수의 눈물을 흘리게 한 사내가 무엇을 가지고 있는가에 대한 궁금증 때문이었다.

"어찌 그런 목소리를 갖게 되었습니까?"

황선이 물었다.

사내는 어릴 적부터 소리를 흉내 내길 좋아했는데 꿈에서 여우가 자신에게 뽀뽀를 했고, 정신을 차리고 보니 입안에 구슬이 들어있었다. 그 구슬을 꿀꺽 삼키니 꿈에서 깼는데 그 후에 이런 목소리와 재능을 갖게 되었다고 한다. 황선은 사내의 목소리에 탄복하면서 스승으로 모시고 싶다는 뜻을 내비쳤다.

버림받은 늙은 가수는, 젊고 재능 있는 청년이 하는 말을 믿고야 만다.

그 후로 황선은 매일 그곳에 들렀다. 염 대사의 비책 속에서 폐병에 좋다는 약초를 찾아 가져와서 직접 다려주기도 했다.

"그런데 저 여인은 무슨 죄를 지었습니까?"

황선이 다섯 번째 그곳에 갔을 때 물었다.

그는 무슨 말을 하느냐는 식으로 황선을 보았다.

"건넛방 뒤주 안에 여인이 앉아 있잖습니까? 몹시 힘들어합니다."

황선의 귀에는 첫날부터 건넛방에 두 사람 말고 다른 이의 숨소리가 들렸다. 그 숨소리는 뒤주 안에서 들렸다.

"어찌 알았느냐?"

그는 황선을 매섭게 노려보았다.

"소리가 들렸습니다."

호흡과 심장 소리라고 말하지는 않았다.

"쓸데없는 소리 말게."

그는 단호한 목소리로 말하며 술을 따라 마셨다.

뒤주 속 여자는 권득출의 딸이었다. 이름은 권내은. 워낙 박색이라 혼인하던 날 그녀를 본 신랑이 심장마비로 죽었다. 그후 그 집에서 맞아 죽을 뻔한 것을 몰래 권득출이 빼돌려 데려온 것이다. 순식간에 권내은은 남편을 첫날밤에 죽게 한 살인자가 되어 밖에 나가지도 못하고 집안에 숨어살았다.

권득출은 한숨을 내쉬며 술을 더 마셨고, 시간이 지나자 술에 취해 잠이 들었다. 황선이 몸을 일으켜 뒤주 쪽으로 다가갔다.

황선이 뒤주에 매달린 자물쇠를 열고 뚜껑을 들어 올렸다. 그 안에는 코는 뭉개지고 피부는 움푹 파이고 이마와 볼은 군데군데 흉측하게 일그러진 한 여인이 있었다.

권득출의 딸, 권내은이 시체로 발견된 것은 나흘 후였다. 권득출이 딸을 찾아 헤매다가 인근 산속에서 죽어있는 것을 발견하였다. 지나가던 이가 관아에 신고하였지만 권득출은 출동한 포졸들에게 딸이 스스로 목숨을 끊었으니 알아서 하겠다고 했다. 권득출은 온몸이 부러지고 얼굴이 여기저기 상하고 머리통이 박살 난 딸의 시체를 집까지 들고 와 태웠다. 그리고 매듭을 만든 밧줄을 서까래 위에 걸었다. 좌탁(坐卓) 위에 올라가 밧줄로 목을 걸고 섰다. 권득출의 눈은 메말라 있었다.

"왜 죽으려 하십니까?"

황선이 물었다. 언제부터 그가 있었던 것인지 권득출은 알지 못했다.

"내 워낙 죽을 날이 오면 이 아이와 함께 죽으려고 했었네. 딸은 몹쓸 병에 걸렸어. 그 병에 괴로워하다가 딸 아이 스스로 목숨을 끊은 것 같네. 다 나 때문일세. 어차피 발견되면 딸아이는 신랑을 죽게 했기에 살인죄로 참형을 당할 것이었네. 나는 딸을 태웠네. 나도 살 이유가 없어."

권득출이 눈물을 흘렸고 황선은 입을 굳게 다문 채 말이 없었다.

"뒤주를 연 게 자네인가?"

황선은 고개를 끄덕였다.

"자네가 돌아가고 나서 자네의 목소리가 도무지 기억나지 않았네. 목소리가 없는 자, 어찌 사람이란 말인가?"

권득출의 눈빛에 두려움이 떠올랐다. 황선은 그가 밟고 선 좌탁(坐卓)을 발로 찼다. 권득출의 목에 밧줄이 걸렸다. 사지를 아등바등거렸다. 그를 바라보는 황선의 눈동자에서 눈물이 뚝 떨어졌다. 권득출의 파리한 얼굴이 점차 흙빛으로 굳어가더니 영원히 멈췄다.

황선은 권득출이 남긴 초가집에서 악보와 노래와 관련된 것을 제외한 모든 것을 태웠다. 권득출의 시체를 딸의 뼛가루와 함께 뒷산에 묻었다. 집안을 쓸고 닦았으며 먼지를 털었고 온돌을 지펴 벌레를 퇴치했다.

황선은 권득출이 나갔던 유곽에 갔다. 그곳 유곽 주인은 상인 출신의 천 씨라는 사내였다. 권득출이 멀리 여행을 떠나게 되어, 그의 소개로 왔다고 말하니 얼굴을 찡그리며 황선을 쳐다보았다.

"노래 할 줄 아시오?"

황선은 노래를 불렀고, 천 씨는 바로 황선의 손을 움켜쥐며 악수했다. 황선은 마음 같아서는 줄줄 개기름이 낀 피부를 벗겨내고 눈알을 꺼내고 싶었으나 사람 좋은 미소를 지어보였다.

"이름이?"

"남학입니다."

황선은 권득출이 남긴 음악서적에서 적당한 글자 두 개로 이름을 만들었다.

"어디 출신이오?"

"함경입니다."

권득출의 고향을 이야기했다.

"내가 사람 볼 줄 아는데, 자넨 너무 물렀어. 잘 속지? 여기 한양은 눈 뜨면 코 베어간다네. 근데 권득출 그 양반은 어디로 갔나?"

"그건 저도 모릅니다. 따님 일 때문에 멀리 떠나신다는 말만

살변의 창 **137**

전해들었습니다."

"그 양반이 그렇지 뭐. 올 때도 말없이 오더니 떠날 때도 말없이 떠났구먼. 아무튼 자네는 나만 믿으면 돼. 여기서 내가 노래하게 해줄 테니."

그렇게 황선은 권득출이 노래했던 유곽에서 노래를 하게 되었다.

붉은 천 뒤에서 얼굴을 가린 채, 그가 노래를 시작한다.

그의 목소리는 각자 원하는 모습으로 귀와 심장에 가서 일일이 박혔다. 손님들은 약속이나 한 것처럼 천 뒤에서 나는 목소리에 집중했고, 눈에 눈물을 머금기 시작했으며, 급기야 손님들의 저마다 가슴에 묻었던 한을 꺼내는 듯 서글피 울었다. 흥겨웠던 유곽 안은 사내의 노래 한 소절로 슬픈 곳이 되었다. 노래가 끝난 후에도 한동안 모두가 움직이지 않다가 눈물을 닦던 기생 하나가 박수를 치자 모두가 따라 박수를 쳤다. 일어나 박수를 치는 이, 울면서 박수를 치는 이, 박수는 수 분간 이어졌다.

"이름이 무엇입니까?"

"성함만이라도 알려주시와요!"

황선의 노래를 들은 자들은 남녀노소 할 것 없이 열광했다. 그는 천 뒤에서 모습을 드러내지 않았고 남학이라는 이름으로 유명해졌다. 그의 명성은 날로 퍼져나갔다. 그곳 유곽에서 황선은 때때로 기생의 노랫소리를 듣고 따라 하기도 했고, 남자의 노랫소리를 듣고 따라 하기도 했다. 황선의 노랫소리만 듣고는 누가 누군지 구별할 수 없었다. 그 재주에 사람들이 내기를 하고 예상을 빗나가는 목소리에 사람들은 놀라워하면서 즐거워했다. 동물의 소리부터 여자 소리, 사람 소리, 아이 소리, 노래까지. 못 내는 소리가 없었지만 누구도 정체를 몰랐다.

황선은 목소리를 흉내 내는 데 도가 터서 점차 자신의 재주에 사람들이 이끌린다는 것을 알게 되고 우습게 생각하게 되었다.

황선은 자신의 노래에 반응하는 사람들이 지루했고 어서 이수가 나타날 때를 기다렸다.

"이름이 무어요?"

남학은 이 순간을 기다려왔다. 마주보고 앉은 이수는 그대로였다. 짙은 눈썹과 소년 같은 눈매, 가름한 턱선, 쭉 뻗은 코. 보는 사람마저 따라 미소짓게 하는 그 미소까지 변함이 없었다. 부모님의 죽음으로 인한 망가진 정신과 퀭한 눈을 빼면.

"남학입니다."

황선은 떨리는 손을 들키지 않으려 주먹을 꽉 쥐었다. 황선의 눈을 바라보던 이수는 미소를 지었다. 마치 오랫동안 앓던 병을 고친 사람처럼 편안해 보였다.

"그간 내게 좋지 않은 일이 있어 마음이 불편했소. 나는 아무

것도 할 수 없는 사람이 되어 있었소. 마음의 짐 때문인 것을, 나의 부족함 때문인 것을 알아서 두려웠소. 그러나 오늘 그대의 노래를 듣고 그 짐을 잠시 내려놓게 되었소."

"짐이라는 것이 내려놓기 전까지는 한 몸이 되어 얼마나 무거운지 모르는 법입니다."

황선이 떨리는 목소리로 말했다.

"나이가 어찌 되시오?"

"올해 스물 하나입니다."

"나와 같소. 나는 이수라고 하오."

이수는 남학에게 손을 내밀었다. 남학의 심장은 요동쳤다.

이수의 목소리를 통해 황선은 이수가 진심으로 남학의 소리를 좋아한다는 것을 알았다.

또 한 가지, 이수는 남학이 황선임을 여전히 알아보지 못한다.

"앞으로 벗처럼 지낼 수 있었으면 좋겠소."

벗이란 말에 황선의 살갗이 파르르 떨리고 핏대가 섰다.

'넓을 황, 선할 선. 네가 붙여준 이름을 가진 자가 나야. 널 만나기 위해서 사람도 죽이고 얼굴도 고쳤어.'

남학은 속으로 중얼거렸다.

"반갑네, 남학."

이수가 술잔을 들고 말했다. 남학의 술잔이 이수의 술잔에 부덮친다. 쌉쌀하고도 미지근한 술이 남학의 목구멍으로 넘어간다. 남학의 눈에 불길이 일어나는 것을 이수는 알지 못했다.

이수는 처음 만날 때부터 남학을 좋아했다. 그의 노래는 이수의 아픈 마음을 어루만져 주었고, 대화를 나누면 시간 가는 줄 몰랐다. 대화의 주제는 정치부터 예술까지 다양했다. 남학은 이수가 듣기 좋은 목소리로 의견을 부드럽게 이야기했고, 이수는 미소를 지으며 또 다른 의견을 냈다. 밤새서 대화를 했고 자주 술을 같이 마셨다. 남학은 다정하고 믿음 가는 목소리를 냈기 때문에 이수는 남학의 싸늘한 눈길을 알 리가 없었다.

하루는 둘 사이에 어린 시절 이야기가 나왔다. 남학은 자신을 혹시 기억하고 있을지 기대감을 안고 넌지시 어릴 적 생활이 어땠는지 물었다.

"아버지가 지방 군수를 임하셔서 어릴 때부터 그런 아버지를 따라 곳곳을 돌아다녔지. 참 재미있었어. 어머니께서 해주던 음식, 동네 꼬마들과 놀았던 것, 아버지에게 꾸중 듣던 일, 지금 생각해보면 모두 추억일세. 부모님 말을 잘 들을 걸 그랬다네. 내가 어릴 적에 개구쟁이로 말을 안 들었어."

"속 썩이게 해드렸던 일이라도 있었는가?"

"어릴 때야 매번 사고를 쳤다네."

이수는 남학을 기억하지 못한다. 그의 말 속에는, 호흡에는,

정말 거짓이 없었다.

"어릴 적 기억에 남는 벗은 없는가?"

남학은 이수의 물음에 살포시 미소 지을 뿐이었다. 입가에 경련이 날까봐 애썼다.

수십, 수백 번 연습했던 순간이었다.

"없네. 하도 돌아다녀서 그런지 어릴 적 기억이 별로 없어."

왜 기억하지 못하는가. 가느다란 희망이 한순간에 절망으로 바뀌는 순간이었다.

황선의 마음속에 불길이 치솟았다.

이수는 떠난 것이 아니라 황선을 버린 것이었다. 핏대가 서고 관자놀이가 펄떡였지만 이를 악물고 참았다.

'벗?'

황선의 귓속에서 목소리가 울렸다.

벗은 없었다. 처음부터 그는 이수의 벗이 아니었다. 황선의 가슴 깊은 곳에서 파도가 몰아쳤다. 이수와의 추억, 나누었던 대화, 행복한 웃음소리, 믿음, 선의, 그곳에 있다고 생각했던 모든 것은 신기루처럼 사라졌다. 처음부터 존재하지도 않았다. 모든 것이 무너져 내렸고 그 또한 무너졌다.

황선이 동경했던 그의 세상이 추악한 맨얼굴로 그의 앞에 있다.

'거짓말쟁이'

매일 매 순간 이수를 생각했다. 홀쭉이를 죽일 때도, 염 대사를 죽일 때도. 긴 시간 이수를 미워하지 않을 이유를 찾아왔다. 그러나 황선의 세상인 이수에게는 황선이란 존재는 티끌이며 먼지 같은 존재였다. 훅 불어 털어내면 사라지고마는.

"남학, 자네 고향은 어딘가?"

이수는 도깨비처럼 나타난 남학이 궁금했다.

'젊고 잘생기고 재능이 뛰어난 이 청년이 대체 어디 있다가 이제 나타난 것일까.'

이수는 남학의 부드러운 뺨과 깊은 눈 오뚝한 코를 보고 있으면 마음이 편해졌다. 사람들이 둘이 닮았다는 말을 하던데 사실이었다. 남학은 이수 자신을 닮았다. 그리하여 더욱 친근감이 드는 것일지도 몰랐다. 특히, 그의 목소리는 이수의 불안하고 두려운 마음을 편안하게 만들어 주었다.

"황해도 평산. 부모님은 농사꾼이셨고 두 분 다 일찍 돌아가셨어. 사냥꾼인 할아버지를 따라 지냈네. 뭐 특별하게 재미있지 않은 이야기야, 평범하지."

"노래는 어찌 배우게 된 건가?"

"우리 동네에 노래하는 사람이 있었는데 어깨너머로 들으면서 혼자 불러 보곤 했지. 그리고 여우 꿈을 꾸었는데……."

남학은 그럴듯하게 어린 시절을 둘러댔다. 거기다가 권득출에게 들은 여우 이야기까지 보탰다. 이수 몰래 이를 악물어서 입안에서 희미한 피비린내가 났다.

'황선은 죽었어. 이제부터 너에게 복수할 거야. 그러려면 너도 나한테 걸맞은 사람이 되어야지.'

지금 당장은 아니다. 그가 가장 빛날 때, 그 빛을 꺼버려야 했다. 그렇게 남학은 옆에서 이수의 얼굴을 노려볼 뿐이었다.

이수의 모습을 복원한다. 그를 빛나게 만든다. 행복하게 한다.

그리고 그가 가진 것을 하나하나 빼앗는다.

그의 총기, 열정, 사랑, 판단력, 돈을 뺏고, 자신이 느낀 절망, 수치, 멸시, 자괴감, 배신감, 자기 환멸을 똑같이 주어 그대로 느끼게 한다.

일단 그러기 위해서는 이수에 대해 알아야 하며 그가 다시 빛나도록 만들어야 한다. 그의 옆에서 그가 소중하게 생각하는 것이 뭔지, 두려워하는 것이 뭔지, 원하는 일이 뭔지 알아내야 한다. 그러기 위해서는 남학 또한 위로 가야 한다. 남학의 눈이 시퍼렇게 빛났다.

144

十一

　　장악원이 인재를 뽑는 날. 한양에는 조선 팔도 노래 잘한다는
이가 모여들었다. 재주를 선보여 장악원에 들어가면 벼슬도 주
었다.

　　장악원 제조 서명응은 얼마 전 왕에게 꾸지람을 들었다. 새로
뽑은 가수는 훈련을 시켰음에도 불구하고 음이 맞지 않고 듣기
에 좋지 않았다. 왕은 음악 이론서인 《악통(樂通)》을 직접 낼 정
도로 음악에 정통했고, 음악을 잘 아는 사람을 신하로 삼았다.
총명하고 단정한 젊은이들을 뽑아 노래와 소리를 가르쳤지만
열에 여덟은 왕이 실망했고, 나머지는 훈련을 버티질 못하고 달
아났다. 서명응은 왕의 기대를 충족시키기 위해 직접 자신의 집

대문을 열어 누구든 노래하고 싶은 이를 받아들였으며, 저잣거리든 사당패든 노래를 잘한다는 소문이 도는 이들을 직접 찾아가 만나보기도 했다.

얼마 전에 서명웅은 이상한 소문을 들었다. 유곽을 떠돌면서 노래를 부르는 기묘한 인물에 대해. 그자는 얼굴이 추하여 천 뒤에서만 노래를 부른다거나, 아름다운 여자라서 얼굴을 보일 수 없다거나, 나이가 많다거나, 아직 아이라거나 별의별 소문이 돌았다. 그의 목소리에서 시대의 명창이었지만 지금은 사라져버린 권득출이 묻어나와, 숨겨둔 그의 제자라는 소문도 돌았다. 소문의 공통점은 하나같이 그 노래를 듣는 이는 매혹당한다는 것이다. 그에게 알려진 것은 남학이라는 이름 뿐이다. 서명웅은 그가 궁금해져서 사람을 시켜 남학이란 자를 데려오라 하였으나 매번 거절하여 실패하였다.

도성 문 앞에 까맣게 줄이 늘어섰다. 그 줄 속에 남학의 모습도 있었다.

장악원 주부 서명웅은 앉아서 진지하게 젊은이들이 부르는 노래를 듣고 있었다.

드디어 남학의 차례가 되었다. 그는 젊고 생기가 넘치는 목소리를 내었다. 잊고 있던 젊은 시절, 청춘, 목표, 첫 포부들을 떠올리게 만들었다. 나이 든 심사위원들뿐 아니라 경연에 참여한 모두가 본분과 신분을 잊고 남학의 노래를 들었다.

광기, 아름다움, 애잔함, 스산함 등이 주술처럼 섞여 사람들 귀로 흘러 들어가 심장을 훑고 온몸에 퍼졌다. 남학의 노래가 끝나자 그 누구도 입을 여는 자가 없었다. 서명응의 귀에 남학의 노래는 물리적으로 절대 탄생할 수도 없는 새로움이었다. 한때 최고였지만 이제는 사라져버린 권득출과는 격이 다른 재능을 가진 자였다. 남학이 인사를 하고 사라진 후에야 서명응이 끄응 하는 소리를 내며 정신을 차렸다. 심사를 본 사람들도 입을 벌리고 멍하니 남학이 서있던 자리를 바라보았다.

서명응은 경의를 넘어 두려움까지 느꼈다.

저자가 누구인지 소상이 알아내라고 명했다. 조정대신들은 그를 찾아다녔다. 서명응은 그가 최근 유곽에서 노래하는 자이며 자신이 데려오라 명했던 남학이란 자임을 알아냈다.

서명응은 남학을 만나기 위해 당화루에 직접 찾아왔다. 그즈음 남학은 천 씨의 소개로 당화루에서 노래를 자주 불렀다. 당화루를 관리하고 운영하는 자는 유곽을 운영하는 천 씨의 먼 친척으로 평소 노래에 관심이 많아 당화루에서 노래를 부르면 선비들이 모여 시조를 짓곤 했다.

"장악원에서 사라진 가수가 너였구나……. 너를 찾아 모두가 한참을 헤맸다고 들었다."

남학은 서명웅의 출연에, 목소리에 특히 회환을 담아 불렀다. 남학의 목소리가 늙은 서명웅의 심장을 쥐고 흔들었다. 남학의 노랫소리에 그는 크게 기뻐하며 물었다.

"재주가 비상하구나. 오랜만에 가슴이 뛰었다. 장악원에 들어오라."

"장악원에 들어가는 대신 부탁이 있습니다."

남학은 고개를 숙였다.

"무엇이냐. 너의 부탁을 들어주고 싶다."

"임금님 앞에서 노래하게 해주십시오."

잠시 생각하던 서명웅은 고개를 끄덕였고, 남학의 눈이 날카롭게 빛나는 것은 아무도 보지 못했다. 장악원은 일년에 네 차례 실기 시험을 치러야 했고, 궁중음악을 하지않는 시간에도 다른 연습을 해야했다. 하는 일은 많지만 장악원 악공들은 한 달에 베 한필로 끼니를 연명했다. 처음부터 장악원에 들어가는 게 목표가 아니었다. 왕을 만나는 게 목표였다.

왕은 눈을 감았다. 관자놀이가 쿡쿡 쑤셨다. 눈을 감으면 아버지의 목소리가 들린다. 그 음성은 가까이 있지만 늘 보이지 않는 벽이 가로막고 있는 듯 탁하게 들렸다. 어둠 속의 아버지의 목소리는 불투명했다. 밖으로는 대룡파가 왕의 머리를 아프게 했다. 극적(劇賊)이라고 불리우는 대룡파는 실체가 없었다.

여러 도(道)로 왕래하여 그 무리들이 번성한지 벌써 7년이나 지났으나, 잡기는커녕 쓸만한 정보 하나 얻지 못하고 있다. 훔친 재물을 일부 백성들에게 나눠주니, 백성들이 대룡파란 이름만 들으면 밥을 먹여주고 잠까지 재워준다. 대룡파의 수칙 중 하나는 그 집에서 잠을 자면 이부자리를 정리하고 오라는 것이었다. 이 수칙은 백성들이 대룡파를 신뢰하는 계기가 되었다. 백성들 사이에서 대룡파는 적이 아니었다. 조정에서도 처음엔 흔한 도적떼거니 하고 관군을 보냈지만, 그때마다 백성들이 숨겨주고 신고도 하지 않아서 잡기가 힘들었다. 누구나 대룡파고, 누구도 대룡파가 아니었다.

왕은 워낙 하루에 두 끼만 먹고 반찬도 네 가지 이상 올리지 못하게 하였는데 그마저도 요즘은 흙 씹는 것처럼 입안에서 버석거렸다. 하루에도 몇 번씩 숨을 못 쉴 정도로 명치가 답답했다. 명의에게 침을 수도 없이 맞았지만 나아지진 않았다.

말을 타고 등에 땀이 흠뻑 나도록 달려보아도 마찬가지였다.

"전하, 남학이란 자가 있는데 그자의 노래를 한 번 들어보심이 어떠시옵니까?"

서명응이 말했다. 왕은 노래에 관한 서적까지 직접 낼 정도로 관심이 많았지만 몇 해 동안 제대로 된 소리를 들어본 적이 없었다. 왕이 한때 듣기 좋아했던 명창 권득출은 홀연히 장악원을 떠나버렸다.

'내 편은 모두 떠나는구나.'

명치가 또 쿡 쑤셨다. 먹은 것이 도통 내려가지 않는다.

그 다음날 남학은 왕을 만났다. 날이 좋은 한낮이었다. 정자 위에는 왕과 내시 김조겸이 있었다. 정자 주위의 연못에는 흰 연꽃이 하나둘 올라왔다. 남학은 서명응을 따라 정자까지 걸어 왔다. 절대 고개를 먼저 들어선 안 된다고 했다.

"이름이 무어냐?"

남학의 눈에 비친 왕은 빛나는 이마를 가진 자였는데 숨소리 가 무거웠으며 목소리에는 그리움과 고독이 묻어 있었다.

왕은 많은 신하들에게 둘러싸여 자신을 돌볼 시간이 없고, 모 든 것을 함께 나눠야 하며 사사건건 반대에 부딪쳐왔다. 한편인 줄 알았던 자가 독이 되고, 벗인 줄 알았던 자가 자신을 해치려 했다. 궁궐은 넓고 크나 어디든 눈으로 보고 귀로 듣는 이가 있 어 가슴이 답답했다. 왕은 이 세상의 주인인데 노예보다 불행해 보였다. 그러나 이 나라와 백성을 포기하진 않을 거라는 의지가 숨소리에서 느껴졌다.

'이 자가 왕이란 말인가. 이수가 사랑하는 나라의 왕?'

"남학이라 하옵니다."

왕은 남학을 바라보았다. 새하얀 도포를 입은 이 자는 분위기

가 남달랐다. 반듯한 이마와 곧게 뻗은 콧날, 두 눈동자는 단단
하고도 오롯했다.

"노래를 불러보아라."

왕의 명에 따라 남학이 고개를 들고 노래를 시작했다. 그가
보드라운 입술을 벌려 노래하자, 나뭇잎이 흔들려 벚꽃이 쏟아
져 내렸다. 노래 속의 왕은 어린 시절로 돌아가 아름다운 경치
를 보며 뛰어 놀았다. 그곳에는 아버지도 있다. 아버지는 환한
미소로 왕의 손을 잡아준다. 그 손이 참으로 따스하다. 아버지와
어린 왕은 마주 보며 웃는다.

노래는 오래 전 끝났다. 왕은 멍하니 앉은 채였다. 왕의 얼굴
이 뜨거운 것으로 뒤덮였는데 손으로 닦아내니 눈물이었다. 답
답함이 사라지고 머리와 속이 개운함을 느꼈다. 명치에 꽉 막힌
것이 내려갔다.

왕은 깊이 숨을 들이마시다가 떨리는 목소리로 말했다.

"이 자를 닷새 후 도착 할 청나라 사신들 앞에서 노래하게
하라."

내시 김조겸이 어둠속에 모습을 드러내고 고개를 조아렸다.

"성은이 망극하옵니다."

그리하여 남학은 닷새 후 궁중예악단과 함께 연회에서 노래
를 부르게 되었다.

十二

청나라, 건륭제가 보낸 사신들의 분위기는 좋지 않았다. 청나라 사신들은 말 2만 필과 칼 2천 자루, 황금 백 냥, 은 1천 냥, 수족제비 가죽 400장, 광목 1만 필, 후추 10포대, 청서피 300장, 쌀 1만 포 등 그 목록이 수십 가지에 달하였고, 게다가 처녀 100명이나 되는 무리한 조공을 원하였다. 지난 해보다 세 곱절 이상 늘어난 양이었다.

왕의 표정은 굳어졌다. 통역관이 최대한 부드럽게 통역을 해 보지만 왕의 찡그린 얼굴 보고 청나라 사신들도 눈살을 찌푸리기 시작했다. 좌의정 송길준과 영의정 김좌서를 비롯한 조정대신들은 예기치 못한 상황에 이러지도 저러지도 못하고 고심하는 눈치였다. 내시 김조겸이 눈치를 보고 준비시킨 예악을 들려주려 했으나, 청나라 사신 중에 유독 눈빛이 붉은 이가 손을 들어 제지했다.

"다 물러가라 하시오."

통역관이 전하자마자, 궁중악사들은 모두 총총히 물러갔다. 물러선 자리에 홀로 우뚝 선 자가 있었으니, 바로 남학이었다. 남학은 미동이 없었다.

"저자가 누구인가? 왜 명령을 듣고도 저리 서 있는 게냐!"

눈빛이 붉은 이가 화가 나 청나라 말로 소리쳤고 왕은 그런 남학의 행동을 주시했다.

"당장 자리로 돌아가라. 안 그러면 너의 목을 벨 것이다."

"목을 베십시오."

남학이 청나라 말로 말했다.

"뭐라?"

눈빛이 붉은 청나라 사신은 남학이 청나라 말을 하는 것에 한 번 놀랐고, 그 말뜻에 두 번 놀랐다.

"너는 누구냐. 목숨이 여러 개라도 된단 말이냐?"

"다만, 노래 한 곡만 올리게 해주십시오. 그런 다음 목을 베셔도, 사지를 찢어도 좋습니다."

남학의 표정은 한치의 흔들림도 없었다. 눈이 붉은 이의 얼굴이 시뻘겋게 달아올랐다가 실소를 터트렸다.

"좋다! 이거 정녕 미친놈이로구나. 죽는 자의 유언이라 생각하겠다. 어디 불러보아라."

남학의 노랫소리가 궁중에 울려 퍼졌다. 그것은 전쟁으로 잃은 어미와 아비 그리고 누이들에 관한 노래였다. 어느 곳에서는 딸아이의 음성으로 들렸고, 어느 곳에서는 죽어간 형제들의 음성으로 들렸다. 그 무렵의 청나라 정서와 딱 맞아떨어지는 노래였다. 청나라 사신들의 눈앞에 죽은 가족들이 어른거렸다. 사신들은 손을 뻗으며 걸어 나오더니 덩실덩실 춤을 추다가 주저앉아 울음을 터트렸다. 얼굴이 눈물 콧물로 뒤범벅이 되었다. 눈이 붉은 이는 남학을 가까이 불러 잠긴 목소리로 물었다.

"너를 죽였다면 나는 필시 벌을 받을 뻔했다. 이렇듯 너의 목소리가 신비로운 비결이 무엇이냐?"

"조선 금강에는 인삼이란 식물이 있사오니, 그것은 조선의 불로초라 불리는 것입니다. 어린 시절 금강에서 귀한 것인지 모르고 먹은 후에 힘이 솟고 지치지 않으며 고뿔에도 걸리지 않습니다. 그리고 이런 신비한 재주를 갖게 되었습니다."

"불로초?"

"그렇습니다. 좋은 인삼 한 뿌리의 가치는 말 만 필과도 맞먹습니다."

남학이 고개를 숙였다.

"인삼을 대령하라."

신하들이 발 빠르게 인삼을 대령하였다. 청의 사신은 인삼을 먹고 다음날 다시 자리를 만들어 남학을 불렀다. 눈이 붉은 사신의 붉은 기가 사라지고 얼굴 색이 좋게 돌아왔다.

"인삼 50뿌리를 추가로 더 가져가겠소."

사신의 말에 왕의 얼굴이 구겨졌다. 이대로라면 혹을 떼려다 혹을 붙인 셈이었다. 그러나 남학의 얼굴에는 미소가 피어올랐다.

"조공을 보냈으나 풍랑때문에 바다에 가라앉았습니다. 그 사실을 알고 계시지요? 고국에 돌아가서도 그리 보고 하실 테고요."

"맞아, 그랬었지. 바다에 가라앉은 것을 어찌 또 보내라 하겠소. 그럼 인삼만 가져가겠소."

남학의 말에 청나라 사신은 맞장구를 쳤다.

청나라 사신의 눈빛은 홀린 것이 아니라 확신에 차 있었다. 남학의 말을 진심으로 믿고 있었다. 왕은 멀리서 남학이 청나라 대신들에게 펼치는 재주를 보고 있었다.

'어찌 이런 재주를 가졌을까?'

청의 사신은 남학의 손을 잡았다.

"자네의 노래를 들으니 마음이 편해지는구나. 다른 곡으로 더 불러보거라. 이번엔 아주 흥겨운 노래로 말이다."

남학을 필두로 궁중악사들이 모여들어 풍악을 울렸다. 조용히 남학을 노려보던 내시 김조겸도, 이 모든 것이 믿을 수 없는 서명응도, 걱정스레 바라보던 영의정 김좌서와 좌의정 송길준도, 모두 참을 수 없는 흥겨움을 느꼈다.

"청나라 말은 어디서 배웠느냐?"

왕의 물음에 남학이 답하였다.

"청나라 말을 배운 적은 없으나 사신들의 말을 듣고 깨우쳤습니다."

"부모님은?"

"어릴 적에 돌아가셨습니다, 두 분 다."

"고생이 많았겠구나……. 고향은 어디냐?"

"황해도 평산입니다."

"노래는 어디서 배웠느냐?"

"그 또한 배운 적은 없으나 들리는 것을 흉내 낼 뿐입니다."

"누가 들려주었느냐?"

"살아있는 모든 것이 들려주었습니다. 소인은 그네들이 들려주는 소리를 전달했을 뿐입니다. 물 소리, 새 소리, 천둥 소리 처럼, 사람의 소리에도 여러 가지 소리가 있사옵니다. 같은 발걸음이라도 외로운 자의 발걸음 소리와 힘찬 자의 발걸음의 소리는 다르옵니다. 사람에게 필요한 음식이나 친구가 있듯이 그 사람이 필요한 소리가 있사옵니다."

남학은 권득출이 했던 말을 그럴싸하게 보탰다.

"나에게서도 소리가 들리느냐?"

"네, 그러하옵니다……."

"필시 외로운 소리겠구나."

"그리하여 따뜻한 노래가 어울리옵니다. 허나, 어찌 아셨습니까?"

남학이 고개를 들어 왕의 눈동자와 길게 마주쳤다.

"네 낯빛이 덩달아 외로운 걸 보고 알았다."

왕은 부드러운 미소를 지었다.

"너의 소원이 무엇이냐? 내 한 가지를 들어주리라."

남학은 그런 왕을 바라보았다.

"어서 말해보거라."

남학은 상기된 낯빛으로 입을 열었다.

"아뢰옵기 황송하오나……."

"말해보아라."

"전 우포청 종사관 이수의 복귀를 간청하옵나이다."

왕은 허탈해하는 웃음을 터트리며 남학을 바라보았다. 그는 어떻게든 이수를 복귀시키려 했지만 명분이 없었다. 눈앞의 사내는 자신의 마음을 알고 있는 듯하였다.

"죽은 이수백 대감의 아들 말이냐?"

"그러하옵니다."

"왜 이수가 복귀를 하여야 하는가?"

"도성 근처에 흉흉한 살변(殺變)사건이 벌어지고 있사온데 그것을 해결할 수 있는 유일한 자입니다."

흉흉한 살변사건.

왕도 그 사건에 대해 보고받은 적이 있다. 여자들이 종적없이 사라졌다가 시체로 발견된 사건으로, 죽은 여자들의 얼굴이 만신창이가 되어있는 기묘한 사건이었다.

"범인이 잡혔다 들었다."

"범인이 잡힌 후에도 똑같은 사건이 벌어졌습니다. 결국 진짜 범인을 잡지 못하고 있는 것이지요."

똑같은 사건이 벌어졌다는 보고는 왕이 받지 못했다. 왕의 미간이 살짝 구겨졌다. 뒤에 서있는 내시 김조겸의 침 삼키는 소리가 들렸다.

남학은 말을 이어갔다.

"살인사건이 계속 발생하는 것은 포도청이 제대로 수사하지 못한 까닭입니다."

남학이 하는 말은 위험하다. 그 말은 현재 포도청 사람들의 무능함을 입에 담는 말이므로, 입에 올려서는 절대로 안 될 말이었다.

"어느 안전이라고! 죽고 싶은 게냐?"

내시 김조겸이 노려보며 소리를 질렀다.

"전하. 남학이 큰 공을 세웠다 한들, 조정 일에는 절차와 법도가 있는 법이옵니다. 대신들을 모집하여 논하신 후에 결정하셔야 합니다."

내시 김조겸이 짐짓 근엄한 얼굴을 하고 말을 이어갔지만 그의 목소리는 불편함으로 굳어있었다. 남학은 웃음이 터져 나오려는 것을 참았다.

'재밌군. 이수야, 보아라. 이것이 네가 사랑하는 나라를 위해 일하는 사람들의 진짜 모습이다.'

궁궐은 또 다른 전쟁터였다. 거미줄처럼 촘촘히 연결되어 있어 이익을 위해 상대를 속이고 같은 편인척 한다. 허점을 보이면 가진 것을 뺏고 배를 채운다. 백성을 수탈하고, 빼앗고 굶어 죽인다. 없는 자의 돈을 빼앗고 죽여 장기를 판다. 자신의 이익을 지키기 위해 무엇이든 한다는 점에서 황선이 어릴적 사냥꾼과 지냈던 산속과 다를 바가 없었다.

'내시가 이수의 복귀를 막는 이유가 뭘까? 어쩌면 내시가 이수의 부모를 죽인 자들과 맞닿아 있을지도 모른다.'

남학은 내시 김조겸의 떨리는 심장 소리에서 자신의 추측이 비약이 아님을 확신하였다.

"약조는 지키라고 있는 것이다. 왕이 약조를 지키지 않으면 어찌 백성들이 내 말을 믿겠느냐? 이수를 종2품 우포도대장으로 명하고, 남학에게 쌀 100섬과 비단 30필을 내리거라."

왕의 목소리는 어느 때보다 힘이 있었다. 남학은 고개를 숙였다.

"좀 드셔보시지요."

연홍은 열두 시간 꼬박 한약을 달였다. 불을 꺼뜨리지 않아야 효험이 있다 하여 먹지도 자지도 않고 부뚜막을 지켰다. 이수는 부모가 한날에 억울하게 죽고 좌천까지 당한 후에는 영혼이 빠져나간 사람 같았다.

열린 눈꺼풀 아래에서 움직이는 눈동자는 도착지가 없었고 팔다리는 힘이 없이 흐느적거렸다. 악몽을 꾸는지 자다가 헛소리를 하고, 식은땀을 흘렸다. 그는 정처 없이 떠돌다 밤 늦게야 돌아왔다. 그녀가 이전에 봤던 모습과 전혀 다른 사람이었다. 이수가 남학을 만나기 전까지는.

남학이 무너져가는 이수의 벗이 되어주었고, 그때부터 이수는 얼굴 색도 밝아지고 잠도 자며 식욕이 돌기 시작했다. 연홍이 이수에게 먹이는 약재도 그가 구해다준 귀한 것으로, 약재에 대해 지식이 있는 연홍도 처음 보는 것일 만큼 귀했다. 이수는 연홍이 주는 한약을 다 마셨다.

그때, 밖에서 말발굽 소리가 들렸다. 이수가 영문 모를 얼굴로 연홍을 바라보았다. 연홍은 문을 열고 뛰어나갔다.

"어명이오!"

이수가 비틀비틀 방 안에서 걸어 나왔다. 의문스러운 얼굴을 하면서도 한걸음에 달려가 바닥에 엎드렸다.

"이수를 금일부로 우포도청 포도대장으로 명하노라."

어리둥절했다. 종사관을 그만두고난 후 여섯 달만의 복직이었다. 거기다가 우포도대장은 종5품인 종사관보다 높은 종2품이었다. 연홍은 기쁨의 눈물을 소리 없이 흘렸다.

해가 저물자 남학이 찾아왔다. 텅 빈 이들의 집에 찾아오는 이는 어차피 남학뿐이었다. 그의 손에는 닭이 들려있었다.

"좋은 소식이 궁 밖에까지 퍼졌다네! 축하하네. 오늘은 우리 잔치를 벌이자고."

차가운 집에 온기가 돌았다. 이수는 요리를 할 줄 몰랐지만 남학은 잘했다. 연홍이 옆에서 도우려 해도 남학은 쉬라고 하면서 손사레를 쳤다.

"요리는 남자가 해야 하오. 무거운 솥도 들어야 하고 물도 날라야 하는데, 앞으로 남자가 요리하는 세상이 올 거요."

연홍은 그런 날이 오겠냐며, 올거면 빨리 왔으면 좋겠다고 웃었다.

이수, 연홍, 남학은 셋이서 오붓하게 앉아 남학이 만든 닭요리를 먹었다.

"그런데 어찌 전하께서 다시 나를 부르신 걸까?"

이수는 의아했다. 포도부장 최자열을 두들겨 패고, 양귀비를 피웠다는 소문 때문에 이수의 평판은 바닥에 떨어졌었다. 그 후에도 부모님은 살해당한 것이라며 포도대장 김충호의 수사에 이의를 제기하고 번복했다. 거기다가 이수백이 죽고 끈 떨어진 연이 된 이수를 조정에서 복직시켜야 할 이유도 없었다. 거의 모든 공직은 김좌서 인맥이었다. 인사권을 독점하고 있었기 때문에 평소 김좌서의 의견을 반대한 이수백의 아들을 복직시킨다는 것은 호랑이 새끼를 품는 것과 같았다. 누군가 뒤를 봐주거나 손을 쓴 것이 아니라면 쉽게 복직이 될 리가 없다.

이 사실을 연홍도 알고 있었지만, 일부러 내색하지 않았다. 이수는 달뜬 얼굴로 활기차게 남학과 대화 중이었기 때문이다. 발그레한 뺨에 눈은 너울거리며 빛났고 미소가 가득했다. 오랜만에 생기 있는 이수의 모습을 보며 연홍도 따라 미소지었다.

"안 그래도 요사이 도성에 흉흉한 살변사건이 일어난다는데, 그걸 해결할 사람은 자네뿐이야. 전하께서도 그리 생각하신거지. 앞으로 할 일이 많을테니 많이 먹어두게."

남학은 호쾌하게 직접 삶은 닭다리를 내어주었다.

이수도 그 사건에 대해 알고 있었다. 3일 전 또 여자의 시체가 발견되었는데 그 모습이 끔찍하기 이루 말할 수 없어 짐승의 짓이라느니, 귀신의 짓이라느니 하는 소문이 돌았다. 이로써 총 3명의 여인이 죽었다. 2건의 사건 이후 포도청의 수사로 범인은 바로 잡혔지만 비슷한 방식의 살인이 또 일어난 것이다. 포도청은 모방범의 소행이라고 하면서 범인이 맞다고 우겼다. 그러나 민심은 진짜 범인은 잡지 못하고 힘없는 노비 하나를 범인으로 몰았다며 포도청을 욕했고, 나아가 조정과 왕을 욕했다.

'대체 사람에게 그런 몹쓸 짓을 한 놈은 누구일까?'

이수는 사건을 생각하자 몸에 뜨거운 피가 돌았다. 사건이 벌어지면 저절로 생기는 의지였다.

"날도 저물었는데 오늘 밤은 여기서 묵고 가게나."

이수는 가는 남학이 아쉬워 붙잡았다.

남학은 호의를 다음으로 미루겠다고 대답하고는 집을 나왔다. 달빛도 구름에 가려 어두운 밤길이었다. 순라군(巡邏軍)들이 조족등(照足燈)을 들고 밤길을 돌아다녔다. 발소리를 들은 남학은 그들의 눈을 피해 밤길을 걸어 곧장 마을 입구에 있는 서낭당으로 향했다. 뒤따라오는 이는 없었다. 오래된 느티나무에 오방색의 천들이 걸려 있었고 돌무덤이 곳곳에 쌓여 있었다. 그곳에는 여인 한 명이 쓰개치마를 쓰고 서 있었다.

十三

우포청(右捕廳)은 서부 서린방(瑞麟坊) 혜정교(惠政橋) 남쪽
에 있었다. 5월의 따스한 해가 포도청에 내리쬐었다. 이수는 포
도대장 융복을 입고 허리에 칼을 찬 채 우포청으로 걸어 들어갔
다. 포도청 포졸들이 육모방망이를 허리에 찬 채 이수에게 고개
를 숙여 인사를 했다. 포도부장 최자열은 사색이 된 얼굴로 깊
이 허리를 숙였다. 우포도청 내부로 들어간 이수는 포도대장 집
무실로 들어갔다. 포도청 안의 오래된 나무 냄새에 이수는 마음
이 놓였다. 원래 포도대장이었던 김충호는 종5품인 한성부 행방
으로 발령받았다. 이수가 떠나있던 여섯 달 동안 크고 작은 사
건들이 발생했다.

이수는 복귀하자마자 환영식도 하지 않고 수사에 착수했다.

"올해 들어 죽은 사람들의 자료를 모조리 가져오라."

포도부장 최자열은 이수를 저승사자 보듯 하였다.

"살해당한 자가 아니라 그냥 죽은 사람들도 말입니까?"

이수가 고개를 끄덕였다. 최자열이 두툼한 자료를 가져왔다. 자료 안에는 짐승에 물려 죽은 사람부터 자식에게 맞아 죽은 어미, 종을 죽인 주인까지 다양한 살인사건들이 가득했다.

자료를 살펴보는데 포졸 하나가 관아로 뛰어왔다. 당화루 밑 냇가에서 여인의 시체가 발견되었다는 보고였다.

이수는 최자열과 함께 현장으로 향했다.

'어찌 이런.'

이수는 마른 침을 삼켰다. 냇가에는 여인 하나가 저고리와 치마차림으로 냇가 옆에 누워 있었다. 주변에 구경하던 사람들이 저마다 죽은 자의 끔찍한 모습에 한탄하며 한숨을 쉬었다. 시신의 모습은 양팔 양다리를 대자로 벌린 모양으로, 눈은 크게 부릅뜬 채였다. 햇살이 시체의 얼굴을 비췄다. 여인은 20대 후반으로 보였다. 이리저리 상처가 가득한 얼굴과는 달리 솜저고리와 치마는 그대로 입혀져 있었다. 저고리와 치마, 털신의 품질로 보아 신분은 양반이었고, 쪽진 머리를 보아 혼인한 여인이다.

냇가로 통하는 오솔길 사이로 더운 바람이 불어왔다. 포졸들은 몰려드는 사람들을 상대하며 죽은 여인이 누군지 물어보았고, 최자열은 연신 눈살을 찌푸렸다.

"아무래도 도적들 짓 같습니다요. 대룡파다 뭐다 난리인데, 필시 그놈들 짓일 겁니다."

"손가락에 낀 가락지와 저고리에 달린 노리개가 그대로다. 도적이라면 이걸 왜 두고 갔겠느냐?"

이수는 주변을 둘러보았다. 냇가를 앞에 두고 왼쪽으로는 마을로 통하는 오솔길이 보였고, 오른쪽에는 당화루로 통하는 오솔길이 있었다. 고개를 올려다보니 30척 되는 높이 위에 당화루의 지붕이 보였다. 머리통이 멀쩡한 것으로 보아 추락사도 아닌 듯 보였다. 바닥에는 핏자국이 없었다. 다른 곳에서 죽여 이곳으로 옮겨둔 것이다. 최자열 말대로, 대룡파 짓이라면 당화루에서 던져버리면 그만일 것을 일부러 이런 수고를 감수할 이유가 없다.

게다가 냇가는 아침이 되면 빨래를 하러 오는 여인들이 많아 시체를 버리기는 좋지 못한 곳이었다. 이렇게 눈에 잘 띄기도 하고.

이수가 몸을 굽혀 여인을 자세히 관찰했다. 여름에는 시신이 하루 이틀만 지나도 살빛이 변하고, 더운 날엔 코와 입에서 액즙이 흐르고 구더기가 생기며 두피가 부풀어 오르고 눈알이 튀어나오며 포진이 생긴다. 똑같은 상처라도 겨울에는 다르다. 지금은 5월이긴 하지만 움직이면 땀이 흐를 정도로 덥다. 이 모습은 부패에 의한 것이 아니었다. 여인의 얼굴은 까마귀가 뜯어먹은 듯 군데군데 빗물받이처럼 움푹 파여 있었고, 얼굴 구멍 안에는 구더기가 몸을 비틀며 기어 다녔다. 상처의 모양으로 보아 깊이와 시기가 다르다.

게다가 몸 어디에도 흉기에 의한 상처는 보이지 않았지만 손목과 발목에는 줄에 묶인 듯 결박흔이 있었다. 여인의 시체는 이상한 점 투성이다.

"우웨에에엑!"

이수를 따라 시체를 살펴보던 최자열은 뛰어나가 나무 밑에서 헛구역질을 하였다.

죽은 여인의 왼쪽 손이 주먹을 말아 쥔 채였다. 이수가 여인의 말린 손을 펴보았다. 손가락은 이미 굳어 딱딱했고 차가운 살갗에는 시큼한 냄새가 났다. 여인의 손바닥 안에는 한 뼘 길이만 한 붉은 실이 보였다. 손끝으로 집어 햇빛에 비춰보았다.

"이건 장식에 쓰이는 실 아닙니까?"

최자열이 입가를 닦아내며 말했다.

"검안실로 옮겨 형방 검관 박도흠에게 시신을 검시하도록 하라."

이수의 명령에 포졸들이 시신을 옮기기 시작했다.

"시신을 처음 발견한 것이 너냐? 소상히 말하여라."

이수의 물음에 계화는 하얗게 질린 얼굴로 부들부들 떨었다. 계화는 시신을 처음 발견한 어린 몸종이었다.

"냇가에 빨래를 하러 갔다가 보았습니다. 그때가 묘시 정도 되었습니다. 하얀 것이 보여 가까이 가보니 그만……."

계화는 울음을 터트렸다.

"마님! 마님!"

인파 속에서 나이든 여종이 뛰어나와 울부짖었다. 이수는 여종을 가까이 불렀다.

"마님이라니? 아는 자인가?"

"저희 집 마님이 분명합니다."

여종의 말에 의하면 이 시체의 신원은 박수천의 부인 김효덕으로 나흘 전 집을 나가서 돌아오지 않았던 여인이었다.

"모습이 저러한데 어찌 집나간 마님이라 확신하느냐?"

"마님과 저는 함께 산 지 여러 해입니다……. 옷이 사라진 그 날 입고 나간 것이 분명하고, 옷에 수를 놓은 것도 저입니다. 가락지도 마님 것이옵니다. 필시 왼쪽 발목에 사마귀가 있을 것입니다."

인상을 푹 쓴 최자열이 왼쪽 발목을 살펴보자 새끼 손톱만 한 사마귀가 있었다.

"사라지다니? 그게 무슨 말이냐?"

"마님은 나흘 전 외출하셔서 돌아오지 않으셨습니다요…….
한데 이리 돌아오시다니…… 으흑…….”

"사람이 나가서 돌아오지 않았는데 왜 찾지도 않았느냐?"

"그것은, 나으리께서 원치 않으셨습니다…….”

여종의 말을 소상히 들으니, 효덕의 남편 박수천은 효덕을 박
색이라 싫어하여 늙은 종과 함께 뒤뜰에 방을 짓고 살게 하였다
고 한다.

"평소에 이 여인을 혜하려는 자가 있었느냐?"

"그런 일은 절대로 없습니다. 마님은 사람들과 왕래가 거의
없었습니다. 으흑…….”

"사라지기 전 날 남긴 말은 없느냐? 요즘 이상한 행동을 했다
거나.”

"마님은 매일 새벽, 마을 고갯마루에 있는 서낭당에서 소원을
비셨습니다.”

서낭당에는 커다란 신목이 우뚝 서 있었고 나뭇가지에는 오
방색의 천들이 걸려 있었다. 그 밑으로 쌓아올린 돌무더기들이
보였다.

그녀는 매일 아침 이곳에서 무슨 소원을 빌었을까. 이수의 머

리 위로 풀벌레가 울었다. 서낭당을 한 바퀴 휙 둘러본 최자열은 흐르는 땀을 닦았다.

"아무래도 그런 잔인한 일을 할 자들은 대룡파밖에 없습니다. 잔인한 시체를 전시해서 사람들 마음을 어지럽히는 것이죠. 여기 백 날 와봤자 건질 거 없습니다."

"자네는 서낭당 주변을 더 탐문해 보게. 그 주변에서 이상한 자가 있었는지. 김효덕에게 그것밖에 없으니. 거기서부터 시작해보세."

이수의 말에 최자열이 한숨을 푹 내쉬었다.

김효덕의 남편 박수천은 나이 든 종 말대로 근처 기생집에서 장죽으로 만든 곰방대를 잡고 술을 마시고 있었다. 망건을 이마 위로 치켜 올리고 갓끈을 한껏 모양낸 사내였다.

"아내가 살해당했는데 술이 들어갑니까?"

"이별줍니다."

박수천은 벌건 얼굴을 하고 이를 드러내며 웃었다. 이수는 이놈이 의심스러웠다. 부인이 죽어 저리 참혹한 모습으로 발견되었는데 술을 먹고 이를 보이며 웃다니.

방까지 따로 쓸 만큼 미웠던 아내를 살해한 걸까.

"효덕이 결국 그리 가버렸네요. 저희 아버지와 효덕의 아버지는 친구 사이라 어릴 때부터 자식들의 혼인을 약조했습니다. 효덕의 아버지가 죽고 약조 그대로 저희 집으로 왔지요. 아버지는 효덕이 집안 일도 잘하고 알뜰하다고 좋아하였습니다……."

"평소에 부부금실이 좋지 않고 방에도 들르지 않았다고 들었소."

"나리도 그 면상을 보면 아마 그리 하실 겁니다."

"그게 무슨 소립니까? 아무리 박색이라 하여도……."

"박색이 박색 정도가 아닙니다. 처음부터 그런 건 아니고……."

박수천이 긴 한숨을 뱉어내더니 말을 꺼냈다. 그의 말에 따르면, 시집을 오고 나서 석 달 정도 지났을까. 효덕이 뭔가를 잘못 먹고 난 후부터 꿈을 꾸었고, 그 이후부터 얼굴이 이상하게 변했다고 한다. 귀신이 들었다며 굿을 해보기도 하고, 병에 걸린 거라고 의원을 불러 온갖 약을 먹었다. 갖은 노력에도 불구하고 효덕의 얼굴은 흉측하게 변할 뿐이었다.

"저도 노력을 해봤습니다. 그런데 어느 날 방에 들어가니까, 그 여자가 글쎄, 탈을 쓰고 앉아 있는 게 아닙니까? 얼마나 무섭고 소름이 돋던지."

박수천은 팔을 손바닥으로 문질렀다.

"그래서 죽이고 싶었던 겁니까?"

"아닙니다! 그저 무서웠을 뿐이었습니다. 그 뒤부터는 멀리하게 되었습니다."

"매일 서낭당에 가서 소원을 비는 것을 알고 있었습니까? 아내가 사라졌는데도 찾지 말라고 한 이유가 뭐요?"

"몰랐습니다. 얼마 전에 집을 나갔는데 차라리 잘되었다 생각했습니다. 다시는 그 얼굴을 안 봐도 된다고 생각하니 두 다리 펴고 잘 수 있었습니다. 하지만 저는 죽이지 않았습니다, 나으리. 막말로 제가 죽였으면 시체는 숨겼겠지요. 보란 듯이 냇가에 놓아두었겠습니까?"

박수천은 한숨을 내쉬며 술을 들이켰다.

이수는 그 외에도 다른 몸종들, 근처에 사는 자들에게 여러 가지 질문을 해보았지만 다들 "아! 그 얼굴이 흉한 귀신같은 여인의 집!"이라고 하며 수근거렸을 뿐 한결같이 효덕이 집을 나와 어디로 갔는지 행방은 알지 못했다. 평소 사람들과 왕래가 없어 원한 살 만한 이유도 없었다.

효덕의 부모는 딸이 시집을 간 이후에는 어찌 사는지 알 바가 아니라며 남편에게 물어보라는 말만 전했다.

'그녀는 왜 집을 나간 것일까. 그녀에게 무슨 일이 있던 걸까? 사람이 죽었다. 그런데 그녀의 죽음을 슬퍼하는 이가 아무도 없다니······.'

소슬한 바람이 수면을 흔들었다. 이수의 턱에서 땀이 뚝뚝 떨어졌다.

형방의 검시소는 눅눅하고 축축하였다.

"김효덕의 살인이 일어난 곳은 냇가가 아니라 생각하네. 죽은 다음 냇가에 버려둔 것이지. 옮기는 동안 사체가 굳었어. 거기다가 머리에 상처는 심하게 깨진 상태가 아니고."

"나으리 말이 맞습니다. 이 여인의 폐에는 물이 차 있지 않았습니다."

등불 밑에 비춰진 김효덕의 모습은 괴기스러웠다. 그 위로 30대의 박도흠이 날카로운 눈으로 시체를 검시했다. 박도흠은 형방 소속으로 체형이 장수처럼 컸다. 큰 몸집을 옮겨가며 솥뚜껑만한 손으로 시체를 이리저리 살피는 모습에 숙련도가 묻어났다.

'누가 그녀를 죽이고 냇가로 옮겨둔 것일까. 왜 그런 수고를 한 것일까?'

이수는 이해가 되지 않았다.

"얼굴에 난 상처들은 뭔가?"

살아있을 때 찔린 상처는 주변부가 오그라들고 혈흔이 사방에 맺힌다. 허나 죽은 이후에 난 상처는 주변부의 변화가 없고 피도 흐르지 않는다.

"오래된 상처와 최근 상처가 섞여 있습니다. 피는 응고된 상태입니다. 얼굴에 난 상처는 모두 살아있을 때 난 상처입니다."

얼굴과 목에 난 멍 자국은 아직 노랗게 변하지 않았다. 이수가 푹 파인 피부 사이에 붓을 넣어 무언가 긁어냈다. 붓자락 끝에서 하얀 가루가 군데군데 묻어났다.

"이건 돌가루 아닌가?"

"얼굴에 이것들이 군데군데 묻어나왔습니다. 화유석인데 지혈제로 쓰이는 돌입니다. 그것을 갈아서 묻힌 것 같습니다."

"지혈제? 누군가 얼굴에 피를 멎게 하려 했단 말인가?"

박도흠은 입 안에 붓을 넣었다.

"게다가 목구멍 안에 오행화 가루가 묻어 있었습니다. 오행화는 마비를 일으키는 식물입니다."

"마비를 일으킨다? 이상하군. 사람을 죽이려면 그냥 죽이지 왜 이런 일을 하는 건지. 이건 마치, 의술 행위를 한 것 같네."

"맞습니다. 제가 볼 때 범인은 의학적 지식이 뛰어난 자입니다."

"그렇다면 고통에 몸부림치는 것을 막기 위해 손발을 결박했을 가능성도 있는가?"

박도흠은 고개를 끄덕였다.

"저, 드릴 말씀이 있습니다."

박도흠은 말을 던져놓고도 주저하는 눈치였다.

"말해 보게."

"똑같습니다. 손목, 발목의 결박흔하며 얼굴의 상처하며…….
얼마 전 죽은 정순금에게도 이런 가루들이 나왔습니다."

정순금? 이수가 얼마 전 읽었던 사건일지에서 보았던 이름이
었다. 그녀의 사건일지를 보면 얼굴에 많은 상처가 있었다.

"그 사건은 범인이 잡히지 않았느냐?"

기록에 의하면 그집 하인 천봉달이 범인인데, 그 이유는 정순
금이 쥐고 있던 옷고름과 일치한 저고리가 하인의 방에서 나왔
고, 그집 하인도 자백을 하였기 때문이라고 기록되어 있었다.

"그녀가 쥐고 있던 것은 사실 옷고름이 아니었습니다."

"그게 무슨 말인가?"

박도흠의 얼굴에 주저하는 빛이 서렸다.

"옷고름이 아니라니?"

이수는 흔들림 없는 눈으로 박도흠을 바라보았다.

"정순금이 손에 쥐고 있던 것은 흰 옥이었습니다."

"흰 옥?"

"네. 엽전만 하고 납작하며 위에 작은 구멍이 나 있었습니다."

죽은 피해자가 죽기 전에 가지고 있던 흰 옥은 범인을 찾는데
중요한 단서가 될 수 있다. 어쩌면 범인의 것일지도 모른다. 그
런데 왜 옷고름이라고 써놨던 것일까.

"저도 처음에는 흰 옥이 정순금의 것이라고 생각했었습니다.

허나 가택을 점검한 포졸에게 물어보니 정순금의 집에서도 그 것과 같은 장신구는 발견되지 않았답니다. 범인의 것이 분명합니다."

죽은 정순금과 김효덕은 비슷한 방식으로 죽었다. 정순금을 죽인 머슴이 범인이라면 감옥에 갇힌 자가 똑같은 범행을 저지를 순 없었다.

'이런 중요한 사실을 은폐하다니'

이수의 이마 혈관이 툭 솟았다.

"그럼, 머슴의 옷고름은 무엇인가?"

"최자열 부장님은 머슴 천봉달을 범인으로 만들어 빨리 사건을 끝내고 싶어 하셨습니다."

이수가 한숨을 토했다.

옷고름은 최자열이 일부러 사건을 빨리 해결하려 만든 가짜 증거였다. 그런 생각에 이르자 이수의 눈에 시퍼런 불길이 지나갔다.

"비슷한 시체가 계속 나오고 있습니다. 더 이상 억울하게 죽은 시체가 발견되지 않도록 꼭 범인을 잡아주십시오."

"계속 나오고 있다니?"

"제가 검시한 시체 중에 이와 양상이 비슷한 시체가 또 있었습니다. 첫 번째가 여자 거지의 시체였고, 두 번째가 정순금, 세 번째가 김효덕입니다. 형방 오 검관 말에 의하면 이와 비슷한 박색인 여자가 사망한 사건이 이미 여섯 달 전에 벌어졌다고 합니다."

"여섯 달 전? 기록에서는 보지 못하였다"

"네. 그 사건은 좌포청에서 덤딩하였다 들었습니다."

이수는 생각에 잠겼다. 박도흠의 말이 맞다면 처음부터 사건의 출발이 달라진다.

"흰 옥은 지금 어디 있나?"

"포도부장님이 천봉달의 물건과 비교해 본다면서 예전에 가져갔습니다."

이수는 당장 최자열을 불렀다. 불려온 최자열의 얼굴은 붉게 달아오르고 술 냄새가 났다. 이수의 손에 정순금의 사건기록지가 들려있는 것을 본 최자열은 미간을 구겼다.

"자네 죽은 정순금의 얼굴에서 화유석과 오행화 가루에 대해서 왜 보고하지 않았나. 보고서에는 아무것도 써있지 않네."

최자열의 머리가 굴러가는 소리가 들렸다. 이수가 최자열의 눈을 똑바로 쏘아보았다.

"흰 옥 어딨나? 정순금 시신이 쥐고 있던 흰 옥."

"무슨 말씀이신지요?"

최자열의 얄팍하고 가는 입술이 움찔거렸다.

"사건기록지에 누락한 점, 증거를 훼손하고 사건을 왜곡한 점. 이 모두 전하께 보고하여 책임을 묻겠네."

이수의 치켜뜬 눈썹을 보고는 최자열은 다급히 주머니에서 마른 천에 쌓인 흰 옥 하나를 꺼냈다.

"잘못했습니다."

최자열이 머리를 조아렸다. 살인사건이 일어나면 왕의 통치가 잘못되었다는 민심이 돌곤 한다. 그리하여 사건 담당은 어떻게 해서든 빨리 수사를 끝마쳐야 했다. 최자열은 증거를 조작하여 범인을 만들었다. 이수가 최자열이 내민 흰 옥을 보니 편편한 쪽에 작은 구멍이 뚫어져 있다.

"이것은 패옥에 달린 옥이 아닌가?"

패옥은 상급 관리가 허리에 차는 장신구다. 패옥을 만들 때 구슬을 엮어 흰 옥에 통과시키는데 그때 구멍을 낸다.

"네, 그런 거 같습니다."

"이제부터 거짓 없이 이야기 하게. 그래야 범인을 빨리 잡을 수 있어. 알겠느냐?"

최자열이 고개를 끄덕였다.

"정순금, 김효덕이 죽기 전에 또 여자 하나가 죽었다고 들었다. 자료에는 따로 없지 않았느냐?"

"죽은 여자가 거지고 얼굴이 엉망이라 짐승에 당했거니 하고 그냥 됐습니다요. 아니, 그렇지 않습니까? 누가 봐도 사람 짓이 아니니."

"게다가 조사를 해달라고 뒷돈을 주는 가족도 없었을 테고?"

이수는 분노를 넘어 한숨이 새어 나왔다.

"솔직히 목숨이 어디 같은 목숨입니까?"

"그 여자 거지의 손에도 무언가 있었느냐?"

"산딸기였습니다. 아마 겨울에 산딸기를 따려고 하다 변을 당한 것 같습니다."

산딸기?

산딸기는 대체 이 사건들과 무슨 연관이 있을까.

"증거를 숨긴 것은 아무 말 안겠다. 대신, 은밀하게 해줄 일이 있다."

최자열이 미심쩍은 눈빛으로 이수를 살폈다.

"그게 뭡니까?"

"믿을 만하고 입이 무겁고, 몸은 가벼우며 운신의 폭이 넓은 자, 두 명을 쓰게."

"그래서 뭘하란 말씀입니까?"

"김좌서 대감과 내금위장 김인규, 두 사람을 상세히 엿보고 탐지하게. 틀림없이 불량한 일을 꾸미고 있을 것이야"

최자열의 입이 떡 벌어지고 침을 꿀꺽 삼켰다.

"지금 무슨 말을 하시는 건지 아십니까. 그분들 뒤를 캐라고 요? 제가 왜 미쳤습니까? 아니면 돌았다는 소문이 있던데 진짜 돌았습니까? 증거고 뭐고 감춘 거 말든지 말든지 전 모르는 일 입니다. 목숨을 거는 바보가 어딨습니까?"

"자네가 양귀비를 키우고 있다고 전하께 고할까?"

"양귀비라뇨!"

최자열의 얼굴이 벌게졌다.

"나를 모함하려고 숨긴 양귀비가 자네의 것임을 알고 있네. 나를 모함하려는 이유가 무얼까? 그건 자네도 우리 부모님을 죽 인 자들과 연관이 있단 뜻이 아니겠나?"

"아닙니다. 그런 억측이 어디 있습니까?"

"그럼 자네는 내 편인가?"

최자열은 말려들었다는 표정을 지었다.

"자네의 집 뒷마당에 양귀비를 키우고 있는 걸 알면 귀양 갈 텐데 아내와 두 아들 그리고 태어난 막내딸은 무슨 죄인가?"

"살려주십시오."

최자열은 사색이 되어 무릎을 꿇었다.

"김좌서 대감과 내금위장의 뒤를 살피다가 수상한 점이 있다 면 바로 보고하게. 그럼, 자네와 가족들은 다 안전할 걸세. 모든 책임은 내가 질것이야."

이수는 최자열에게 미소를 지어보였다. 최자열은 궁시렁거리면서 돌아갔다.

옥(獄) 안에는 온갖 악취가 풍겼다.

이수는 옥리 집무실을 지나 옥졸을 따라 걸었다.

"이자가 천봉달입니다. 곧 사형집행이 있을 것입니다."

이수가 구멍 난 나무 안으로 들여다보자 목에 나무칼을 차고 앉아 있는 머슴 천봉달이 보였다. 그는 몸 여기저기 상처가 곪아 터져 있었고, 수염은 길고 머리도 풀어헤쳐져 있었다. 이수가 옥졸에게 그를 끌어내라 명했다. 머슴 천봉달은 퀭한 눈으로 온몸을 덜덜떨며 이수를 보았다.

"내가 묻는 질문은 너에게 마지막 기회가 될 것이다. 바른대로 고하여야 한다."

"네"

"정순금을 죽이지 않았는데 죽였다 자백하였느냐?"

"네. 포도청 고문을 이기지 못해 그리 고하였습니다."

"죽기 전에 너의 옷고름이 뜯겨져나가 있었던 것은 어찌 설명할 것이냐? 바느질로 급하게 엮은 자국이 보였다고 하였다."

"그것은 다른 여인과 사랑싸움을 하다 그리된 것이라고 몇 번이나 말하였습니다. 왜 제 뜯겨진 옷고름이 아씨의 손에 있는지는 저도 모릅니다. 억울합니다."

이수는 천봉달의 말이 사실이라 믿었다. 패옥에 달려있어야
할 흰 옥은 머슴이 가지고 있을 물건이 아니었다. 적어도 관직이
있어서 패옥을 허리에 찰 만한 신분이 되어야 한다.

"정순금이 죽기 전에 이상한 점은 없었느냐?"

천봉달은 툭 튀어나온 눈으로 이수를 보았다. 눈빛 안에 망설
이는 모습이 보였다.

"니가 범인이 아니라면 정순금을 죽인 진짜 범인을 잡아야 하
지 않겠느냐. 정순금에 대해 아는 것을 소상히 말해보거라."

천봉달은 떨리는 목소리로 입을 열었다.

"아씨는 어려서부터 얼굴이 남과 달랐습니다. 그 모습 때문
에 놀림을 많이 당하였고 밖으로 나가지도 않았습니다. 코와 입
술이 없었고, 눈알이라고 부르는 것은 한쪽뿐이었습니다. 아씨
가 죽음을 시도했던 적도 숱하게 있었습니다. 늘 입에 달고 살
던 말은 병이 나으면 사람들이 자신을 좋아해줄까 하는 것 이었
습니다. 저조차 아씨와 눈 마주치는 것도 소름이 돋고 무서웠는
데 다른 이들은 오죽했겠습니까? 아씨는 몇해 전 스무 살이 넘
었지만 얼굴 때문에 혼인도 하지 못했습니다. 누구도 먼저 진심
으로 아씨를 걱정하지 않았습니다. 아씨의 낯빛은 어둡고 음침
했으며 얼굴이 그리 된 것은 귀신의 짓이라고 생각했습니다. 그

래서 《옥추경》을 끼고 사셨습니다."

"《옥추경》이라면, 귀신을 부르는 서적 말인가?"

《옥추경(玉樞經)》은 나라에서 금했던 서적이다. 대부분의 경문은 한 가지 소원을 비는 데 사용되지만, 옥추경은 15가지 소원을 빌 수 있었다. 옥추경을 독성할 때에는 민저 친경을 3편 송경한 후, 독경을 청한 손님이 원하는 소원에 따라 지경 15장 중한 장만 골라 21번 또는 49번을 송경하면 소원이 이뤄진다고했다.

"저에게는 소원을 들어주는 책이라 하였습니다. 아씨는 매일서낭당에 가서 그 주문을 읽고 외웠습니다."

"정순금이 빈 소원은 무엇이었느냐?"

"모르겠습니다."

이수는 알듯하였다. 옥졸에게 이자는 범인이 아니니 풀어주라 명하였고, 천봉달은 주저앉아 울음을 터트렸다.

十四

"죽은 여자들이 서낭당에 자주 갔다고 하네."

"거기는 사람들이 많이 드나드는 곳이지."

이수와 남학은 사랑채에서 술잔을 기울였다.

"다들 그 죽은 여인의 남편이 범인이라고 그러던데."

"남학, 그렇게 쉬운 사건일 거 같지가 않네. 김효덕의 손에 붉은 실이 있었는데, 그 크기와 재질로 보아 부채 선추의 실이란 걸 알아냈네. 김효덕 남편의 부채 선추의 실은 노란색이었어. 게다가 그의 말대로 그가 죽였다면 시체를 오히려 잘 보이지 않는 곳에 숨겨놨을 걸세"

"부채 선추의 실이 붉은 자를 다 골라내야겠구먼."

"뭔가 더 있는 기분이야. 사람을 살인할 목적이면 그냥 죽이면 될 것을 얼굴의 상처들은 끔찍할 정도로 잔인했네."

"원한이란 말인가?"

남학은 적당히 비위를 맞춰가면서 맞장구를 쳤다.

"좀 더 알아봐야겠지만. 어떤 원한이 있건 범인은 끔찍한 자인건 확실해. 어떤 이유여서든 살인은 절대로 해서는 안 되지. 죽은 여자들의 공통점이라고 하면, 흉측한 외모를 가지고 있었네. 살면서 많이 외롭고 힘들었겠지. 그녀들의 죽음을 슬퍼하는 이가 없었네. 그게 공통점이라면 공통점이야."

"그런데 세상에 살인보다 더 해서는 안 되는 일도 있지 않은가? 무시, 멸시, 능멸, 누명, 배신, 이 모든 것이 살인보다 나쁘지 않다고 단정할 수 있는가? 그녀들을 죽음으로 본 것은 혹시 다른 이유가 아니었을까 싶네."

남학의 말에 이수의 눈빛에 그늘이 드리워졌다. 실제로 죽은 여자들은 죽는 것보다 사는 게 더 낫다고 할 수 없었다. 남학은 일부러 도발하는 단어를 골라 이수에게 전했다. 남학의 입에서 나온 단어들은 이수의 과오를 칭한 단어들이다. 스스로만 알지 못할 뿐. 이수는 대답 대신 술잔을 들어 마셨다. 사건을 해결하지 못한 자신의 책임이 물밀 듯이 밀려왔다.

"자네 부모님 일에 대해선 진실을 알아냈나?"

"심증은 있네."

"심증이 있다면 물증을 잡아야지. 누구란 말인가?"

"영의정 김좌서"

남학은 숨을 들이마셨다. 이수의 입에서 조선 최고의 권력자 이름이 나올지는 몰랐다.

"증거가 있는가?"

"없네. 허나 한 가지 확실한 것은 아버지는 그가 쥐고 있는 인사권에 대해 부당함을 외치셨어. 그에겐 제거해야 할 대상이었을 것이야."

이수의 목소리가 슬펐다. 남학은 이수의 슬픈 목소리도 얼굴도 마음에 들었다.

앞으로 펼쳐질 일을 안다면 얼마나 더 구겨진 표정을 지을까? 남학은 이수의 술잔에 술을 따라주었다.

"오늘 밤은 아무 걱정 말고 푹 자게나."

이수는 그대로 잠이 들었다. 꿈에서 이수는 무언가에 쫓겼다. 이빨이 날카롭고 눈이 노란 괴물이다. 괴물은 입에서 더운 기운을 내뿜으면서 바로 뒤까지 추격해온다. 이수는 달리지만 발이 무겁다. 온몸이 땀으로 뒤덮힌다. 살려줘. 입을 벌리지만 목구멍에서는 아무 소리도 나지 않는다.

온몸에 힘을 주자 눈이 떠졌다. 옆에는 남학이 잠들어 있었다. 멀리서 부엉이 우는 소리가 들렸다. 매캐한 냄새가 났다. 불, 불이다.

"이보게. 이보게."

이수는 남학을 흔들어 깨웠다.

"빨리 이곳에서 나가야 하네."

방 안은 어느새 불길로 가득했고 서까래가 타들어가고 있었다. 두 사람은 재빨리 방에서 빠져나왔다. 밖으로 나오자 연홍의 모습이 보이질 않았다. 아무래도 아직 안에 있는 모양이다.

"연홍! 연홍!"

이수가 불길에 휩싸인 안채로 뛰어 들어가려는데 남학이 이수의 팔을 잡았다.

"지금 저길 들어가면 자네까지 죽을 수도 있네."

이수는 순간 멈칫했다. 어릴적 집에 불이나서 죽을 뻔한 적이 있었다. 그때 아버지가 구해주었다.

"내가 죽어 연홍을 구할 수 있으면, 그리 할 것이야!"

이수는 불길 속으로 뛰어들었다.

안채에서는 연홍이 뒤늦게 의식을 차렸다. 밀려드는 화기와 연기 속에 연홍은 숨을 쉴 수가 없었다. 이수가 안채 방문 앞으로 뛰어갔으나 불길 뒤로 연홍의 얼굴이 보였다 사라졌다. 불길이 세서 다가갈 수 없었다. 이수의 옷 끝과 수염 끝이 불에 그슬

렸고 살타는 냄새가 났다. 검은 연기가 피어올라 먹구름을 만들었다.

"이쪽일세! 이쪽이 불길이 약하네!"

남학의 목소리가 들렸다. 집 뒤편이었다. 이수가 뒤편으로 뛰어가 보니 불길이 앞쪽보단 덜했다. 발화지점이 앞쪽인 모양이었다. 물을 뒤집어쓴 남학이 연홍을 들쳐 업고 뒷문으로 나왔다. 나오자마자 천장이 무너져 연홍이 있던 곳은 불길에 휩싸였다. 뜨거운 열기에 얼굴이 화끈거렸다. 남학은 바닥에 그대로 주저앉아 연기를 토했다. 이수는 연홍을 살폈다. 연홍은 의식이 드는지 낮은 기침을 하며 눈을 떴다. 이수는 겉옷을 벗어 떨고있는 연홍을 덮어주었다.

"저는 괜찮습니다. 이마에 피가……."

연홍의 말에 이수가 자신의 이마를 만져보았지만 멀쩡했다. 연홍의 시선은 남학의 얼굴을 향하고 있었다. 이수가 남학의 얼굴을 살피니, 이마가 찢어져 피가 흘러내렸다.

"나는 괜찮소."

이수가 남학의 손을 잡고 일으켜 주었다.

"큰 빚을 졌네……."

"자네라도 똑같이 했을 걸세."

이수는 황망한 눈길로 타고 있는 집을 바라보았다. 부모님의 흔적이 남은 유일한 곳이었다.

'대체 어쩌다가 불이 난 것일까.'

아버지와 어머니의 손길이 묻어난 집이 타오르는 것을 이수는 바라볼 수 밖에 없었다. 두 눈에서 눈물이 흘렀다. 멀리서 파루(罷漏)를 알리는 종소리가 들려왔다.

한참 후에야 구화패를 든 관원들이 달려왔다. 손에는 도끼와 쇠갈고리, 밧줄로 불을 끄고 우물물을 길러왔지만 속수무책이었다. 눈앞에서 이수의 집이 무너져갔다.

"일단 우리 집으로 가세."

남학이 이수의 팔을 잡아끌었다. 동이 텄고, 이수의 집은 대들보도 남지 않고 무너져 재만 남았다. 이수는 힘없이 고개를 끄덕였다.

남학의 집은 마을 끝, 산 밑에 있는 초가집이었다. 넓은 방이 하나 작은 방이 하나 그 사이에 마루가 있고, 넓은 마당에는 큰 감나무가 한 그루 있었다. 낮은 담과 마당의 풀은 단정하게 베어져 있었다. 입구 오른쪽에 부엌과 아궁이가 있고, 멀지 않은 곳에 냇가와 우물이 있다. 초가집은 허름하지만 그런대로 집안은 검소하고 깔끔했다. 방 안에는 여러 종류의 음악 서적들과 악기들도 보였다.

"누추한 곳이라 면목이 없네."

남학은 큰 방을 내어주며 이수와 연홍에게 지내라고 했다.

연홍은 고난에 강한 여인이었다. 하루아침에 집을 잃었지만 우울하거나 침울한 기색 없이 씩씩했다. 말없이 집안 청소를 하고 밥을 짓고 잡초를 뽑았다.

반면, 이수는 집이 타버린 생각만 하면 피가 또다시 끓기 시작했다.

병방의 관리들이 추후에 찾아와 화재에 대해 조사하였는데, 대룡파의 짓으로 결론이 났다. 연홍이 증언하였던 아주까리 기름 냄새도 대룡파가 불을 지르기 전에 뿌린 것으로 판명이 났다. 누군가 침입한 흔적을 찾아보려 해도 증거인 집이 다 타버려서 불가능했다.

이수는 분해서 주먹을 움켜쥐었다. 그즈음 대룡파는 양반집 위주로 불을 지르고 창고를 열어 백성들에게 나눠주었다. 그리하여 이수의 집도 곡식창고가 텅 빈 것으로 보아 대룡파가 곡식을 탈취하고 불을 지른 것이라 결론내린 것이다.

'대룡파 짓이라고? 말도 안 돼.'

이수의 집 곡식창고는 처음부터 텅 비어 있었다. 부모님이 계실 때에도 꼭 필요한 양의 쌀과 보리만 넣어 두었고, 그마저도 부모님이 돌아가시고 텅 비었다. 연홍이 들어오고 나서도 사정은 달라지지 않았다. 오히려 연홍이 몸에 지니고 있던 장신구를 팔아 쌀과 감자 옥수수를 사서 겨우 꾸려 갔고 그마저도 아이들에게 나눠주어 대룡파가 가져갈 곡식은 남아 있지도 않았다. 대룡파가 이 집을 공격할 이유가 없는 것이다.

혹시 부모님의 죽음과 관련이 있는 것일까. 혹시 영의정 김좌서가 자신까지 죽이려고 하는 것일까. 이수는 잠이 오지 않았다.

"대장님! 생존자가 나왔습니다요!"

이수는 호들갑을 떠는 최자열을 따라 관아로 달려갔다. 이름이 이강녀인 그녀의 얼굴은 추했다. 나이도 가늠하지 못할 만큼 곰보였으며 코는 주저앉았다. 눈은 좁쌀만 했으며 치아는 고르지 못했다. 그녀는 텅 빈 정수리를 보이며 바들바들 떨었다. 이수는 최자열을 시켜 꿀을 탄 물을 먹이고 안정을 취하게 했다.

"무슨 일이 있었는지 고하라."

"저 또한 얼굴이 이러한지라 매번 서낭당에 가서 소원을 빌었습니다. 그곳에서 소원을 빌면 천미귀(鬼)가 들어준다고 소문이 쫙 퍼졌거든요. 그래서 매일 얼굴을 낫게 해달라고 빌었지요."

"천미귀? 귀신 말이냐?"

"네. 소원을 빌면 천미귀가 나타나 들어준다고 하는데…….
간절하게 빌고 귀신을 잘 달래주면 아름다운 외모가 된답니다.
허나 심기를 거스르면 죽음을 당한다는 소문이 파다합니다. 죽은 여자들도 천미귀의 말을 안 들어 죽은 것입니다."

귀신의 짓이라니. 이수는 한숨이 나왔다.

"무슨 일이 있었는지 자세히 말해보거라."

"매일 서낭당에 가서 아름답게 해달라 빌었습니다. 그러던 어느 날 서낭당 어둠 속에서 노파의 소리가 들렸습니다. 그 소리를 따라 어둠 속으로 들어가니 누군가 서있는 것이 아니겠습니까? 진정 죽음을 불사하고라도 얼굴을 고치고 싶냐고 물었습니다."

노파의 목소리라니? 이수가 생각한 범인의 모습은 젊은 남자였다. 여인들을 옮기려면 힘이 있는 자여야 하고, 얼굴의 상처를 보아 의술에 지식이 상당히 있고, 피해자의 손에 남긴 장신구나 장식품들을 보아 젊은 남자일거라 생각했기 때문이다. 아니면 범인은 두 명일까? 한 명은 노파로, 여인들을 유인하고, 한 명은 젊은 남자로 여인들을 해친다. 가능한 이야기다.

"그래서 저는 그리 해 달라 했습니다. 그렇게 빌었던 소원을 이제야 천미귀가 들어주나 싶었습니다. 두 걸음 더 다가오라고 하여 다가가니, 바닥에 주병이 놓여져 있었습니다. 그 안에 든 것을 마시라 했습니다. 아무런 냄새가 나지않는 그 액체를 마실까 말까 고민하는 데 달빛에 웬 사내가 서있는 것을 보았습니다. 저는 갑자기 무서운 생각이 들어 이를 악물고 도망쳤습니다.

그 자는 저를 따라왔습니다. 저는 죽어라 달렸습니다."

이강녀는 흐느꼈다.

"그자가 살인광입니다."

최자열이 흥분한 얼굴로 소리를 질렀다.

"살인광의 얼굴을 보았느냐?"

"얼굴은 천으로 가려 잘 보이지 않았습니다."

"꼭 기억을 떠올려야 할 것이다."

그런데, 그자가 살인광이라면 왜 얼굴을 고쳐준다 했을까. 달콤한 말로 꾀어 자신의 욕망을 채우고 죽이는 것일까. 이수는 아무리 생각해도 이상한 점이 많았다. 최자열은 이수의 복잡한 표정을 들여다보고 기지개를 쭉 폈다.

"그자가 천미귀 아닐까요? 귀신은 형태나 목소리도 바꿀 수 있잖습니까? 사내의 체격인데 노파의 목소리가 난다는 것도 이상하구요. 집집마다 굿을 한다고 난리던데, 솔직히 얼굴을 고쳐준다는 사람이 어디 있겠습니까? 그게 가능이나 하답니까? 딱보니 귀신 짓이죠."

최자열의 말에 이수는 한숨이 나왔다.

"은밀히 진행하는 일은 어찌 되었는가?"

"김좌서 대감과 내금위장이 여자 맹인과 키가 크고 얼굴에 흉터가 있는 사내를 은밀히 만난다고 합니다."

"그들이 누군지 알아보라."

"천미귀?"

연홍이 죽을 나눠주면서 말했다. 연홍은 시간이 나면 먹을 것을 움막촌 아이들에게 나눠줬다. 자신이 먹을 몫을 모아서 가끔 들고 나와 나눠주고 아픈 곳도 들여다봐준다. 연홍은 오늘도 집에서 만든 음식을 싸가지고 거지 움막촌에 들렀다. 아픈 아이가 걱정이 되어서였다. 솔잎을 쪄서 콩가루와 섞어 죽으로 만든 것이지만 살가죽 위로 뼈가 툭 튀어나온 모습에 연홍의 손이 더욱 부지런해진다. 부유한 자들은 세 끼 이상을 먹고 가난한 자들은 한 끼도 제대로 먹지 못한다.

"시끄러."

큰 아이가 똘이의 입을 막았다.

"천미귀가 뭔데?"

"소원을 들어주는 귀신이요. 아름다워질 수 있대요. 나이든 사람은 젊어지고 추한 자는 아름다워진대요 ."

작은 아이가 말했다.

"천미귀는 말을 잘 들어야 아름답게 해주구요. 아니면 죽여버린대요. 끽."

큰 아이가 눈을 가늘게 뜨며 손으로 목을 베는 시늉을 하며 겁을 준다.

194

골목에는 어느새 천미귀에 관한 노래가 울려 퍼졌다.

"니들 귀신 이야기하면 밤에 귀신 꿈 꾼다."

연홍이 손톱을 세우며 귀신 흉내를 내었다. 아이들은 꺅 소리를 지르며 겁먹은 눈으로 연홍에게 안겼다.

"근데 한 명 더 있어요."

작은 아이가 품 안에서 연홍을 올려다보며 말했다.

"한 명이 더 있다니?"

"천미귀한테 죽은 여자요.

큰 아이가 작은 아이를 쳐다봤다. 말조심하란 눈빛이었다.

"윗동네서 들은 건데요. 지금까지 천미귀한테 죽어나간 여자들이 셋이라고 하는데, 한 명이 더 있어요."

작은 아이가 말했다.

"할머니가 산에 나물을 캐러갔다가 봤대요. 여섯 달 전쯤인가? 눈 내린 산에서 여자가 죽었대요. 근데 그 죽은 여자 얼굴이 엄청 이상했대요."

"이상해? 어떻게?"

"얼굴이 막…… 괴물 같았대요. 그 아버지가 딸을 어릴 적부터 뒤주 속에 가둬두고 밖을 나가지 못하게 했나 봐요. 그래서 관아에 신고했는데도 조사도 안 했다나 봐요. 그 죽은 여자의 원한이 천미귀가 되어서 이런 짓을 벌인 거 아닐까요?"

연홍은 숨을 내쉬었다.

이런 괴(怪)소문이 번지다니.

요즘 일어나는 살변사건은 둘만 모이면 여기저기 이야기를 지어 퍼져나갔다.

"그 여자의 아버지란 사람이 노래를 잘 한대요. 엄청 유명했대요. 얘가 그 집도 알아요."

연홍은 아이들을 따라 죽었다던 여자의 집으로 걸어갔다. 그곳은 감나무가 있는 남학의 집이었다.

十五

"여섯 달 전 사건 말이오?"

좌포청 대장 홍범석의 미간에 주름이 갔다. 마흔을 넘긴 나이에 성긴 수염 아래 입술이 고집스레 다물어졌다. 그의 사촌이 영의정 김좌서다. 이수는 곳곳에 영의정의 손이 닿지 않는 곳이 없다는 생각에 머리가 어지러웠다.

"권내은 추락사건 말입니다."

"그 사건은 전혀 상관없는 사건이오. 권득출의 딸이 집을 나가 산에서 떨어져 죽은 추락사건이었소."

"그것은 제가 판단하겠습니다. 왕께서 친히 명하신 사건입니다. 속히 해결할 수 있도록 도와주시지요."

홍범석은 자존심을 지키는 것이 나을지, 이 사건을 해결하는 데 도움을 줄지 고민했다.

"포졸들이 처리한 사건인데 죽은 여자의 아버지도 검시를 반대했소. 그녀의 아버지가 평소 권내은이 죽고 싶다는 말을 입에 달고 살았고, 더 이상 시끄러워지는 것을 원치 않아 수사를 하지 않았다 들었소. 대신, 죽은 모습은 꼼꼼하게 기록을 해놓았소"

홍범석은 자료를 하나 내밀었다. 우리 쪽에 행여 잘못이 있다고는 생각하지 말라는 말투와 표정이었다. 이수는 좌포도청이 조사한 사건을 훑어보았다. 죽은 자의 이름은 권내은, 첫 발견자는 산에서 나물을 캐던 할머니. 시체를 발견했을 때 모습이 이수가 담당하는 사건의 피해자들과 흡사했다. 특히 얼굴에만 심하게 상처 입은 점, 평소 코가 뭉그러지는 등 추한 모습을 하고 있어 밖에 나가지 않았던 점, 혼인 첫날 심장마비로 신랑이 사망한 점.

'만약 권내은이 죽은 이유가 추락사가 아니라 살인이라면? 동일범이라면 시기로 볼 때 이 사건이 가장 처음 벌어진 사건이다.'

"혹시 이 여인의 아버지를 만나 볼 수 있습니까?"

"떠났다는 소문만 들었소."

이수는 한숨을 삼켰다. 어깨에 힘이 빠졌다.

"권득출을 아시오? 그자가 여인의 아버지요."

이수는 권득출이란 이름을 듣고 놀랐다. 그가 좋아하던 명창의 이름이었기 때문이다. 그런데 그가 떠났다니.

"혹시 죽은 여인의 손에 무언가를 쥐고 있지는 않았습니까?"

"있었다면 기록되어 있을 것이오."

홍범석의 눈동자는 흔들림이 없었다.

이수는 사건을 도와주어 고맙다며 일어섰다.

"좋은 계획이었소."

홍범석은 웃고 있었다.

"그게 무슨 말씀입니까?"

"모두가 자네의 복직을 반대했지만 왕은 복직을 명하셨지요. 다른 이를 시켜 자연스럽게 누구도 거절할 수 없는 명분을 만든다. 참 좋은 계획이잖소."

홍범석의 목소리는 높아지지 않았지만 눈빛은 험악해졌다.

그의 의도는 알 수 없었지만 이수에 대한 못마땅한 감정만은 오롯이 전해졌다.

그가 이수백의 아들이기 때문일까.

이수는 아버지를 생각하자 피가 울컥 머리 위로 치솟는 기분이 들었다. 홍범석도 김좌서의 먼 친척이니 이수에게 좋은 감정이 있을 리가 없었다.

"온갖 뇌물을 받아먹고 그 자리를 보존하고 계신 이유가 뭡니까. 전쟁에서 돌아오실 때 수치심도 놓고 오신 겁니까?"

홍범석의 눈 밑이 파르르 떨렸다.

이수는 돌아오는 길에 목이 턱 막혔다. 이제껏 왕이 자신을 복귀시킬 수 있었던 이유를 생각해보지 않았다.

"이 집에 산 지 얼마나 되었습니까?"

연홍이 남학에게 물었더니 겨울에 와서 아직 여름을 보지 못했다는 답이 돌아왔다.

이 집에 살던 자의 딸이 산에서 죽었다. 여섯 달 전에.

오늘 낮, 아이들은 권내은의 집을 알고 있다며 연홍의 손을 이끌었고, 도착한 곳은 남학의 집이었다.

연홍은 고개를 들어 주변을 둘러보았다. 그러고 보니, 처음 이 집에 들어와 느낀 점은 살림 곳곳에 나이 든 남자와 여자의 흔적이 남아있었던 점이었다.

'남학은 이 집에서 살던 자가 죽은 것을 알고 있을까?'

멀리 컹컹 개 짖는 소리가 들렸다.

지금 연홍은 남학의 집에서 기거하면서 이수와 살고 있다. 이곳은 방이 두 개인 초가집이지만 남학은 큰방을 둘에게 내어주

고 지내게 해주었다. 초가집이라 남학과 이수의 말소리도 옆방
으로 넘어왔지만 당장 이곳을 나가면 갈 곳이 없다. 그런 남학
에게 괜히 이 집에서 죽은 자의 이야기를 꺼내 심기를 어지럽히
는 게 마음에 걸렸다.

'이 집에 살았던 권득출과 남학, 둘은 서로 아는 사이일까?'

남학을 떠올리니 연홍의 가슴이 뛰었다. 지난번에 달빛 아래
남학을 이수로 착각을 한 적이 있었기 때문이다. 남학은 이수보
다 유쾌하다. 자신이 한 행동을 그 자리에서 웃음으로 만들어버
리는 천진난만한 소년 같은 면을 가졌다.

'서방님이 아니라 그 사람이었을까. 왜……'

연홍의 머릿속에 박힌 것 한 가지. 불이 나던 그날. 자신을 구
하러 온 것이 이수가 아니라 남학이었다는 것. 남학이 자신을
살렸다.

그런데 대체 그날 왜 불이 났을까? 대룡파의 짓이었다면 왜
발자국 소리하나 듣지 못했을까. 게다가 원래는 잠귀가 밝은데
그날은 잠이 깊이 들어 불이 날 때까지도 몰랐다.

알 수 없는 불길한 예감이 연홍을 덮쳐왔다.

'대룡파의 짓이 아니라면 대체 누구 짓일까?'

연홍은 밀려드는 생각을 멈추고 한약을 짜서 이수에게 건넸다.

"나 왔소."

남학이 문을 열고 들어왔다. 이수의 기분 탓인지 연홍의 뺨이 붉어졌다. 이수는 며칠 전 달을 보며 두 사람이 이야기를 나누는 걸 보았다. 한집에 살며 이야기 정도는 나눌 수 있는 일. 한 번도 남학과 연홍의 사이를 질투한 적 없었다. 이수가 우포도대장에 복귀한 이후에 연홍과 이수의 사이는 오히려 좋아졌다. 자신이 바닥에 떨어졌을 때 구해준 여인이었다. 마음 속으로는 연홍을 연모했지만 자신의 처지를 생각하면 아내로 맞이할 수 없었다. 지금은 사정이 다르다. 이수는 남학을 만나고서 상황이 좋아졌다.

이수와 연홍이 둘만의 혼례를 올렸을 때 연홍은 활짝 웃었다.

이수가 그간 미안했다 사과했을 때 연홍은 손을 잡아주었다. 연홍은 끝까지 자신을 믿어주었던 것이다. 집에 불이 난 날 연홍을 안고 나오는 남학을 떠올리면 연홍에게 미안했다.

'이제 무슨 일이 있어도 연홍을 지킬 것이다.'

이수는 다짐했다.

"남학, 자네 왔는가."

이수는 방에서 나와 남학을 반겼다. 연홍이 남학에게 고개 인사를 한다.

"자네에게 할말이 있네."

이수는 남학을 따라 방으로 들어갔다. 남학의 방안은 이불이 한쪽으로 개어져 있고 좌상하나 있는 단출한 살림이었다.

"집이 누추하여 지내기가 불편하진 않은가? 게다가 일하는 사람도 없어서 미안하네."

남학은 이수를 편안한 미소로 반겼다.

"그런 말 말게."

"아참, 불이 난 원인은 알아냈는가?"

"모든 것이 타버린 대다가 그 다음날부터 며칠간 비가 내려서 원인을 알아내기는 어려울 것 같네. 관아에서는 대롱파 짓으로 결론을 내려버렸네."

둘의 대화는 자연스레 이수가 조사하는 사건으로 넘어갔다.

"나도 그 소문은 들었네. 벌써 여인들이 죽은 게 이번이 세 번째라지?"

"사실은 네 번째 일세. 여섯 달 전쯤에 죽은 여인의 시체 하나가 산에서 나왔는데 여러모로 비슷한 부분이 많네."

'여섯 달 전에 산에서 죽은 시체? 혹시 이 집에 살던 권득출의 딸 권내은을 말하는 것일까?'

남학은 이수가 어디까지 알고 있는지 알아내야했다.

"할말이 있다 하지 않았나?"

이수는 남학과 함께 있으면 시간 가는 줄 모르고 대화를 나누느라 자주 본론을 잊어버렸다.

"자네 왜 그랬나?"

"무엇을 말이야?"

"어찌 날 복직시켜 달라 했느냐고."

남학은 이수를 바라보았다. 그의 홍갈색 눈동자가 남학을 꿰뚫듯 바라보았다. 그의 목소리가 가늘게 떨렸고 호흡도 가빠지는 것이 남학의 귀에 들렸다.

"나는 하루빨리 살인광이 잡혔으면 했다네. 거기에 적임자가 자네라고 난 생각했네. 자넬 몰랐지만 들리는 소문에는 자네가 못 잡는 나쁜 놈은 없다더군."

"그렇지만, 소원으로 다른 이의 복귀를 청한 사람은 없을 걸세."

남학은 이수의 목소리에서 불신을 느꼈다. 이수의 심장소리는 산에서 나온 시체 언급 이후 더욱 빠르게 요동쳤다.

'혹시 권득출이 이 집에 살았다는 것을 이수가 알아냈을까?'

권내은 사건을 조사했다면 그의 아버지가 권득출이고 그가 살던 곳이 이 집이라는 사실은 언젠간 드러날 일이었다. 게다가 그는 이수가 좋아했던 가수였다. 이마저도 남학이 의도한 일이지만.

아슬아슬한 줄타기도 재밌지만 너무 싱겁게 줄에서 떨어지면 안 된다.

일단은 안심을 시키자. 믿음과 불신 속에서 피가 마르는 고통을 느껴야한다.

이수, 너의 끝은 아프고 혼란스러워하며 자책해야 한다. 구원받지 못할 정도로 망가지고 으스러져서 다시는 회상할 수 없는 지옥에 스스로 빠져야 한다.

"사실은 그 죽은 권내은이란 여인의 아버지가 내 스승일세."

남학은 조소를 숨기며 말했다.

"권득출을 아는가?"

이수의 눈이 커졌다.

"그분과는 노래 이야기를 하면서 알게 된 사이인데, 따님의 죽음에 원통함과 비통함을 느꼈네. 하지만 스스로의 힘으로는 어쩌지 못하고 허망해 하셨지. 나는 그분의 원통함 또한 풀어드리고 싶었네. 사실 이 집도 그분의 집이었어. 곧 떠나시겠다고 하면서 나에게 머물라 하셨네. 그렇게 떠나셨네. 자네 이야기를 들은 것은 스승님께였네. 그래서 전하께서 소원을 들어준다 하였을 때 자네의 복귀 말고는 머릿속에 떠오르지 않았어. 미리 말하지 못해서 미안하네."

"권득출이 나를 알고 있었다고?"

"자네를 모르는 사람이 있겠나?"

남학의 빨개진 두 눈을 본 이수의 목소리에서는 안도감이 느

꺼졌다.

"사실은 권득출은 내가 정말 좋아했던 가수였네. 한 번도 얼굴을 보거나 이야기를 나눠보지 못했지만 그의 노래는 참 좋아했다네. 어느 날부터 들을 수 없어서 서운했는데 그가 떠났다더군. 그 딸에 대해서는 알고 있었는가?"

"솔직히 몰랐다네. 스승님은 딸이 있다는 사실을 숨겼다네."

"어디로 떠나셨나?"

"물어봐도 말해주지 않으셨네. 자식을 잃은 심정이 오죽하겠나."

남학의 말을 들은 이수는 고개를 끄덕였다.

"이보게, 이수. 범인을 꼭 잡아주게나. 천미귀니 뭐니 귀신의 짓이라는 소문이 돌지만, 알잖나. 귀신은 사람을 죽일 수 없네."

이수는 남학의 어깨를 두드리며 미소지었다.

"물론이지. 사람을 죽이는 건 오직 사람뿐이야. 내 명예를 걸고 꼭 그 범인을 잡을걸세."

남학은 웃음이 세어 나오는 것을 참았다.

'너는 나를 이길 수 없어. 범인이 눈앞에 있는 대도 찾지 못하는 네 모양새가 참으로 재밌구나. 네가 진실을 알게 된다면 그 표정은 어떨까?'

이수의 복귀를 신청한 것이 이것 때문이었다. 어서 행복해져

라. 빛나라. 그래야 그 빛이 꺼지면 암흑이 될 테니까.

　이수가 버린 자가 괴물이 되어 나타난다. 모든 것은 이수의 책임이 되고 그걸 알아차렸을 때 이수는 무너질 것이다. 이수는 필시 그런 자였다.

　문밖에서 언홍의 옅은 숨소리가 아까부터 나는 것을 남학은 놓치지 않았다.

十六

　효덕은 매일 밤 옥추경을 읽으면서 소원을 빌었다. 아름다워
지고 싶다고. 그리고 서낭당에 가서 빌었다. 효덕이 할 수 있는
일은 그것뿐이었다. 몸은 묶여 있지 않으나 움직일 수 없었고,
아무도 때리지 않았으나 상처받았다. 그날도 효덕은 서낭당에
서 소원을 빌고 있는데 목소리가 들렸다.

　"얼굴을 고치고 싶으냐."

　그럼 이것은 병이란 말인가. 말하는 자는 정말 소문대로 천미
귀인가.

　효덕은 목덜미가 서늘해졌다. 그러나 이것저것 생각하며 망
설이다가는 귀하게 온 기회가 날아갈 듯 하여 "네" 하고 다급한

대답을 했다.

"자시(子時)에 당화루에서 기다리거라. 아무에게도 말하지 말고 혼자 몰래 나와야 한다."

효덕은 고개조차 들지 못하고 "네" 하고 대답했다.

그렇게 간절히 빈 소원을 드디어 천미귀가 들어주는 것일까. 효덕은 지시대로 그날 밤 당화루에서 기다렸다.

"새롭게 다시 태어나고 싶으냐. 엄청난 고통을 참아야 하고 잘못되면 목숨을 잃을 수도 있다."

멀리서 부엉이가 울었다.

"이미 저는 죽은 것과 같습니다."

"그럼 거기 그 주병에 든 액체를 삼켜라."

효덕은 불안감에 몸을 떨었지만 손은 이미 주병을 들어서 삼키고 있었다. 목구멍이 타들어가는 기분이 들더니 몸을 움직일 수 없게 되었다. 효덕은 놀란 얼굴로 눈동자만 굴렸다. 어둠 속에서 얼굴을 가린 사내가 나왔다. 서서히 효덕의 의식이 멀어져갔다.

김효덕을 처음 봤을 때 남학은 숨이 멎을 수밖에 없었다. 박색이라고 소문은 나 있었지만 바깥 출입을 전혀 하지 않기에 그녀의 얼굴을 확인할 방법이 없었다. 이는 남학이 그전에 작업하였던 여인들과 비슷한 경우였다. 효덕은 옥추경을 읽고 서낭당에서 아름다워질 수 있게 소원을 빌었다. 아주 작은 소리로 빌었으나 남학은 멀리서도 그것을 들을 수 있었다. 그후 남학은 효덕을 틈틈이 관찰하였다. 남학이 본 효덕은 하루 종일 하는 일이 없었다. 갇힌 방안에서 자수를 하거나 종들이 차려준 밥을 먹고, 오지 않는 서방님을 기다려야 했다. 효덕이 무슨 일이라도 할라치면 모두 말렸고, 계집종의 어린 아들은 효덕의 얼굴을 보면 울음을 터트리고 자지러졌다. 효덕은 종종 목숨을 끊으려고 시도했으나 매번 실패했다. 남학이 말을 걸지 않았다면 그녀 스스로 목숨을 끊었을 것이다.

남학은 의식을 잃은 효덕을 어깨에 메고 산채로 이동했다. 산에서 7년이나 살았고 어릴 적에도 사냥꾼을 따라 산을 탔던 터라 남학의 발길은 산에 익숙했다. 어두운 밤길에도 소리를 따라 이동하면 위험할 일도 없다. 남학은 사람들이 다니지 않는 외진 산길을 한참 올라 산채에 도착했다. 키 큰 풀들이 산채 주변을 뒤덮고 있어 외부에서는 잘 보이지 않았다. 나무 문을 열자 삐걱거리는 소리가 들렸다. 나무판들 틈새로 달빛이 새어 들어왔다. 산채는 가로 세로 마흔자 정도 되는 크기였다. 산채 중앙에는 사람이 누울만한 크기의 허리까지 오는 나무 선반이 놓여있었고, 사방에는 굵은 기둥이 세워져 고리가 달려있었다. 산채 안에는 여러 약재가 섞여 독특한 향이 났다. 낡은 선반에는 염 대사가 남긴 책과 의료기기, 약초들, 동물의 뼈들이 놓여있다. 한쪽 벽에 손도끼와 낫이 세워져 있었으며 다른 한쪽에는 패놓은 장작이 보였다. 커다란 나무 위에 효덕을 눕혔다. 등불을 켜고 효덕의 얼굴을 불빛아래서 꼼꼼히 살폈다. 얼굴은 곰보며 눈꺼풀 한쪽이 뒤덮여 동공이 기의 보이지 않았다. 코 옆에는 주먹만 한 사마귀가 붙어 있었고, 피부는 두껍고 거무죽죽했으며 이마는 푹 꺼져 쭈글거렸다.

남학은 기둥에 고리를 달아 엮어 효덕의 몸을 밧줄로 기둥에 묶어 고정시켰다.

남학은 직접 제조한 약을 효덕의 얼굴에 들이부었다. 효덕은 고통으로 몸부림쳤다. 밧줄이 묶인 손목 발목의 피부가 마찰에 의해 벗겨지고 까졌다. 남학은 예리한 칼로 코뼈를 깎아내고 동물의 뼈를 붙였다. 바늘과 실을 이용하여 피부 가죽을 다시 덮어 봉합하고 오랜시간 배합한 약을 발랐다. 이제 제대로 회복을 하여야 한다. 남학은 실신한 효덕을 보며 그녀에게 내릴 지시사항을 편지에 썼다.

남학이 작업한 여자 중 하나는 이 방법이 성공하여 전혀 다른 삶을 살고 있다. 남학도 마찬가지였다. 그 끔찍한 고통을 버텼고, 새 삶을 찾았다.

남학은 실패한 여인들을 통해 이수에게 자신을 알리려는 시도를 하였다. 이 모든 것은 이수에게 복수를 하기 위한 거대한 계획이지만, 여인들의 죽음 이면에는 남학의 진심이 있었다. 효덕 또한 진심으로 자신의 삶을 살길 바랐다.

닷새가 되던 날, 남학은 산채를 다시 찾았다. 편지와 약도 그대로였다. 그녀의 얼굴에는 고름이 뚝뚝 흐르고 구더기가 생기기 시작했다.

'견디지 못했어.'

남학은 다시 상처 부위를 도려내었다. 효덕은 이제 비명소리 조차 없이 사지가 축 늘어졌고 눈에는 흰자위만 보였다. 혀는 부풀고 얼굴은 이미 괴사가 진행되었다. 남학은 돌을 갈아 지혈을 하고 소독을 하였지만 상처는 아물지 않았다. 효덕의 온몸은 푸르뎅뎅해졌으며 맥박이 뛰지 않았다. 정순금 때와 똑같이 죽고 말았다. 남학은 한숨을 내쉬었다.

남학은 김효덕의 시체를 들고 옮겨 보란 듯이 당화루 밑 시냇가에 전시해 놓았다. 그녀의 손바닥에 붉은색 실을 놓았다. 이수의 부채 선추에서 몰래 잘라온 실이었다.

부디 이수가 알아차리길 바라며 조용히 애도의 노래를 불렀다.

그녀들에게 죄책감은 없다. 어차피 살아있다면 지옥일 터였다. 그녀들은 천미귀에게 소원을 빌었다. 아름다워지게 해

달라고.

그를 부른 것은 그녀들이었다. 이것은 그녀들의 선택이고, 아마 이 일이 실패하지 않았더라도 머지 않아 그녀들은 스스로 죽음을 택했을 것이다.

남학의 머리 위로 초여름 비가 추적추적 내렸다.

十七

"아앗!"

연홍의 길고 하연 손가락에 붉은 피가 흘러나왔다. 오후 내내 만들었던 음식은 땅에 떨어졌고, 그릇은 산산 조각이 났다.

연홍이 고개를 들어보니 남학이 깨진 그릇을 치우고 있었다.

"다치십니다."

"나야 목만 안 다치면 먹고 사는 데 문제없소."

"말씀을 어찌 그리하십니까……."

"이걸 보고 가만있는 걸 알면 이수가 날 죽일 거요."

연홍의 얼굴에 미소가 번졌다.

"이리 된 거 손도 다쳐서 저녁 밥도 얻어먹긴 글렀고, 나가서 저녁거리를 사옵시다."

연홍은 망설였다.

며칠 전에도 달빛에 서 있는 남학의 뒷모습이 이수인 줄 착각하고 말을 건넨 적이 있었기 때문이다. 둘은 점점 닮아갔고 연홍도 점차 헛갈렸다.

"포도대장을 굶게 할 순 없잖소?"

연홍은 남학을 따라 저잣거리에 나갔다. 시전에는 전방들이 즐비했다. 연홍은 얼마 만의 저잣거리인지 가슴이 뛰었다. 무엇을 사려 하느냐며 달라붙는 여리꾼들, 짚신에 패랭이를 쓴 장돌뱅이들, 골목을 누비며 생선이나 빗을 팔러 다니는 개성상인, 쇠전꾼, 얼굴이 검게 탄 광대패, 사당패, 무뢰배들의 모습이 보였다.

연홍은 남학이 고기를 사는 것을 보고 비단을 구경하였다. 남학은 상인들에게 값을 깎지도 않고 돈을 지불하였다.

연홍이 집을 나온 지도 어언 일 년이 다 되어간다. 그간 부모형제들을 볼 수 없었다. 이수와의 혼인을 반대하던 부모의 의견을 어기고 몰래 집을 나왔기 때문이다. 이수에게 내비치지는 않았지만 가끔 그들이 그리웠다. 연홍이 이수를 선택했다고 해서 선택하지 않은 것들이 그립지 않은 것은 아니었다. 그간 이수의 사정이 넉넉지 않았기 때문에 이렇게 물건을 마음대로 살 수도 없었다. 살인사건을 조사 중이니 그의 앞에서 웃는 것도 미안했다. 신경이 날카로워 말도 붙일 수 없었다. 게다가 이수는 혼자 있을 때는 생각에 빠져 말을 건네도 모를 때가 많았다. 자다가 벌떡 일어나 범인이 어둠 속에라도 있는 듯 노려보기도 했다.

광기.

정의롭고 올바른 그의 얼굴 뒤에 광기를 연홍은 보았다. 어찌 보면 수사에 필요한 집념이었지만 이수의 눈길이 연홍에게 닿지 않을 때면 연홍의 가슴에 휭 하고 찬바람이 불었다. 남학은 그 바람소리라도 들은 사람처럼 연홍을 바라보았다.

"사람의 마음에 바람이 불 때가 있지요. 그리울 때, 외로울 때, 폐에서 폐로 바람이 지나가는 거요, 이렇게. 그럴 땐 양팔로 움켜쥐면 괜찮아진다오. 바람이 빠져나가지 않고 따뜻하게 내 안에서 온기로 남을 수 있소."

연홍은 피식 웃었다. 남학은 장난꾸러기 소년 같은 웃음을 지어보였다.

"웃는 모습이 보기 좋소. 앞으로는 자주 웃으시오."

남학은 성큼성큼 걸어갔다.

연홍도 얼마 만에 웃는 건지 몰랐다. 그녀는 아이들의 말을 듣고 남학이 사는 집이 죽은 권득출의 집이라는 것을 들었을 때 사실 불안했다. 갑자기 나타난 젊고 매혹적인 사내가 사는 집, 그 집에서 사라진 가수, 산에서 뛰어내려 죽은 그 가수의 딸……. 모든 것이 얽히고설켜 연홍을 옭아맸다. 한 번 의심하니 모든 것이 수상했다.

그런데 어젯밤 이수와 남학이 나눈 대화를 엿들었을 때 안도했다. 이 집에 얽힌 사연을 남학도 알고 있었고 그것을 이수에게 털어놓았기 때문이다.

'역시 좋은 사람이야. 괜한 의심을 했어.'

연홍은 고개를 저으면서 남학을 따라갔다. 그녀의 눈에 사당패가 들어왔다. 재주넘기를 하면서 흥겹게 놀고 있었다. 연홍은 어릴 때 사당패의 연기와 재주넘기에 감탄하곤 했다.

"저것 좀 보세요."

연홍이 남학을 불러 사당패를 가리켰다. 사당패 여인이 각시탈을 벗자 한쪽 얼굴이 심하게 곪아있다. 그녀는 덕중이었다. 세월이 흐른 속도보다 더 빨리 늙어버렸다. 눈빛은 그대로 살아있었으나 아름다운 외모는 죽어버렸다.

덕중이 탈을 벗자 여러 사람의 입에서 탄식이 흘러나왔다. 몇몇은 경외의 눈길이 무시의 눈길로 바뀌었고, 또 몇몇은 동정하면서 푼돈을 던져주었다. 꼽추가 바지런히 바닥에 떨어진 돈을 주웠다. 여인은 동정에 반응하듯 당당한 미소를 지어보였으나 아이 하나가 울음을 터트렸다. 덕중의 눈길이 남학에 멈췄다가 이내 지나쳤다. 덕중은 남학을 알아보지 못했다. 남학이 얼굴을 찡그렸다.

"어디 몸이 안 좋으세요?"

"괜찮소. 가끔 속이 쓰려 그러는 것이니."

남학은 곧 미소를 지어 보였다. 남학은 품에서 명주천을 꺼내
그 안에서 잎을 꺼내 입속에 넣고 씹었다.

주막은 사람들로 붐볐다. 덕중은 엉덩이를 밀어넣고 앉았다.

"박색인 여자가 아름다워져서 돌아오는 게 가능하오?"

덕중은 주먹밥을 베어 물며 주모에게 물었다. 그녀는 요새 한
성에 도는 소문을 들었다. 박색인 여자가 아름다워져서 돌아온
다든지, 박색인 여자만 죽어나간다든지.

"정말이라니까 그 천미귀가 못생긴 여자만 잡아다 죽이는데,
죽이기 전에 내기에서 이기면 살려주고 아름답게 만들어준다고
하잖아. 궁녀 하나가 얼굴을 바꿔서 돌아왔대."

"귀신 같은 소리, 내가 살면서 느낀 것은 가장 무서운 건 사람
이요."

"그쪽도 천미귀한테 빌어봐. 얼굴 고쳐달라고."

주모의 시선이 덕중의 뺨에 닿았다. 덕중은 그 시선을 느끼고
매섭게 쏘아보았다. 주모는 궁시렁거리면서 부엌으로 들어갔다.

사는 게 죽는 것보다 못한 삶이 있다. 덕중이는 천미귀든 살

인광이든 만나서 이 빌어먹을 얼굴을 어떻게 해달라고 하고 싶었다. 황선이 떠나고 덕중의 신세는 곤두박질쳤다. 얼굴이 상한 덕중이는 예전처럼 인기를 얻지 못했다. 황선이 밀치면서 다리까지 접질리는 바람에 재주넘기도 하지 못했다. 사당패의 인기는 하락했고, 몇몇이 동사해 죽거나 아사했다. 몸을 팔더라도 전보다 터무니없이 싼값이었고, 그 와중에 덕중의 얼굴을 보고 거절하는 사내도 있었다. 하지만 덕중이는 돈만 준다면 영감 발톱의 때라도 핥으며 악착같이 살아남았다. 자존심은 배고픔 앞에 사라진 지 오래다.

'괴물아이를 찾으면 한양 대성사에 들러 대룡파 천필주를 찾아왔다 일러라.'

사내의 굵은 쉿소리를 덕중은 아직도 기억한다. 귓가에 더운 입김과 냄새, 갈라진 언청이 입술, 차가운 손으로 엄마가 준 목걸이를 끊어가던 자.

그때 겪은 고통보다 그 사내 손에 죽을 것 같은 두려움이 컸다. 괴물아이를 찾겠다고 약조하고 얻은 목숨이었다. 그 이후부터 덕중은 괴물아이의 행방을 쫓았다. 그런데 언제부터 괴물아이의 흔적이 세상에서 사라졌다.

마지막으로 목격한 사람이 스님과 함께 있었다는 이야기를 했다. 그게 벌써 9년 전이었다. 그 후로는 아무 소문도 들리지 않았다.

만일 그 괴물이 죽었다 한들 두 눈으로 시체를 보기 전까지는 포기하지 않는다. 죽었다면 그놈의 뼈라도 찾는다. 살아있다면 그놈의 재주는 돈은 되니까 돈을 뺏던지 숨통을 끊어놓던지, 둘 다 하던지. 덕중은 어금니를 꽉 깨물었다.

덕중은 방문을 열고 들어갔다. 안에는 5~6명이 되는 사내들의 코고는 소리가 진동했고, 고약한 냄새가 풍겼다. 덕중은 다시 밖으로 나왔다. 바닥에 깔린 멍석 위에서 꼽추와 사내 몇몇이 침을 튀기며 대룡파에 대한 이야기를 했다. 집도 절도 없고 먹을 것도 없는 백성들이 대룡파에 들어가면 끼니는 떼울 수 있고 신분에 상관없이 실적을 쌓으면 포상을 해준다고 한다. 덕중은 꼽추를 한쪽 다리로 밀고 몸을 뉘었다. 달이 밝았다. 또 내일은 하루를 어찌 버틸까.

내의원은 인정전 서쪽 궐내 각사에 위치해 있었다. 이수는 정첨정에게 찾아가 의견을 물었다.

정첨정은 쉰이 넘은 흰수염이 지긋한 사내였다.

"의술과 약초로 얼굴을 고치거나 바꾸는 게 가능한 일입니까?"

"화유석과 오행화가루 등을 사용하면 고통을 덜 느끼니 불가능한 일은 아니지요. 화타는 개두술도 가능했습니다."

정첨정의 의견에 이수는 관자놀이가 욱씬거렸다.

"지금 떠도는 소문 때문에 그러십니까?"

그 떠도는 소문인즉, 석 달 전 궁 안에 어떤 여인이 얼굴이 바뀌어 돌아왔다는 것이다. 얼굴을 바꿔 돌아오는 게 정말로 가능한가?

죽은 여인들에게 대체 무슨 일이 벌어진 것일까.

"행여나 이상한 소문에 마음을 뺏기지 마십시오. 괜한 일에 말려들 수 있습니다."

이수는 내의원을 나와 걸었다.

허술한 소문들을 바닥에 깐 채 불완전한 증거들을 밟고 올라서는 격이다. 위태롭다. 이러다가는 무너진다. 하지만 이 소문을 그냥 흘릴 수가 없었다. 뭔가 이번 살인사건들과 연관이 있다는 생각이 들었다. 소문은 바람과 같아 시작도 끝도 알 수 없어 바람의 시작을 찾을 수가 없었다. 또 구체적인 여인의 이름도 알 수 없었다. 일단 심복 몇몇을 풀어 처음 소문을 퍼트린 자를 찾으라고 지시하였다.

우포청으로 돌아온 이수는 그간의 사건을 다시 정리해보기로 했다.

가장 첫 번째 죽은 여인부터 사망한 날짜와 손 안에 남겨둔 물건들을 쭉 곱씹어보았다.

一. 권내은, 권득출의 딸. 1월 15일(없음)

二. 신원미상 여자 거지, 3월 1일(산딸기)

三. 정순금, 4월 10일(흰 옥 - 패옥에 달린 장식)

四. 김효덕, 5월 30일(붉은 실 - 부채 선추에 달린 실)

그런데 대체 범인은 왜 여인들에게 이런 물건을 남겼을까. 시체들은 대부분 눈에 띄는 곳에 있었는데, 만약 처음부터 사람들의 눈에 띄게 하기 위함이라면?

범인이 일부러 놓아둔 것이라면 무엇을 뜻하는 것일까.

이수는 충혈된 눈을 감고 손가락으로 눈꺼풀을 꾹 눌렀다.

이수가 무거운 몸을 이끌고 집에 들어서자 안에서 웃음소리가 들렸다. 다름 아닌 부엌에서 나는 연홍의 웃음소리였다.

이수는 순간 피가 솟구쳐 이마에 힘줄이 팍 불거졌다. 연홍의 검은 눈동자는 반짝였고, 그 눈길이 닿는 사내는 남학이었다. 연홍이 함께 있는 상대가 남학임을 안 이수는 안도감과 함께 묘한 기분이 들었다.

"자네 왔는가!"

남학이 부엌 앞에 서있는 이수를 보고는 미소를 지었다.

"간만에 화전을 만들어 보려는데, 잘 안 되네."

"제가 하려고 했으나……."

연홍이 이수를 살피며 말했다. 연홍의 손가락에는 깨끗한 천이 야무지게 감겨 있었다.

"부인께 뭐라 하지 말게. 내가 우겨서 한 거야. 모양은 이래도 한 점 들어보게나."

이수는 이상하게 식욕이 사라졌다.

그날 밤 이수는 악몽을 꾸었다. 이수의 악몽은 기억을 더듬어보면 어릴 적부터였다. 검은 물에서 괴물이 기어나와 이수를 찾아온다. 사람인지 짐승인지 모를 그 괴물은 처음에는 집 밖을 빙빙 돌며 이수를 살피더니 이젠 집 안으로 숨어들어 호시탐탐 이수를 노린다. 이수의 이불 속으로, 이수가 목욕할 때는 물 속으로, 이수와 연홍이 누워 있을 때는 가운데 누워 자고 있다. 어쩔 때는 병풍 뒤에 숨어서 지켜본다.

살인광.

너는 살인광이다.

괴물의 목소리는 이수의 귓가에 속삭였다가 천둥처럼 커진다.

이수는 참을 수 없어 검을 집어 들고 병풍을 벤다. 씨익씨익 씨익 숨이 거칠다.

필히 꿈일 것인데 깨질 않는다.

"서방님!"

연홍의 목소리가 들린다. 역시 꿈일 것이다. 안도감이 들었다.

이수의 몸은 축축히 젖어있었다. 이수가 눈을 뜨자, 갈라져 두 동강이 난 병풍이 보였다. 이수의 손에는 검이 들려 있었다. 다리에 힘이 풀려 비틀거렸다. 꿈이 아닌가? 천천히 고개를 돌리자 연홍이 두려움 가득한 눈으로 이수를 보고 있었다.

"서, 서방님……."

이수는 극심한 두통을 느끼며 그대로 쓰러졌다. 다급히 뛰어들어온 남학을 보고 이수는 정신을 잃었다. 아득한 곳으로 몸뚱이가 가라앉는 느낌이었다.

눈을 떠보니 남학의 얼굴이 보였다. 남학의 어깨너머로 병풍이 갈라져 있다. 간밤의 사건이 꿈이 아니라는데 이수는 큰 충격을 받았다.

"괜찮은가?"

"자네 물건을 망가뜨리다니 면목 없네."

이수는 바닥에서 일어서 나갈 채비를 하였다.

"오늘은 좀 쉬지 그러나. 안색이 좋지 않네."

남학이 걱정스런 얼굴로 이수를 바라보았다. 그러나 이수는 이 사건을 해결해야 이 지독한 악몽에서 깰 수 있을 것 같았다.

"전하의 상심이 크시네. 어서 해결하여 마음 편하게 해드려야지."

연홍이 한약을 가져와 이수에게 건넸다. 이수는 연홍과 남학의 시선을 느끼다가 마지못해 한약을 마셨다. 남학의 만류에도 불구하고 이수는 몸을 일으켜 나갔다.

뒷모습을 바라보는 남학의 눈에 불꽃이 튀는 것을 이수는 알지 못했다.

十八

이수는 벌벌 떠는 갓난이 앞에 서 있었다. 갓난이는 체구가 자그마하고 눈동자가 검은 여인이었다.

"그 소문을 퍼트린 게 너냐?"

"아, 아니옵니다."

"그럼 누구에게 들었느냐?"

"종, 종실이옵니다."

"나인 종실이 말이냐? 종실이가 너에게서 들었다 하였다! 어디서 거짓을 말하느냐!"

갓난이는 털썩 주저앉았다.

"자, 잘못했습니다. 나으리!"

"너의 잘못을 따지러 온 것이 아니다. 떠도는 그 이야기에 대해 소상히 말하여보아라."

갓난이는 침을 꿀꺽 삼켰다.

"궁 안에 얼굴이 뒤바뀌어 온 여인이 있다는 게 사실이냐?"

갓난이는 이수의 물음에 눈빛을 반짝이며 소상히 말하기 시작했다.

궁녀 중에 옥금이란, 미색이 상당한 나인이 있었다. 아기 나인으로 들어와 궁에서 지낸지 10년 되는 해, 몸이 뜨거워지고 난 뒤부터 옥금의 볼에 좁쌀만 한 게 나게 되었는데 그것이 점차 커지며 얼굴을 뒤덮어 버렸다. 원래는 퇴선간 내인으로 갓난이와 함께 임금의 수라상을 올리고 내리는 일을 하였으나 얼굴이 추하게 변한 것에 놀란 지밀상궁이 빨래하는 무수리로 보내 버렸다. 그 이후에는 어릴 적부터 같이 생활한 갓난이와도 따로 방을 쓰게 되었다.

그러나 그 후에도 갓난이와 옥금의 우정은 변치 않아 가끔 궁에서 만나면 이야기를 나누곤 했다. 옥금은 늘 고개를 들지도 못하고 천으로 가렸다. 옥금에게는 왕의 눈에 절대로 띄어선 안 된다는 상궁의 명이 떨어졌기 때문이었다. 얼굴이 변하기 전 옥금은 미색이 워낙 출중하였기 때문에 평범한 갓난이는 늘 옥금을 부러워하였다. 옥금은 늘 성은을 입기를 바라고 있었는데 그

꿈이 산산조각난 것이었다.

그런데 어느 날부턴가 궁 안에서 보이질 않았다. 그렇게 감쪽같이 사라진 옥금의 행방은 누구도 알 수 없었다. 그렇게 옥금은 사라졌지만 궁 안의 누구도 옥금을 찾지 않았고, 성 밖 옥금의 부모님은 옥금이 궁 안에서 잘 지내는 줄 알았다.

그리고 지금으로부터 석달 전 새로 궁녀가 들어왔는데, 들어온 지 얼마 안 되어 바로 임금의 눈에 들어 성은을 입게 되었다. 왕은 여자를 멀리하기로 유명하여 모두의 질투와 관심이 집중되었고, 갓난이도 성은을 입은 궁녀가 누구인지 너무도 궁금하였다. 갓난이는 그때쯤 지밀나인을 도와 후궁들의 몸치장을 돕는 일을 하였다. 그러던 어느 날, 그 궁녀의 몸치장을 돕게 되었는데 어깨 위에 토끼 모양의 점을 보고 그만 놀라고 말았다. 몇 달 전 사라진 옥금의 어깨 위에 있는 것과 같은 모양의 점이었기 때문이다.

궁녀의 이름은 황희라 했다.

갓난이는 처음에는 믿을 수가 없었다. 황희는 너무나 아름다운 얼굴이었기 때문이다. 갓난이는 잘못본 거겠지, 착각이겠지 하고 생각을 지우려 애썼다. 그러나 갓난이는 의심을 지우지 못하고 황희의 몸치장을 도울 때마다 몰래 살폈다. 귀 모양이나 손톱 모양, 걸음걸이……. 볼 때마다 옥금이었다.

"참으로 고우십니다. 언제부터 이리 고우셨을까……."

갓난이가 유심히 황희를 살피자 그녀의 낯빛이 어두워졌다. 그 후론 갓난이는 황희를 만날 수 없었다. 다른 궁녀의 치장을 명받았기 때문이다.

이수는 갓난이의 말을 듣고 생각에 잠겼다. 갓난이 말이 맞다면 여인이 얼굴이 바뀌어 돌아온 것이다.

사람의 힘으로 어찌 그럴 수가 있는가?

갓난이가 착각한 것이 아닐까?

점과 귀의 형태, 발걸음 같은 세세한 부분이 맞는 자가 하늘 아래 둘이 있을까?

갓난이의 착각으로만 여기기에는 갓난이가 들려준 옥금의 이야기는 앞서 죽은 여인들과 비슷한 부분이 많았다.

"거짓이 아니옵니다. 옥금이랑 저는 어린 시절 아기 나인 때부터 같이 먹고 자고 생활했습니다. 다른 이도 아니고 제가 그것을 몰라보겠습니까, 나으리……!"

갓난이는 확고한 눈동자로 이수를 바라보았다.

이수가 지밀상궁에게 옥금의 이야기를 물으니 여섯 달 전 사라진 사실을 확인하였다. 이수는 황희를 만나야 했다.

"수사는 어찌 되고 있소?"

왕은 수사에 관심이 많아 때때로 어려운 수사는 함께 이야기를 나누며 처리하기도 하였다.

왕 옆에 서 있는 내시 김조겸의 눈빛이 곱지 않았다. 왕은 내시에게 나가라고 눈짓하였다.

"시체들에 공통점이 있사옵니다."

이수는 왕 앞에 엎드려 지금껏 이루어진 수사 상황을 보고하였다. 죽은 여자들의 얼굴이 끔찍하게 상처 입은 점, 화유석과 오행화가루가 쓰여진 점, 용의자로 의술을 가진 의원들을 조사한 점 등.

왕은 이수의 보고를 흥미롭게 들었다.

"그래서 그 소문의 여인은 찾았는가?"

왕의 물음에 이수는 난감했다. 꼭 조사해야 할 황희는 성은을 입어 의빈 정씨가 되었다.

"예, 전하."

"벌어지는 살변사건이 대룡파 소행이다, 천미귀 소행이다 도성이 시끄럽네. 몇몇 대신들은 무당을 불러 천도제를 하는 것이 좋을 듯하다고 하고. 자네가 꼭 범인을 잡아서 그들 앞에 실체를 데려다주게."

이수는 왕의 눈빛에서 간절함을 느꼈다.

이수가 왕을 만나고 나오는 길에 의빈 정씨가 있는 궁 쪽으로 가보았다. 마침 그녀는 상궁들과 꽃을 구경하고 있었다. 꽃과 나비를 쫓는 그녀의 눈은 기품 있고, 얼굴은 매끄러웠으며 선녀가 내려온 듯 아름다웠다.

'말도 안 돼……. 저 여인이 얼굴이 온통 좁쌀로 뒤덮혔던 옥금이라고? 어찌 사람의 얼굴이 바뀔 수 있단 말인가.'

이수는 고개를 흔들고 돌아섰다. 그녀를 만나기 위해서는 확실한 계기가 있어야 했다. 이수는 한성부 중부 견평방에 위치한 의금부로 향했다. 장수목 판사는 동아방에서 이수를 반겼다. 그는 희끗한 수염이 턱을 덮었고 기골이 장대했다. 이수가 어릴적부터 스승처럼 대하던 분이었다. 이수가 그간 도성에서 벌어진 살인사건과 뒤바뀐 얼굴로 돌아온 궁녀 이야기를 하자 한동안 말이 없었다.

"그것이 가능하다고 생각하느냐?"

장수목은 고개를 뒤로 젖혔다.

"모든 가능성을 두고 꼼꼼히 수사하여 하나씩 그 가능성을 없애 나가야 한다고 가르쳐 주셨습니다."

"한낱 무수리의 입놀림 아니더냐."

"작은 단서도 놓치지 말고 끝까지 파고들라 하셨습니다."

이수는 집념에 찬 눈으로 장수목을 바라보았다.

"알았다. 내가 자리를 마련해 보겠다. 허나 직접적인 조사는 불가하니 구실을 좀 만들어 오거라."

이수는 고개를 끄덕였다.

의빈 정씨의 방 앞은 좋은 향기와 가야금 소리가 흘러나왔다. 양옆으로 호위무사들이 서서 방을 지켰다. 의빈 정씨의 임신소식이 전해지자 경비는 삼엄해졌다. 이수와 남학은 장악원 악공의 옷을 입고 서있었나. 이수의 손에는 북과 북채가 들려있있다. 남학은 긴장한 표정없이 부드러운 미소로 이수를 바라보았다.

"들어오시라 하여라."

문이 양쪽으로 열리며 이수와 남학이 안으로 들어섰다. 방안에는 빛깔 좋은 옥과 자수정이 군데군데 놓여있었다. 의빈 정씨는 가까이서 보니 더욱 아름다웠다.

"장악원 소속 남학이옵니다."

"장악원 소속 이수이옵니다."

"전하께서 칭찬하시던 분들을 뵙게 되어 기쁩니다. 노래를 들려주시겠다고요?"

"네, 회임을 축하드리옵니다."

"감사합니다. 청나라 사신을 빈손으로 돌아가시게 한 그 유명한 분의 노랠 듣다니 기뻐요. 안 그래도 가야금이 지루했거든요."

남학과 의빈 정씨가 이야기를 하는 동안 이수는 가까이서 그녀를 관찰했다. 매끈한 피부와 오뚝한 코, 좌우 대칭이 완벽한 뺨.

정말 이 여인이 흉측한 얼굴로 궁을 도망쳐버린 옥금이었을까?

남학이 노래를 시작했다. 어머니를 그리워하는 노래였다. 동시에 이수는 남학의 눈빛을 받아 연습한 대로 북을 쳤다. 고수(북치는 자) 만큼은 못하였으나 남학의 목소리에 매료당한 의빈 정씨는 이수의 북치는 솜씨 따위는 안중에도 없었다.

의빈 정씨는 홀린 듯 남학을 바라보다 눈물을 흘렸다. 한참 후 정신이 든 그녀는 얼굴을 적신 눈물을 닦았다.

"정말 듣던 대로군요. 갑자기 돌아가신 부모님 생각이 나서……."

이수와 남학은 그녀의 수심 가득한 얼굴을 확인하고 밖으로 나왔다. 이수의 등이 땀으로 축축하게 젖어있었다.

밤이 되자 의빈 정씨의 궁녀 여월이는 품 안의 종이를 다시 확인하였다. 이것이 밖으로 새어나간다면 큰 화가 있을 것이다. 물론 자신도 죽는다. 여월은 출퇴근을 자유롭게 하는 무수리였다. 통행증을 보여주고 궁 밖으로 나섰다. 혹, 따라오는 자는 없는지 살폈다. 달빛은 구름이 가리고 부엉이가 울었다. 여월이 궁 밖에 있는 작은 집으로 들어가려는 순간, 누군가 그녀의 팔을 잡았다. 놀라 얼굴을 확인하니 낮에 북을 쳤던 이수였다.

"품 안에 숨긴 것을 꺼내보아라."

"무, 무슨 말씀이십니까?"

여월이 몸을 빼며 고개를 흔들었다. 남학이 새 소리를 내자 새 한 마리가 어깨에 앉았다. 남학이 망설임없이 소리를 지르니 새가 피를 흘리며 앞으로 꼬꾸라졌다.

"다음에 오는 새는 네 두 눈을 멀게 할 수도 있다. 품 안에 든 것을 꺼내라."

이수는 남학의 돌발행동에 당황하면서도 여월이 울며 품 안에 전서를 꺼내자 아무 말도 할 수 없었다. 여월이 들어가려던 집은 옥금 부모의 집이었다.

그리고 그녀의 품 안에서 나온 전서의 내용은 이러하였다.

소녀는 잘 있으니 걱정 마시고 무강하소서. - 옥금 -

전서와 함께 돈도 들어있었다. 여월은 무서워 눈물을 뚝뚝 흘렸다. 이수는 전서와 돈을 돌려주고 여월에게 아무 일도 없던 걸로 하라 했다.

남학이 의빈 정씨를 찾아가 부모를 그리는 노래를 부른다. 만약, 아름다워진 의빈 정씨가 옥금이라면 분명히 마음의 동요를 일으킬 터, 필시 옥금의 친정으로 사람을 보낼 것이라 생각했던 것이다. 처음부터 이 모든 것이 남학의 계책이었다.

'이로써 의빈 정씨가 옥금임이 확실해졌어.'

이수는 남학의 재능에 다시 한 번 탄복하였다.

우월하다는 기분을 느끼는 게 이토록 좋은 것인지 남학은 몰랐다. 남학은 의빈 정씨가 옥금임을 처음부터 알았다. 권내은이 죽은 이후 만난 여자가 옥금이었기 때문이다.

지금으로부터 여섯 달 전, 권득출이 술에 취해 잠든 사이 그가 뒤주를 열자 놀란 권내은은 산속으로 달아났다. 그는 소리를 추적하여 그녀가 있는 곳을 알아냈다. 권내은은 남학을 보자 자신의 얼굴을 바위에 찧으면서 울부짖었다. 그리곤 말릴 틈도 없이 산 밑으로 몸을 던졌다. 남학은 뛰어가 그녀의 옷소매를 움켜잡았다. 그녀의 얼굴에 남학의 과거가 있었다. 쭈글거리는 피부와 닭 눈, 코와 입은 연결되어 숨만 겨우 쉬는 괴물.

이 세상은 그녀에게 얼마나 괴물처럼 대했을까?

"내가 네 얼굴의 병을 고쳐줄 수 있다."

"거짓말"

"참말이다. 나도 너와 같은 병을 앓았다."

남학은 그녀의 벌게진 눈동자를 보며 고개를 끄덕였다. 자신도 성공했으니 남이라고 못할 것도 없다. 그 고통만 참아낸다면.

"내 손을 잡아라. 절대 놓치지 마라."

남학은 그녀의 옷소매를 잡아 끌었지만 그대로 무게를 이기지 못하고 아래로 추락하고 말았다. 그녀의 땀에 젖은 저고리와 치마가 꺾인 꽃처럼 바닥에 떨어졌다. 그녀의 머리에서 붉은 피가 흘렀다. 남학은 그 자리에 주저앉았다. 턱이 부르르 떨렸다. 목 놓아 흐느꼈다. 굵은 눈물이 뚝뚝 떨어졌다. 과거의 자신이 떨어져 죽은 것처럼 슬펐다.

괴물이라 불리던 또 다른 자신이 세상에서 사라졌다.

남학은 그간 몇 건의 살인을 하였지만, 그것은 모두 자신이 살기 위함이었다. 어릴 적 우물물에 빠진 아이도 도망치다 죽게 된 것이고, 홀쭉이도 공격을 피하려다 죽게 했다. 그리고 염 대사 또한 그를 먼저 죽이려 했고, 상인들도 그의 돈을 빼앗으려 했기에 죽게 된 것이었다. 그는 이제까지 스스로의 욕망에 의해 살인을 한 적이 없었다.

'그녀를 살릴 수 있었어.'

어차피 죽을 것 얼굴이라도 고쳐줄 것을. 어차피 죽을 목숨이라면 그에게 했던 그 방법을 한번 써볼 것을 남학은 후회하였다.

자신이 한번 성공했으니 또 성공할 가능성이 있다.

그는 내려오는 서낭당에서 돌을 하나 올려 권내은의 명복을 빌었다. 그리고 만난 여인이 옥금이었다. 옥금은 궁에서 도망쳐 나온 후 스스로 목숨을 끊으려다가 도저히 할 수 없어 서낭당에 숨어 울고 있었다. 남학은 다시는 권내은처럼 이도 저도 아닌 죽음을 보기 싫었다. 그후 옥금은 끔찍한 과정을 이겨냈고 아름다워졌다. 남학은 그녀를 살렸다. 또 하나의 자신이 살았다. 옥금의 재탄생에 자신감이 붙은 남학은 앞으로 추함으로 고통받는 자들에게 새 생명을 주리라 마음먹었다.

'이수야, 어서 나를 찾아라.'

앞으로 펼쳐질 일을 생각하니 웃음이 났다. 남학은 조용히 입술을 오므려 휘파람을 불었다. 그의 양쪽 어깨에 새들이 날아와 앉았다.

十九

이수는 여월에게서 건네받은 서신을 들고 의빈 정씨를 찾아
갔다.

"우포청 포도대장 이수입니다."

이수의 호패를 확인한 의빈 정씨의 동그란 이마에 주름이 가
늘게 잡혔다. 남학의 노래에 맞춰 북을 쳤던 사내가 포도대장이
었다니. 이수의 저의를 파악하느라 그녀의 눈동자가 바쁘게 움
직였다.

"지난 넉 달간의 이야기를 듣고 싶습니다. 비밀은 지키겠습
니다."

그녀의 손끝이 떨렸다. 그녀는 상궁들을 다 물렸다.

"이게 무슨 짓입니까? 당장 물러가세요."

"왜 옥금의 집에 서신을 보내신 겁니까? 그것은 마마가 옥금이기 때문이지요?"

이수가 옥금의 이름이 써 있는 서신을 들자, 의빈 정씨의 눈이 커지고 숨이 턱 막혔다.

"모함을 한다고 전하께 말씀드리겠습니다!"

"전하께 모든 것을 말씀드리는 것도 좋겠지요. 옥금이란 궁녀가 여섯 달 전 사라졌다는 것부터 전부 다 소상히 말씀드리는 것도 나쁘지 않겠지요."

의빈 정씨는 얼굴이 하얗게 질렸다.

"전하께 말씀하실 겁니까?"

"솔직하게 말씀해 주신다면 비밀은 지키겠습니다. 말씀을 해 주십시오. 무슨 일이 있었던겁니까?"

그녀의 입은 좀처럼 벌어지지 않았다.

"멀쩡한 여인들이 죽었습니다. 더 이상 무고하게 죽는 사람이 없어야지요. 살인광이 활기를 치게 놔둘 수 없는 일입니다."

"살인광이라니요. 가당치도 않습니다. 그분은 저의 은인이십니다. 그분의 이름도 모릅니다. 허나 그분은 귀신도 아니고 도깨비도 아닙니다. 그저 바람 같은 분으로 절대로 모습을 드러내는 법이 없습니다."

그녀가 둥그런 눈을 들어 이수를 보았다.

"추하게 산다는 것이 어떤 것인지, 아십니까?"

이수는 그녀의 눈에서 서슬 퍼런 분노와 슬픔을 보았다.

그리고 잊었던 어린 시절의 한 아이가 이수의 머릿속에 어렴풋이 떠올랐다 사라졌다.

의빈 정씨가 입을 열고 놀라운 이야기를 내뱉었다. 그녀의 말에 따르면 옥금이었을 때, 그 추한 모습에 사람들이 죄다 짐승 취급을 하여 억울하고 슬퍼 산에 올라 빌었다고 한다. 마지막으로 죽으려고 목까지 매달았는데 나뭇가지가 부러져 그만 죽지도 못하였다.

어찌하면 살아갈 수 있을지 몇 날 며칠 서낭당에 숨어 울고 있는데 노파의 목소리가 들렸다. 얼굴을 고치고 싶으냐고. 옥금은 고개를 끄덕였고, 바닥에 놓인 주병 안에 든 액체를 마시라 했다. 액체의 이상한 냄새가 코를 찔렀다. 무서웠지만 어차피 죽으려는 목숨, 이래죽으나 저래죽으나 마찬가지였다. 액체를 입 안에 넣고 삼키니 손끝 발끝이 찌릿찌릿해오더니 혀끝까지 느낌이 없어졌다. 그리고는 의식을 잃었다. 눈을 뜨자 산채였고 그 안은 독특한 향으로 가득했다.

"내가 주는 것을 먹고 의식을 회복하면 내가 써준 것 그대로 행하여라. 그 사이 누굴 만나서도 안 되며, 나가서도 안 되고, 얼굴을 보아서도 안 된다."

옥금을 눕히고 손발을 묶었다. 그러고는 끔찍한 고통이 지나
갔고 의식은 몽롱한 상태였다.

시간이 얼마나 지났는지 알 수 없었다. 컴컴한 가운데 어둑한
등불이 보였다.

눈의 초점이 겨우 잡히자 수 십 개의 바늘로 얼굴을 찌르는
듯한 고통이 밀려들었다. 몸을 일으킨 옥금은 손발이 밧줄로
묶인 것을 깨달았다. 목이 말랐다. 등불 아래 물을 허겁지겁 마
시고 나니 정신이 들었다. 그제야 등불 아래에 있는 종이가 보
였다.

一. 의식을 회복하면 차례대로 약을 먹을 것.

二. 절대로 얼굴에 손도 물도 대지 말 것.

三. 극심한 고통이 찾아올 때는 종이에 쌓인 약을 먹을 것.

종이 옆에는 숫자가 쓰인 약이 차례대로 놓여 있었다. 옥금은
약을 삼켰다.

기절하고 깨길 몇 날 며칠. 얼굴이 쥐가 파먹은 듯 고통스럽
다가 뜨겁고 차갑다를 반복한 시간이 지나면서 미친듯이 간지
럽기 시작했다. 고통을 참고 참으며 옥금은 생사를 몇 번이고
오고 갔다. 아무 소리도 들리지 않았고 냄새도 맡을 수 없었다.
모든 감각이 사라진 듯했다. 중간중간에 누군가가 옥금의 얼굴

을 어루만지는 걸 느꼈다.

어느 날 그녀의 귓속으로 새소리가 들어왔다. 눈을 떠보니 더이상 아프지 않았다. 문을 열고 밖을 나가자 새잎 돋은 시절이 지나 나뭇잎이 무성하게 자라있었다. 허기가 져서 나무열매를 따서 입에 넣었다. 배가 부르자 몸에서 지독한 악취가 나는 것을 깨달았다. 옥금은 개울물로 뛰어가 목욕을 했다. 그리곤 물속에 비친 자신의 모습을 보고 울음을 터트렸다. 피부는 백옥 같고 코는 오뚝하게 솟았으며 눈은 맑고 컸다.

옥금은 한참을 울었다.

"그렇게 저는 황희로 다시 태어났습니다."

의빈 정씨가 된 옥금의 눈은 젖어 있었다.

"그게 언제입니까?"

"석달 전쯤, 3월 중순의 일입니다."

아름다워진 황희는 다시 궁으로 들어왔고 왕을 만났다.

"그자의 외모나 음성이나 기억나는 것은 없는지요?"

"어렴풋이 제정신이 아닐 때 그분이 들어왔다가 나가는 것을 느꼈습니다. 어깨가 넓은 사내였습니다. 음성은 나직하고 얼굴을 만지는 그분의 손은 부드러웠습니다. 가끔 좋은 향이 나기도 했고, 키가 작지도 않고 살찌지도 않았습니다."

"목소리는?"

"목소리를 들으면 아주 부드럽고 온몸의 힘이 빠져나가는 기분이 들었습니다. 한데 그 목소리가 하나도 기억나지 않았습니다. 이게 이상했습니다."

살인광은 이상한 도술을 부리는 게 분명하다.

이수는 빨리 그를 잡아 명백히 밝히고 싶은 마음뿐이었다.

"그곳이 어딘지 기억나십니까?"

의빈 정씨는 고개를 저었다.

"다만, 그때 먹었던 나무 열매가 너무 맛이 좋아 알아보니 대조(지금의 대추)였습니다. 그곳에 대조가 가득하였습니다."

그녀는 기력이 다한 듯 말을 마치고 얼굴을 찡그렸다. 의빈 정씨의 표정을 살피던 상궁이 버드나무 잎을 띄운 물을 대령하자 그것을 마셨다.

그녀의 눈이 촉촉이 젖어 있었다.

이수는 부하들을 불렀다.

"의원들 중 어깨가 넓으며 키가 크지도 않고 작지도 않으며 살찌지도 않고 마르지도 않은 자들 중 손이 부드러운 자를 모아 오라. 또 한양에 개울물이 있으며 대조나무가 있는 곳을 샅샅이 뒤져 수상한 곳이 있는지 보고하라."

이수가 우포청을 나서자 달이 밤하늘에 솟아올랐다. 극심한 피로감이 몰려왔다. 잠을 청하지 못한 것이 몇 날이나 되었다.

누군가 뒤를 밟는 듯한 발자국 소리가 들렸다.

"이보게!"

김유생이었다.

"어이구, 난 또 남학인 줄로 알았네."

김유생은 놀란 눈을 하고 달아나듯 가버렸다. 이수는 고개를 갸웃거렸다. 벌써 세 번째다. 사람들이 이수를 남학으로 착각한 경우가.

"게서 뭘 하나?"

이수가 뒤돌아본 그곳에는 남학이 서 있었다. 이수는 자기도 모르게 긴 안도의 한숨이 새어나왔다. 둘은 거리를 걸었다.

"그래서, 범인은 의원 중 한 사람이란건가?"

"그럴 가능성이 높은데 뭔가 놓치고 있다는 생각이 자꾸만 든다네."

이수는 마음 한구석이 저릿했다.

"좀 쉬어가며 하게나. 자네 얼굴 꼴이 어떤지 아는가?"

"사람을 죽인 건 큰 죄일세. 절대 해선 안 되는 일이지. 그런데 의빈 정씨 이야기를 들어봐도 그 살인광에 대한 요만큼의 원망도 없어. 그게 가능한가?"

"자신의 얼굴을 고쳐줘서 행복하게 만들어줬으니 은인이 맞지 않은가?"

"권내은, 그녀가 죽은 게 올해 1월 15일 이었는데 그 이후로 이런 기이한 일들이 벌어졌네. 아무래도 이 여인이 살인광과 직접적인 관련이 있어 보이네."

남학은 입 꼬리가 올라가려는 것을 애써 숨겼다.

"첫 번째는 권내은, 옥금이 두 번째였네. 그리고 세 번째가 여자 거지, 네 번째가 정순금, 다섯 번째가 김효덕. 벌써 다섯 번째네. 살인광은 권내은의 얼굴만 건드리지 않았어. 그녀의 얼굴의 상처는 정교함이 없었네. 권내은의 오른손에 상처가 있는 것으로 보아 스스로 낸 것일 걸세. 이것은 무엇을 뜻하는 것일까 한참 생각해보았네. 만약 권내은이 살인광의 마음 속에 무언가를 일으켰고, 그것이 옥금으로 발현되었고, 옥금의 얼굴을 아름답게 성공시킨 다음 상대들을 찾게 되었다. 이런 전개가 되지 않을까 싶네."

'이제야 감이 오는가.'

남학은 속으로 웃었다.

"그럴 듯한 생각일세. 권내은과 살인광은 어떤 관계였을까? 죽은 여인들의 손에 뭔가 쥐고 있었다고 하지 않았는가."

"권내은의 손에는 아무것도 없었어. 그 다음 여자 거지에겐 산딸기가 쥐어져 있었는데 아마도 별 의미는 없다고 생각했네."

"자네 말대로 권내은이 살인광의 마음 속에 뭔가를 일으켰다면 산딸기 또한 범인이 남기는 전언이 아닐까? 그것들이 무엇을 뜻하는지 찾아가보면 끝이 나오지 않을까 싶네."

"바로 나도 그 부분을 생각하고 있었네!"

이수는 남학의 어깨를 두드렸다.

"의빈 정씨 말대로라면 살인광은 그녀들의 얼굴을 고쳐주려 한 것이 아닌가?"

"살인광은 살인광일 뿐이야. 어떤 이유에서든 살인을 정당화할 수 없지. 지금 의빈 정씨의 말도 다 믿을 수는 없는 노릇이고."

"사람 목숨을 빼앗는다고 살인일까? 사람들은 말로도, 눈빛으로도, 행동으로도 사람을 죽인다네. 그녀들에겐 죽는 것보다 사는 게 더 고통스러웠다는 건 사실일거야. 그래서 의빈 정씨가 살인광을 은인으로 생각하는 것이고."

이수는 또다시 관자놀이가 욱신거렸다. 길을 찾았다 싶어 가 보면 막다른 길이었다.

이수는 슬쩍 남학의 옆모습을 보았다. 요새 남학은 왕의 신뢰를 얻고 있다. 그의 눈빛은 매번 빛나고 자신감이 넘친다. 평소에도 그러하나 노래를 부를 때의 그는 압도적이다. 그가 의도하는 대로 풍경이 펼쳐지고 동물들이 울고 식물들이 춤을 춘다. 사람들은 남학의 노래 한 소절에 가슴을 치고 입을 벌리고 웃는다. 꿈을 꾸기도 하고 사랑을 나누기도 하고 절망에 빠지기도 하며 희망을 느끼기도 한다.

'남학, 이 자처럼 되고 싶다.'

이수는 복잡 미묘한 감정에 휩싸였다. 연홍과 남학이 서로 다정하게 바라보던 장면이 눈앞에 떠올랐다. 눈앞에 섬광이 아른거렸고, 위장이 불타오르는 느낌이 들었다.

'질투인가.'

남학은 어깨를 흔들며 웃더니 새 소리를 냈다. 새 소리는 휘파람 소리로 바뀌더니 피리 소리가 되었다. 고운 입술에서 내뱉는 피리 소리는 이수의 귓구멍으로 들어가 심장을 뒤흔들었다.

'질투라면 누굴 향한 질투인가.'

이수의 마음 깊숙한 곳이 소용돌이쳤다. 어느새 이수의 심장이 뛰었고 검은 눈동자에 달이 가득 담겨있다. 남학의 피리 소리에 손과 발이 저절로 움직인다. 달빛 아래 이수가 몸을 이리저리 흔들며 춤을 춘다. 바람에 휘날리는 도포자락과 바람을 휘감는 이수의 손끝이 달빛 아래 긴 그림자를 만든다.

그런 이수를 바라보는 남학의 얼굴에 미소가 번졌다.

'이수, 스스로의 추악함을 들여다보는 고통을 이겨내야 할 거야. 이겨내지 못하면 넌 자멸할 것이니.'

二十

"잡아라!"

사내는 담을 넘어 달렸다. 이수는 그 뒤를 바짝 추격했고 이수 뒤로 횃불을 든 포졸들이 사내가 사라진 방향으로 내달렸다. 사내는 발이 빨랐다.

이수는 의원들을 다 모아서 사건 당일의 행적에 대해 조사하였다. 그들 중 키가 작지도 않고 살찌지도 않고 마르지도 않은 신체조건이 맞는 자는 16명이 있었다. 그들 중 나이가 많은 자는 제외하자 4명이 남았다. 그들의 부채 선추와 패옥을 조사하였고, 행적을 문초하였으나 범인으로 단정 지을 만한 게 없었다. 그렇다고 조선의 의원들을 다 잡아 문초할 수는 없는 일이었다.

수사는 다시 원점으로 돌아왔다.

김효덕이 쥐고 있던 흰 옥은 패옥에서 떨어져 나온 것으로 추정되기에 일일이 대조작업이 필요했다. 그러나 패옥을 보여달라는 포졸들의 말에 양반들은 고함을 지르거나 거부했다. 직접 그들의 허리를 살펴 패옥이 떨어져나간 부분이 있는지 확인하는 법밖에 없었는데 그 또한 쉽지 않았다.

권득출이 노래를 불렀던 유곽까지 찾아가 주변을 조사하였지만 세상을 등지고 살아서 그와 가까이 지낸 주변인들이 아무도 없었다. 그의 딸 권내은에 대해 아는 사람도 거의 없었다.

한마디로 살인광의 그림자조차 찾지 못하며 시간은 흘러갔다. 반면, 천미귀에 대한 소문은 거세져 사람들은 서낭당에 가는 것을 꺼렸고, 몇몇 추한 얼굴을 갖은 자나 외모가 기형인 자들은 더욱 그곳에 몰려들었다. 천미귀가 날뛰는 것은 왕이 제대로 민심을 살피지 못해서이니, 대룡파가 새로운 조정을 만들고 나라를 세워야 한다고 주장하는 세력들이 암암리에 늘어났다. 천미귀의 원한도 풀지 못하니 가짜 살인광을 내세워 백성들을 안심시키려고 한다는 괴소문마저 퍼졌다. 왕은 대룡파의 세력이 커지고 백성들의 신임까지 얻자 대대적인 토벌의 필요성을 통감하였지만, 대룡파의 우두머리 천필주의 그림자조차 추적할 수 없었다.

'천미귀 따윈 없어.'

백성들이 동요하기 전에 하루 빨리 살인광을 잡아야 한다.

이수는 고민 끝에 작전을 바꾸기로 하였다. 뒤를 쫓는 것이 아닌, 앞서가서 기다린다. 함정을 파기로 한 것이다. 일단 은밀히 포졸들을 시켜 얼굴에 흉터가 있거나 병이 있는 자, 추한 자들을 모았다. 그중 이수가 보기에 너무 어리거나 나이든 자는 빼고 적당한 자를 골랐다. 총 5명의 남성과 여성이 후보에 올랐고, 그들에게 앞으로 벌어질 일과 자신이 해야 할 일을 이야기해주었다. 일을 마치면 사례금도 주겠다고 하였다. 그들 중 한 명만 빼고 모두 천미귀를 어떻게 사람이 잡느냐며 겁을 내고 거절하였다. 그 한명의 이름은 덕중.

덕중은 목이 화병(花瓶)처럼 긴 여인이었다. 왼쪽 뺨 한쪽이 흉하게 무너진 것만 빼면 충분히 아름다울 얼굴로, 눈동자는 또렷하고 꽉 다문 입매가 고집스런 인상이었다.

"위험한 일이다. 할 수 있겠느냐?"

이수의 말에 덕중은 고개를 끄덕였다.

"서낭당에서 소원 빌기. 살인광이 나타나면 기침 두 번."

이수는 덕중이 사당패라고 들었다. 해야 할 일을 한 번에 듣고 기억하는 덕중을 보며 이수는 이 일의 적임자라 생각했다.

"대신 약조하신 돈은 꼭 주십시오."

"걱정 말거라."

이수가 덕중의 옷을 살피자 여기저기 때에 찌들고 기운 옷을 입고 있었다.

이수는 연홍에게 저고리와 치마를 빌려서 덕중에게 입혔다. 이수는 덕중에게 해야 할 일과 주의사항을 다시 한번 일렀고 서낭당으로 이동했다. 인기척이 나면 살인광이 도망가거나 덕중을 해할 수도 있었으므로 가까운 곳에는 이수 혼자 숨어 살폈다.

쓰개치마를 쓴 덕중은 죽은 그녀들처럼 서낭당에서 소원을 빌었다. 이수는 어둠 속에서 덕중을 바라보았다. 고요한 서낭당에 풀벌레 울음소리와 덕중의 독백만이 울려 퍼졌다. 가까운 곳에 숨소리도 내지 않고 이수가 대기하였고, 같은 방식으로 골목 앞뒤 포졸들이 포위했다. 멀리서 부엉이가 울었다.

서낭당에서 그녀를 감시하길 며칠째. 그날은 비까지 내렸다. 덕중은 비에 젖어 떨면서 소원을 빌었다. 그녀의 입김이 공중에 하얗게 퍼졌다. 이수가 오늘은 그만 철수해야겠다고 마음 먹었을 때, 어둠 속에서 노파의 목소리가 들려왔다.

"얼굴을 고치고 싶으냐?"

"네"

덕중이 대답하자 어둠 속에서 사내가 나왔다.

키가 크지도 작지도 않은 몸집의 사내인데 낡은 장삼에 패랭이를 쓰고 있고 얼굴은 천으로 가려 알아보기 힘들었다. 사내는 액체가 든 주병을 덕중에게 주고 마시라 했다. 덕중은 마시는 척하며 이수에게 지시받은 대로 기침을 두 번 하였다.

'살인광이다!'

멀리서 덕중을 관찰하던 이수가 신호를 받고 손을 들어 올렸다. 포졸들도 각자 신호를 전달하며 살인광의 출현을 알렸다. 서서히 발자국 소리를 줄인 채 포졸들이 포위하여 왔다. 이수도 숨을 죽이며 살인광에게 돌진했다. 사내는 이수의 발소리를 들었는지 몸을 돌려 달리기 시작했다.

"거기 서라!"

이수는 그의 뒤를 쫓았다. 살인광이 달리는 쪽에도 포졸들이 포위를 했다. 그의 앞에 선 포졸들은 그를 잡으려 하였지만 가벼운 몸놀림으로 담장을 넘어 다니면서 도망쳤다.

"살인광을 절대로 놓치지 마라!"

이수가 고함을 질렀다. 사내는 골목을 벗어나 산길로 달렸다. 산길은 어두웠다. 비까지 온 후라 땅은 진흙이 되어 미끄러웠다. 횃불을 든 포졸들은 발이 진흙에 푹푹 파이면서 산을 뒤졌다. 한참을 수색한 후에도 그 자를 찾지 못했다. 멀리서 늑대 울음소리가 들렸다.

이수는 사내가 사라진 방향으로 달렸다. 한차례 넘어지는 바람에 손에 든 횃불도 놓쳐버렸다. 눈앞의 불빛은 달빛이 전부였다. 그러나 여기까지 와서 포기할 수 없었다. 이수는 달빛에 발자국을 더듬거리면서 산으로 들어갔다. 어두운 산길에서 이수가 두리번거리는데 웬 물체가 튀어나왔다. 이수와 비슷한 체격의 남자였다. 그 자는 얼굴을 천으로 가려 얼굴이 보이지 않았지만 귀신도 도깨비도 아닌 분명히 사람이다.

이수가 칼을 휘두르자 그 자도 능숙한 솜씨로 칼을 받아냈다.

"살인광! 순순히 네 죄를 인정하고 신분을 밝혀라."

"너는 누구냐?"

처음 듣는 목소리였다. 목소리만으로는 나이도 성별도 가늠할 수 없었다. 단지 산을 오르는 동작이나 체력과 키를 보면 젊고 건장한 사내라는 것을 알 수 있었다. 호흡이 하나도 흐트러짐 없이 숨소리 하나 나지 않았다. 오히려 목소리는 이수 쪽이 흥분상태에 가까웠다.

"우포청, 이수 포도대장이다. 당장 무기를 버려라."

사내가 웃는 건지 우는 건지 큭큭거렸다.

"네가 나를 잡을 자격이 있느냐?"

이수의 검이 공중을 갈랐다.

"너는 과연 죄가 없느냐. 정의롭고 옳은가?"

이수와 살인광은 몇 합을 나눴다.

달빛에 칼과 칼이 부딪치는 소리만 들렸고, 어둠 속에서 반짝임만 빛났다.

이수는 어려서부터 무예를 배웠고 검술에 뛰어나 그 실력이 손에 꼽힐 정도였다. 대결에서 진 적이 없는데 그런 이수의 칼을 저 자는 다 받아쳤다. 이수는 이를 악물고 공격을 늘렸다. 몇번의 합끝에 이수가 살인광의 검을 쳐냈다. 검은 저만치 날아가 바닥에 떨어졌다. 이수는 무기를 잃은 살인광의 목에 칼날을 댔다.

"죽여라. 그러지 않으면 후회할 것이다."

이수는 칼을 높게 들었다. 검이 달빛에 번뜩이다가 이내 다시 칼집으로 들어갔다. 대신 살인광의 얼굴을 가리고 있던 천이 이수의 검에 베어져 바닥으로 떨어졌다. 허나 어둠 때문에 얼굴이 보이지 않았다. 멀리서 횃불을 든 포졸들이 가까워져왔다.

"너의 죗값은 내가 주는게 아니다. 죽은 여인들이 주는 것이다. 그러니 관아로 가서 소상히 너의 죄를 밝혀낸 후에 죗값을 받을 것이다."

살인광의 입에서 웃음소리가 튀어나왔다.

큭큭. 오만하군.

웃음소리가 뚝 끊기더니 늑대 울음소리로 바뀌었다. 멀리서 늑대들이 따라 울었다.

돌진하는 발자국 소리가 들렸다. 단숨에 달려온 늑대들은 맹

렬하게 으르렁거렸다. 포졸들은 놀라 횃불을 흔들며 도망쳤다.

"늑대다!"

어디선가 나타난 늑대들이 포졸들과 이수를 포위하였다. 어둠 속엔 늑대들의 붉은 눈동자만이 떠 있다.

사내가 크르릉- 소리를 내자, 늑대 한 마리가 이수를 덮쳤고 이수는 이빨을 드러내는 늑대를 상대로 칼을 휘둘렀다. 늑대를 처리하고 보니 살인광은 온데간데없었다.

'놓쳐버리다니.'

이수는 한숨이 저절로 나왔다. 이수의 등짝이 땀으로 흠뻑 젖었고, 턱에서도 땀이 떨어졌다.

"괜찮으십니까?"

최자열이 이수에게 달려왔다. 범인을 놓쳤냐고 소리를 버럭 지르고 싶었지만 결국 놓친 것은 자신이었다. 만약 칼로 벤 것이 그의 얼굴을 가린 천이 아니라 목이었다면 분명히 잡을 수 있었다.

"이 부근까지는 늑대가 내려오지 않는 곳인데, 이상합니다요."

최자열은 늑대의 발자국을 보며 말했다.

"잠깐, 그게 무어냐?"

이수의 말에 모여들던 포졸들의 움직임이 멈췄다.

이수가 허리를 숙여 나뭇잎 사이에 떨어진 흰 물체를 주웠다.

명주천이었다. 명주천 안을 펴보니 버드나무 잎이 들어 있었다. 멀리 새벽동이 터올랐다.

육간 대청집 사랑채에는 은밀하게 사내들이 모였다.

"대룡파의 기세가 대단합니다."

내금위장 송길준이 말했다. 촛불 아래 사내들의 그림자가 어른거렸다. 영의정 김좌서와 대사헌, 홍문관의 대제학, 사간원의 대사간이 앉아 있었다. 모두 결연한 표정이었다.

"이제 조정에서도 대룡파를 손쓸 수 없는 상태입니다."

"참으로 대단하십니다. 대룡파를 만드시다니."

김좌서는 내금위장과 함께 계획을 짜서 가짜 천필주와 대룡파를 만들어 그 세력을 키웠다. 실체가 없지만 그들은 존재했다. 자신들이 천필주라고 주장하는 이들이 곳곳에서 나타났고, 거리를 활보하는 왈패들과 산에서 도적질을 하던 산적들도 대룡파란 이름 아래 단합하게 되었다. 부패한 양반이라는 같은 적을 가진 자들은 굶주림 아래 모두가 한편이었다.

세상은 워낙 갖은 자와 빼앗는 자의 싸움이다.

"민심이 만든 것이지요."

대제학의 말에 김좌서가 고개를 끄덕였다. 이렇게까지 일이 뜻대로 될 줄은 몰랐다. 사람들에게 은밀하게 돈을 주고 대룡파의 깃발을 꽂게 하였고, 곡식을 털어 서민들에게 나눠줄 수 있는 거대한 쌀통을 만들면서도 대룡파라고 말하게 지시하였다. 백성들은 대룡파가 실재한다고 믿었고 몇 번 조작을 하자 대룡파는 전국 곳곳에서 스스로 탄생하고 자랐다. 먹고 살기 힘들어 도망친 백성이 대룡파가 되기도 했으며, 산적들이 대룡파의 이름을 내걸며 양반들을 수탈하기도 했고 그 수는 점차 늘어났다. 그들 꼭대기에는 영의정과 내금위장이 있다는 것을 그들은 꿈에도 몰랐다. 언제든 명이 떨어지면 움직이는 거대한 개인 군대가 된 것이다.

"때가 된 것 같습니다. 명확한 날짜를 정하는 것이 좋겠습니다."

"꼭 한꺼번에 쳐야 하오. 시간이 지나면 관군도 돌아올 것이고, 왕을 놓치면 우린 모두 죽은 목숨이오."

"일주일 후인 6월 21일로 하는 게 좋을 듯합니다. 그전에 대룡파를 치러 관군을 보내면 자연히 궁에 남은 군인들의 수는 적을겁니다."

김좌서는 이화를 쳐다보았다. 사내들 사이에 홀로 여인인 이화는 검은자가 있어야할 곳에 아무것도 없었다.

"일주일 후인 6월 21일은 불이 강하고 물의 기운이 좋지 않아 그리 좋은 날은 아닙니다. 기도가 끝나고 날이 나오는 대로 말씀드리겠습니다."

초점 없는 눈으로 이화가 말했다. 다른 사내들도 이화의 말에 반박하지 않고 고개를 끄덕였다.

대감집 밖에는 심복들이 순찰을 돌며 수상한 자가 있는지 염탐하는 자가 있는지 살폈다. 그 중엔 함귀산도 있었지만, 멀리 떨어진 곳에 이들의 말을 듣고 있는 또 다른 자가 있다는 것을 알지 못했다. 그 사내는 버드나무 잎을 입속에 넣었다.

二十一

　날이 밝아서야 집에 돌아온 이수는 볼이 쏙 들어갔고 안광만이 번뜩였다. 그의 옷이 찢어졌고 피가 묻었다. 연홍은 약재를 챙겨 이수의 다친 곳을 치료했다.

　"혹시 이게 뭔지 아시오?"

　이수는 주머니에서 무언가를 꺼냈다. 손바닥 반만 한 크기의 사각 명주천 주머니다. 그 안에서 잎사귀를 꺼냈다. 연홍에게 낯익은 물건이었다. 버드나무 잎. 진통 작용이 있는 식물로 남학이 가끔 품에서 꺼내 씹던 잎이었다.

　"살인광이 지니고 있던 물건이오."

　이수의 말에 연홍의 심장이 고동쳤다.

"버드나무 잎이네요. 진통 작용이 있는 식물이에요."

연홍은 이수에게 남학이 자주 사용한다는 말은 숨겼다. 버드나무 잎을 진통 작용으로 쓰는 것이 특이하진 않다. 그것을 가지고 있다고 해서 남학을 살인광이라고 단정하는 것은 비약이다.

연홍은 그 다음날 이수와 남학이 나가자마자 방을 뒤졌다. 그녀는 움막집 아이들에게 죽은 여자들 손에 부채의 선추에서 나온 붉은 실과 흰 옥이 놓여 있었다는 이야기를 들었다. 그러나 남학의 부채 선추는 푸른 실이고, 패옥은 없었다. 오히려 붉은 실은 이수의 부채 선추이고, 이수의 패옥을 확인해 보니 가장 끝의 흰 옥 하나가 빠져있었다. 연홍은 머릿속이 혼란스러웠다. 범인이 남긴 증거들은 모두 이수가 범인임을 가리켰다.

그럴 리가 없다. 남편인 이수가 범인이면 자신이 몰랐을 리가 없다.

연홍은 입안에 침이 말랐다. 살인광은 여인들을 네 명이나 죽이고 새벽마다 서낭당에 나가 먹잇감을 물색했다. 여인들의 얼굴을 칼로 도려내고 죽은 시체를 들쳐 메고 버렸다. 이수가 그럴 리가 없다. 누군가 이수를 모함하는 것이다.

'누가, 왜?'

연홍은 솟구쳐 오르는 의문을 누르기 위해 발걸음을 서둘렀다. 왁자지껄한 소리가 나서 고개를 들었다. 포졸들이 검문을 했다. 무작위로 부채의 선추실 색깔을 확인하고, 또 다른 포졸들은 양반의 집안에서 패옥의 상태를 확인했다.

"어디보자……. 이건 부자(附子)입니다."

연홍은 한약방 장 씨의 대답에 놀랐다.

부자라 하면 독성이 강하여 사약으로도 쓰이는 약재다. 남학이 이수에게 조금씩 넣어 다려주라던 약재 안에 섞여 있었다.

"이 위험한 것은 왜 가지고 다니십니까? 적은 양이라도 오래 마시면 환각 증상을 겪을 수도 있어요."

연홍은 가슴이 뛰었다. 손바닥에 축축한 땀이 베어 나왔다.

남학은 이수의 복직을 위하여 힘써줬다.

불이 나서 머물 곳이 없는 그들에게 자신의 집에서 지내라는 친절을 베풀어줬다. 그 일로 인해 남학과 이수는 더없이 가까워졌다.

그런데 왜?

며칠 전 연홍은 달빛 아래 서있는 이수의 뒷모습을 바라보았다. 그런데 고개를 돌린 그 얼굴은 남학이었다. 때때로 남학은 이수와 목소리가 비슷했다. 연홍은 미묘한 감정을 느꼈다. 가슴이 떨렸던 목소리가 이수였는지 남학이었는지 연홍 스스로도 헷갈렸다. 그녀의 흔들리는 마음 안에는 불안감이 있었다.

이 불안감은 무엇일까.

연홍은 이 두근거림이 처음에는 남학에 대한 끌림인 줄 알았다. 허나 그것은 위험한 상대에게 느끼는 육감이었다.

연홍의 발걸음은 전에 살던 불난 집으로 향했다.

그녀의 손바닥에서 땀이 났다. 발걸음을 서둘렀다. 태양빛 아래 검은 재가 된 흉물스런 집이 보였다. 아직도 매캐한 냄새가 공기 중에 맴돌았다. 연홍은 잊고 있던 그날 밤의 기억을 떠올려본다. 날짜를 따져보니 지금으로부터 벌써 보름 전 일이다.

그날은 수사 때문에 늦어졌던 이수도 일찍 왔고, 그즈음 남학 또한 머지않아 있을 큰 행사를 위해 연습이 한창이었는데 그날은 일찍 왔다. 남학은 오는 길에 사왔다면서 고기를 가져왔다. 오랜만에 고깃국을 끓였다. 구수한 고기 냄새에 입맛이 돌았다. 연홍은 넉넉하니 내일은 움막촌 아이들에게 나눠줘야지 생각했었다. 그리고 평소처럼 남학과 이수, 연홍이 셋이서 밥을 먹었다. 그 다음에 연홍은 둘에게 술상을 봐주고 안채로 돌아왔다.

분명 연홍이 저녁 상을 치웠을 때는 남학의 고깃국은 그대로였다. 평소 같으면 작은 소리에도 잘 깨던 연홍이 그날 밤은 불난 것도 모르고 잠들었다.

혹시 그 안에 잠이 드는 약재를 넣었다면?

남학은 버드나무 잎을 가지고 다니고 부자의 효능도 알 정도면 잠이 드는 약재 또한 구하는 것은 어렵지 않을 것이다.

남학이 불을 질렀다면?

그러나 여전히 왜라는 물음에 막혀 답이 떠오르지 않았다.

모든 일에는 이유가 있다. 남학의 행동에는 어떤 이유가 있을지, 연홍은 알 수 없었다.

"나왔소."

이수의 목소리가 들렸다. 그가 문을 열고 들어왔다. 날은 어두워 달빛만이 비쳤다. 연홍이 등불을 켜려 했으나 기름이 없었다.

'이상하다, 어제까진 기름이 있었는데.'

어둑한 방안에 들어와 앉아있는 이수의 얼굴에는 연홍의 그림자로 검은 장막이 드리웠다.

"드릴 말씀이 있어요."

연홍은 그간의 이야기를 했다. 살인광이 떨어뜨린 버드나무 잎을 평소에 남학이 가지고 있던 점, 불이 나던 날 남학이 가져온 고기를 먹고 잠이 쏟아졌던 점, 범인이 남긴 증거가 모두 이수를 향하는 점.

"그래서 남학이 살인광이란 말이오?"

어둠 속 이수가 숨을 내쉬었다. 입김에서 향긋한 향이 났다. 이전까진 맡지 못했던 향이었다.

"네, 제 추측이 맞다면요."

"증거가 있소?"

"그게 없어요. 그는 서방님을 범인으로 모함하는 것이 목적이에요. 그래서 서방님이 살인광이라는 증거들을 일부러 남겼어요."

"내 관직까지 복귀시켜준 게 남학이요. 왜 나에게 그런 짓을 하겠소?"

"그걸 모르겠어요. 그 이유를 서방님은 짐작가는 바가 없으세요?"

"모르겠소. 지금은 누구보다 가까워진 건 사실이지만 남학과 만난 지는 아직 한 해도 되지 않았소. 그 기간 나에게 원한을 가졌을 리도 없고."

"생각해 보세요. 과거에 그를 만난 적이 있는지. 그에게 원한을 살 만한 일이 있는지요. 만약 그가 살인광이라면, 그게 이 살인을 멈출 수 있는 유일한 길일지도 몰라요."

똑똑하다.

'이 여자를 죽여야 할까?'

남학은 속으로 생각했다. 촛불 너머의 연홍을 생각하니 마음이 아팠다.

남학은 어젯밤 이수와의 대결 후 어둠 속에 숨었다. 늑대 울음 소리를 내니 늑대들이 남학을 둘러싸며 지켰다. 이수는 그의 턱밑까지 추격해왔다.

남학은 얼마 전 저잣거리에서 달라진 덕중의 얼굴을 보며 속으로 놀랐다. 아름다움은 사라졌고 고된 풍파가 지나간 듯 눈빛은 독기만 남고 피부는 거칠고 한쪽 뺨엔 흉측한 흉터가 보였다. 덕중이 황선을 돈벌이 수단으로 생각했지만 죽을 뻔한 그의 목숨을 한번 살려준 것은 사실이다. 왼쪽 팔꿈치도 그녀가 치료해주었다.

남학은 서낭당에서 소원을 빌고 있는 게 덕중임을 알았다. 남학은 목소리를 한 번 들으면 시간이 지나도 잊지 않기때문이다.

서낭당 근처에서 어둠 속에 숨어있던 이수의 심장 소리도 남학의 귀로 전해져왔다. 거기다가 곳곳에 몸을 숨기고 있는 포졸들의 숨소리 또한 들렸다.

'재밌군. 함정을 파서 잡겠다고? 이수다운 생각이다.'

놀아보겠다면 거기에 적당히 놀아줘야지. 남학은 버드나무 잎이 든 명주천을 일부러 떨어뜨렸다. 그것을 이수는 연홍에게 물어볼 것이고, 그 잎을 본 연홍이 눈치를 챌 테고 이수에게 말할 것이다. 남학은 이 모든 것을 계산하고 이수의 목소리를 하고 연홍 앞에 나타난 것이다. 어젯밤 남학은 도망치는 척하며 덕중에게 팔의 흉터를 보여주었다. 눈치 빠른 그녀는 곧 그의 정체를 알아낼 것이다. 그리고 이수에게 가서 보고할 것이다. 이제 때가 다가오고 있다. 모든 것이 남학의 계획대로 되고 있다.

"만약 내가 과거에 추악한 짓을 저질렀다면 어떻게 할 것이오?"

연홍은 숨을 삼켰다. 이수의 과거에 대해 모른다. 허나 연홍은 집을 버리고 그에게 온 이상 그를 믿고 따르기로 결심했다. 평생 그의 편이 되기로 했다.

"무슨 일이 있어도 옆에 있을 것이에요."

연홍의 목소리에는 거짓이 없었다. 남학은 명치가 칼로 베인 것처럼 쓰라렸다.

왜 이런 존재는 자신의 옆이 아닌 이수 옆에 있는 것일까.

차가운 바람이 그의 폐를 뚫고 지나간다.

"행복하오?"

이수의 목소리가 이상하게 갈라졌다. 오늘따라 갓에 드리워지는 그림자가 더욱 짙어 얼굴이 또렷하게 보이지 않았다. 허나 목소리는 이수가 분명했다.

"제가 선택한 일입니다."

"다음 선택도 당신이 할 수 있소."

문 밖에서 걸어오는 발자국 소리가 연홍에게 들렸다.

'남학이 돌아오는 길인가.' 오늘 남학은 곧 있을 대왕대비의 생일잔치에 부를 노래연습으로 늦게 온다 하였다.

"나왔소."

밖에서 이수의 목소리가 들렸다.

연홍의 눈이 커다래졌다. 그때 자신의 눈앞에 있는 사내의 얼굴이 어둠의 장막을 뚫고 코앞으로 다가왔다. 입술에 쉿 하고 검지를 들어 보이고는 손을 뗐다.

좋은 향이 났다가 사라졌다. 그녀의 심장에서 북소리가 났다.

二十二

　　대조 잎이 무성하게 흔들렸다. 이수는 이를 악물었다. 이수
가 잠을 청하지 못한 지 일곱 날이 지났다. 황희의 말을 토대로
근처의 대조나무와 개울물이 있는 곳들을 몇 날 며칠을 뒤졌다.
이수의 머리는 깨질듯했고, 눈이 따갑고 정신이 멍했다. 안개 속
을 걷는 것처럼 정신은 몽롱했고 몸은 무겁고 뻣뻣했다. 집에
들어가지 못한지 며칠이 되었는지 알지 못했다.

　　이수와 포졸들은 대조 잎을 따라 안으로 더 들어갔다.

　　숲속에서 연기가 모락모락 올라가는 게 보였다.

　　'불이다!'

　　이수는 연기가 나는 방향으로 뛰었다. 다른 포졸들 서넛도 그

쪽으로 뛰어가는 게 보였다. 숲속에 산채가 하나 보였는데 불에
타고 있었다.

"물을 떠와라! 어서!"

포졸들은 앞 다투어 개울가 쪽으로 달려갔다.

이수는 도포를 벗어 불길을 내리쳤지만 엄청난 화기에 뒤로
물러설 수밖에 없었다. 뒤늦게 포졸들이 물을 들이부었지만 역
부족이었다. 대부분이 타버리고 나서야 안을 살필 수 있었다.

산채는 두 칸 정도 된 헛간의 모양새를 띄고 있었다. 안은 대
부분이 검게 탄 잿더미뿐이었다. 간간히 타지 않은 칼과 곡괭이
들이 눈에 띄었다. 악취가 대단하여 구역질을 하는 이도 있었다.

"건질 게 없어 보입니다."

포졸들은 비통한 표정이었다.

"아무래도 눈치채고 미리 도망친 거 같습니다."

최자열의 말에 이수는 나뭇가지를 꺾어 이리저리 잿더미를
뒤져보았다. 그러나 내리쬐는 햇볕 아래 보이는 것은 검게 탄
재뿐이었다. 다리에 힘이 풀려 털썩 주저앉았다.

보이지 않는 누군가가 자신을 이곳까지 데려온 기분이었다.
이수는 고개를 떨어뜨렸다. 턱에서 땀이 뚝뚝 떨어졌다. 바닥을
손으로 헤집어보니 탄 냄새가 올라왔다. 그러다 흙더미 안에서
반짝이는 무언가를 보았다. 손으로 마구 흙을 치웠다. 깨진 유리

색경이었다. 아직 뜨거웠다. 소매로 색경을 잡아 후 불어 잿더미를 날렸다.

"그거 유리 색경 아닙니까?"

최자열이 말했다. 이수가 색경을 살폈다.

"범인껍니까?"

뒷면은 용무늬가 새겨진 낯익은 물건이다.

'이 색경이 왜 여기에?'

이건 어릴 적 아버지가 청나라에 다녀오시면서 사온 유리 색경이었다. 이수는 이 색경을 보며 잊었던 어린 시절이 번개처럼 떠올랐다.

괴물아이.

"넓은 황, 선할 선. 앞으로 네 이름은 황선이야."

햇살에 빛나던 쭈글거리는 피부, 찌그러진 송편처럼 붙은 코, 옴팍 꺼진 눈, 그 안에서 검게 빛나던 눈동자와 수줍은 미소를 잊었다.

이 색경은 이수가 괴물이라 불리던 아이 황선에게 선물한 물건이었다. 세상에 단 하나뿐인 색경은 아니겠지만 흔하지 않다. 이수의 얼굴이 불에 데인 것처럼 뜨거워졌다.

추했던 그의 모습이 떠올랐고 그의 목소리를 기억해보려 했지만 생각나지 않았다.

"얼마 전 일때문에 눈치채고 튀었거나 아니면 혹시 저희 쪽에 끈이 있는 거 아닐까요?"

이수는 주변을 둘러봤다. 불길은 포졸들이 도착하기 한 발짝 먼저 타올랐다.

범인이 증거인멸을 하려고 불을 붙인 게 아니다. 이곳에 있다는 것을 알려주려고 불을 질렀다.

'황선, 그 아이를 찾아야 한다.'

경상 마을에 도착하자 시커먼 구름이 하늘을 뒤덮고 공기는 무거워졌다. 바람 한 점 없이 무더운 날씨였다. 이수는 도포 소매로 땀을 닦았다. 9년 만에 찾아온 경상 마을은 그때와 변한 게 없었다. 변한 게 있다면 집들의 반 이상이 텅 비어있었다. 북적거려야 할 저잣거리도 사라졌고, 여름인데 밭도 메말랐다. 9년 전 그 마을에 살던 사람들의 절반 이상이 떠났다. 이수백이 군수로 있었을 때는 사람들이 살만했지만 그 후 새로운 군수가 들어오면서 사정이 어려워졌다. 마을 사람들은 과한 조세를 내기 힘들어 산으로 들어갔거나, 떠났거나 도망쳤다. 이곳도 대룡파가 곳곳에 날뛰었다.

이수는 발걸음을 돌려 숲으로 가보았다. 황선이 살던 숲 속 동굴은 그대로였지만 안에는 벌레의 사체와 독버섯만 있을 뿐 사람이 살던 기척은 없었다.

이수는 남은 사람들에게 9년 전, 괴물아이에 대해 물어보니 모두가 약속이나 한 듯 기억이 나지 않는다고 입을 다물어 버렸다. 몇 군데를 돌아보아도 대답은 마찬가지였다. 대부분 이곳에 살던 마을 사람들은 떠났거나, 지금 사는 사람들은 새로 정착한 사람들이라 9년 전 일에 대헤 알지 못했다.

이수는 주막에 들러 동굴에 살던 괴물아이에 대해 물어보았다. 물론 신분은 밝히지 않았다. 허리가 꼬부라진 주모는 십 수 년도 된 그 일을 소상히 기억하고 있었다. 마을에 저주받은 살인광을 잡겠다고 난리가 났었다고 했다.

"저주받은 살인광이라니요?"

"그 괴물이 김씨 딸 복이를 우물에 빠뜨려 죽였잖아. 어휴 끔찍해."

"그 후에 어디로 갔습니까?"

"몇 날 며칠 추적을 해도 못 찾았지 뭐유! 현상금까지 걸어가지고 온 사방팔방 그 괴물을 잡겠다고 난리였지요. 한, 달포 정도 지나서 보따리장수 강 씨가 그놈이 사당패들하고 어울려 다녔단 걸 봤다고, 그놈이 글쎄 거기서도 소리 흉내를 내고 아주 광대 노릇을 하고 있더래요. 탈을 뒤집어쓰고 있었는데 그 재주가 그놈 같아서 몰래 뒤를 밟아보니 그 괴물이 맞더라나! 강 씨가 잡아 죽이려다가 그 사당패 년이 얼마나 드센지 흠씬 맞고

왔다고 하던걸요?"

뭉개진 코. 움푹 파인 피부와 오그라진 눈과 패인 볼.

컴컴한 어둠 속에 괴물아이가 서 있었다. 앞이 보이지 않는 컴컴한 허공.

그는 괴물아이를 버린 후로 한 번도 만난 적 없는 사람처럼 살았다. 한 번도 일어난 적 없는 일처럼, 기억 속에 묻었다.

"강 씨 집은 어딥니까?"

이수는 주모의 말을 듣고 강 씨의 집을 찾아갔다. 복이의 아버지 강 씨의 집은 마을 끝에 있었다. 아이가 이곳에서 죽었기 때문에 영혼이라도 돌아오라고 이 마을을 떠나지 못한다고 믿었다. 강 씨는 마당에서 산에서 캐온 나물을 말렸다. 깡마른 몸에 볼이 쑥 들어갔고 눈이 퀭했다. 이수가 집안으로 들어서자 조세 독촉을 하러 온 관리로 생각한 모양인지 경계심을 드러냈다. 이수는 한양에서 벌어진 살변사건을 조사하고 있고 그 범인으로 괴물아이를 쫓고 있다고 대강 말했다. 연속적으로 여인들이 죽어나간 것과 얼굴이 바뀌는 것은 빼고.

"그 아이가 있던 사당패가 어느 사당패인지 기억하십니까?"

"머리에 피도 안 마른 년이 꼭두쇠로 있는 사당패였수."

강 씨는 이수를 경계하듯 보았다.

"그놈도 저주받은 괴물이지만 생각해보면 다 그 군수놈 아들 때문이지."

"무슨 말씀인지……."

"이수백이란 군수가 십수 년 전에 여기 왔었거든. 그 아들놈, 이름은 기억이 안 나지만 그놈 때문이야."

이수는 망치로 머리를 세게 얻어맞은 것 같았다.

"그 집 아들과 무슨 일이 있었습니까?"

"짐승을 잡아서 길들이면 나중엔 풀어줘도 그곳을 벗어나지 못하는 법이오. 그 이수백의 아들이 산속에 잘 있던 그 괴물을 데리고 와서 밥 먹이고 공부시키고, 아 그러다가 버리고 떠나버렸소. 그 이수백의 아들이란 놈이 완전 등신이야. 등신"

둘이 나눴던 대화들이 번개처럼 머릿속을 때렸다.

"도와준 건데 왜 그 아들이 그런 비난을 들어야 한단 말입니까?"

"왜 도와줬겠소, 그놈이. 아들이란 놈이 아버지한테 잘 보이려고 그 괴물을 데려왔소. 그랬더니 어느 날부터 사람들이 그 괴물을 좋아하게 되니 이놈이 심보가 뒤틀린 게지. 거 왜, 불쌍한 놈들 괜히 돌보는 척 하면서 결국 지가 잘나 보이려고 하는 족속들."

이수는 머리를 돌로 맞는 느낌이었다.

"고작 아이였지 않소?"

이수의 목소리가 떨렸다.

"아이들은 말이요. 영악하고 또 똑똑하다오. 나도 이 일로 여기저기 알아봤다오. 거 왜 이수백 집에 아들이 하나 더 있었다더군. 아주 똑똑하고 그랬다네. 그놈이 형의 발꿈치 때도 못 따라갈 정도로 잘난 형이었다네."

이수는 이 자의 입을 주먹으로 틀어막고 싶었다.

"얼굴도 잘생겨, 공부도 잘해, 그냥 잘하는 정도가 아니지. 거기다가 마음씨도 고와. 아주 이수백 군수님을 빼다 박았더랬지. 그 군수님도 장남 장남~ 아들 아들~ 했던 거지. 근데 너무 잘나면 원래 하늘에서 시기를 한다지 않아? 병에 걸려 죽었다지. 그러니 잘나고 잘난 형 그 자리를 그 남은 아들 놈이 대신해야 하는데, 이게 능력이 따라주나. 그러니 남보다 못한 놈들 죄다 주워서 지 의로운 척하고, 그러다가 버리고."

날카로운 감정이 목을 베고 지나가는 느낌이 들었다.

"그 괴물 놈한테 잔뜩 바람이나 넣어놓고 가버렸어. 그러니 남겨진 그놈이 예전으로 돌아갈 수 있었겠소? 괴물로 살던 놈한테 사람 사는 법을 가르쳤으니."

이수의 손이 가늘게 떨렸다.

"간단한 이야기요. 그 괴물이, 짐승에서 사람이 돼버린 거요. 그게 문젠 거요. 아이들이 놀려도 화도 내지 않고 무덤덤하게 살던 놈이 깨달은 거요. 그 이수백 아들놈 등신의 잘난 이기심 때문에. 괴물 이름까지 만들어서…….”

강 씨의 말이 불덩이가 되어 이수의 목구멍을 쳐들어왔다. 뱃속에서 뜨거운 기운이 훅 하고 올라왔다. 꽁꽁 감췄다고 믿었는데 그럴수록 드러나는 것은 자신의 추한 마음이었다. 이수는 현기증이 일었다. 다시는 마주하기 싫은 자신을 발견한 기분이었다.

12살 진짜 이수. 진짜 그의 모습. 산딸기를 따오라고 시키고 버리고 떠났던 사내 아이. 호기롭게 괴물아이를 데려와 그 아이에게 온갖 좋은 사람인 척했던 아이.

사실은 질투심에 눈이 멀어 형이 죽도록 내버려두었던 아이.

배꼽에 달군 쇠를 쑤시는 기분이었다. 눈이 시뻘게지고 목구멍이 뜨거워졌다.

“지금 그 괴물아이는 어디 있습니까?”

“그놈 앞으로 현상금이 걸려서 내 그 돈 받아볼까 하고 꽤 따라다녔소. 여자가 꼭두쇠로 있는 사당패서 탈 쓴 자가 동물소리를 잘 낸다는 소문을 듣고 가보았더니 그 짐승 놈이 맞았소. 그것만 확인하고 나는 그들에게 두들겨 맞아 달포를 누워 있었다오. 그리곤 다시 찾아갔을 때 그놈은 사라지고 없었소. 소문으로는 어떤 스님이 그 괴물을 데리고 사라졌다고들 하더구만, 찾을 수가 없었소.”

이수의 눈동자 너머의 공간이 흔들렸다.

"그 스님이 어디 계시는지 아십니까?"

"모르오."

이수의 턱에서 땀이 뚝뚝 떨어졌다. 돌아오는 길에 힘이 풀려 나무 그늘 아래 주저앉았다. 눈두덩이가 뜨거워졌다. 손바닥을 들어 자신의 왼쪽 뺨을 올려붙였다. 다시 오른 뺨을 올려붙였다. 열두 살 이수는 황선을 버린 일을 잊었다. 기억하기엔 많은 경험을 했으며, 마음에 담기엔 괴로웠고, 망각은 가장 편한 길이었다.

소리 없이 아버지를 불러보았다. 대답이 없다. 한숨을 쉬니 불덩이가 튀어나온다.

아버지의 눈에는 늘 형만 있었다.

'이수백의 아들. 큰아들은 죽었다지? 그 잘난 아들.'

사람들의 말이 비수가 되어 옆구리를 찔렀다.

'죽은 네 형 몫까지 해내야 한다. 아버지의 기대를 저버리지 말아라.'

어머니의 간절한 말이 도끼가 되어 머리를 쪼갰다.

아버지의 고요한 눈동자가 이수를 질책한다.

'넌 멀었어. 못난 놈. 무엇을 해도 넌 네 형처럼 될 수 없다.'

다리가 후들거리고 등짝에서 땀이 솟았다.

이수는 형이 되고 싶었다.

이수의 형, 이후.

이후와 이수는 가끔 저수지 물에 들어가 고기를 잡으면서 장난을 쳤다. 이후는 수영을 못해서 깊은 곳으로는 가지 않았다. 그날도 물고기를 잡던 이후가 발이 땅에 닿지 않았는지 허우적거렸다. 이수가 그의 손만 잡아 당겨도 나올 수 있었다. 이수가 서 있던 곳은 가슴까지밖에 오지 않은 깊이였다. 이수는 이후의 손을 잡는 대신 그의 손을 놔버렸다. 형 이후는 깊은 곳으로 밀려 물속으로 가라앉았다. 이수는 얼음이 된 것처럼 자신의 형이 가라앉는 것을 보고만 있었다.

"이후야!"

뒤늦게 홍씨 부인의 비명소리가 들렸고, 이수의 옆을 바람처럼 지나 이수백이 물속으로 몸을 날렸다.

푹 젖은 이후의 머리와 몸뚱이가 물속에서 솟아났다. 이수백은 이후를 안고 울부짖었다. 그는 물을 토하면서 살아났지만 그 후 시름시름 앓기 시작했다.

이후는 그날의 일을 한번도 이수에게 말하지 않았다. 병색이 완연한 형은 미소를 잃지 않았다. 늘 이수에게 양보하고 보살폈다.

"내 몫까지 잘 살아. 착한 내 동생."

죽은 형의 말이 쇠꼬챙이가 되어 목구멍을 찔렀다.

사고 이후 한 해를 넘기지 못하고 죽었다. 이후의 나이 열한 살. 이수의 나이 아홉 살이었다.

'내 탓이 아니야.'

포도대장이 되려 했던 것도 마찬가지였다. 나쁜 이들을 잡아넣고 때로는 그들의 구원자가 되면 좋은 사람이, 대단한 사람이 된 듯했다. 그 얄팍한 속셈을 알아차리는 이는 아무도 없었다. 과거에 급제하기 전에도 악한 이들에게 악하게 굴었다. 자신보다 못한 사람들을 돌보며 속으로는 우월감을 느꼈다.

그런데 아버지가 돌아가신 후로 인정받아야 할 상대가 사라지니 혼란스러웠다. 그럼에도 불구하고, 자신을 들여다본 적이 없었다.

'내 탓이 아니라고.'

그렇게 사람들을 자신의 도구로 이용하고 금방 잊었다. 그 도구는 때로는 옆집 여자가 되었거나, 때로는 불쌍한 거지가 되었거나, 때로는 늙은 개가 되기도 했다.

황선은 그만의 방식으로 사람들을 죽이고, 이수는 그만의 방식으로 사람들을 이용한다. 방법은 다르지만 양쪽 모두 결국, 스스로의 구원이 목적이었다.

이수의 심장이 쿡 쑤셨다. 그의 볼을 타고 뜨거운 눈물이 흘렀다.

二十三

"저자는 누구야?"

"아, 가수 남학이에요."

"가수라고?"

움막촌 아이는 덕중과 나란히 앉아 남학이 지나가는 것을 바라보았다. 남학이 걸어가자 아낙네들은 기다렸다는 듯이 담장 너머로 훔쳐보았고 기생들과 창기들은 그 옆과 뒤를 졸졸 따라다녔다. 사람들은 남학을 따라다니면서 노래를 불러달라 졸라댔다. 온화한 표정으로 사람들을 대하는 남학의 눈빛에서 덕중은 두려움을 느꼈다. 오랜 기간 길바닥에서 생활하며 얻은 직감이었다. 온화한 눈빛 속에 순간 번뜩였던 살기. 저 남자, 어딘가 위태롭다. 그리고 저 눈빛이 낯설지가 않았다.

"아주 유명한 가수예요. 노래도 잘하고 동물 소리며 사람 소리며 흉내 못 내는 소리가 없대요."

더운 바람에 남학은 부채를 펴 부쳤다. 그 바람에 남학의 소매 단이 미끄러져 내려가 팔꿈치가 드러났다. 덕중의 시선이 그의 왼쪽 팔꿈치에 멈췄다. 낯익은 흉터다. 저 흉터! 그리고 저 눈빛. 덕중은 그날 밤 달빛 아래에서 본 자임을 알아챘다.

'저자는 그날 밤 그 살인광이다.'

"임금님도 남학의 노래에 반했대요."

덕중은 숨이 턱 막혔다. 그날 밤 이수는 혹시 살인광의 얼굴을 보았느냐고 덕중에게 물었다. 천으로 얼굴을 가리고 있어 보지 못했다고 하니, 기억나는 것이 있다면 언제든지 찾아오라며 약조한 돈을 주었다.

"혹시 나중에라도 떠오르는 것이 있다면 지금 준 돈의 두 배를 줄 것이다."

약속한 돈을 주는 관리를 덕중은 본적이 없었다. 누군가는 돈을 준다고 해서 받으러 가면 멍석말이를 했다. 그러나 이수는 돈을 주었다.

"이수 포도대장님과 살아요."

"저 사람이 이수 포도대장과 산다고?"

"네, 대장님이 살던 집이 불이 났거든요."

덕중은 하마터면 비명을 지를 뻔했다.

'말도 안 돼. 설마?'

왼쪽 팔꿈치. 덕중은 저 흉터의 기억을 떠올렸다. 그것은 황선의 팔에 있던 흉터였고, 9년 전 황선에게 자신이 꿰매 준 상처였다. 그런데 황선이 남학임을 전혀 알아채지 못했다. 둘의 얼굴이 너무도 달랐기 때문이다.

덕중은 황선에게 복수하려고 그를 오랫동안 찾았다. 그런 끔찍한 얼굴은 눈에 띄기 쉬운데, 그에 대한 어떠한 소문도 들리지 않았다. 전국을 떠돌며 얼굴이 흉측한 괴물아이를 수소문했지만 흔적없이 사라졌다. 덕중은 그가 죽었다고 생각했지만, 그는 죽은 것이 아니라 얼굴을 바꾼 것이다.

덕중의 머리털이 쭈뼛섰다.

덕중은 남학이 노래를 한다는 당화루에 갔다. 노래하는 모습에 사람들이 취해 있었다. 덕중은 요리조리 남학을 살폈다. 다시 한번 그의 왼쪽 팔꿈치 흉터가 보였다.

덕중의 가슴이 뛸박질했다. 그녀를 바라보는 그의 눈빛에서 9년 전 홀쭉이를 죽였던 눈빛을 보았다.

섬광이 번뜩이고 광기에 어리던 괴물의 눈빛을 저자가 가졌다. 저자는 분명히 황선이었다. 황선, 그 괴물 놈이 얼굴을 바꿔 남학이 되고 살인광이 되었다.

그 괴물은 온몸이 부서지고 짓이겨졌어도. 한 명만 찾았었다. 이수.

때가 되었다. 그날 밤 덕중은 편지를 한 통 썼다. 혹시 자신이 오늘밤 돌아오지 않으면 이 편지를 내일 우포청 이수 포도대장에게 전해달라고 꼽추에게 전하였다.

덕중이 대성사에 도착한 것은 늦은 밤이었다. 주변은 고요했다. 스님이 마당을 쓸다가 덕중을 보고 합장을 하였다.

"대룡파 천필주 님을 찾아왔습니다."

"잘못 찾아오셨네요. 이곳에 그런 이름은 없습니다."

스님은 덕중에게서 시선을 돌리고는 다시 마당을 쓸었다.

"9년 전 찾으시던 괴물아이를 찾았다 전해주십시오."

스님은 덕중을 아래위로 보더니 안으로 들어갔다. 풀벌레 소리만이 절 안에 울렸다.

뎅뎅. 멀리서 종소리가 들렸다. 덕중은 두 손을 맞잡았다.

이 소식을 전해주면 목걸이를 돌려 받을 수 있을 뿐 아니라, 대룡파에 넣어줄지도 몰랐다. 그러나 덕중은 몰랐다. 목적을 달성하면 더이상의 거래는 없다는 걸.

"천필주와 이야기하고 싶네. 나를 그리로 데려가게."

달빛에 드러난 그의 입술은 둘로 갈라져 있었다. 짙은 눈썹에 볼이 깊게 패인 얼굴, 찢어진 눈에 세모 귀, 언청이 함귀산이었다.

"왜? 날 찾은 거 아닌가? 자네들이 찾던 괴물아이라 전하게."

남학의 말에 함귀산의 눈이 일그러졌다. 함귀산은 입을 씰룩거리며 불빛에 비춰진 남학의 얼굴을 찬찬히 들여다보았다.

아름다운 사내였다. 이 자가 대룡파에서 수년간 쫓던 자이며 자신이 간발의 차로 놓친 괴물아이라고? 그런데 이 자가 스스로 함귀산을 찾아왔다.

"이놈이 죽고 싶어 환장을 했구나."

"의빈 정씨의 비밀을 지키고 싶으면 내 말을 듣는 것이 좋을 거야. 옥금을 황희로 만든 것이 나니까."

"말도 안 돼."

함귀산은 허를 찔렸다. 정말 이 사내가 소문의 살인광일까. 아무리 살펴봐도 남학의 얼굴은 과거의 모습은 하나도 찾아볼 수 없게 바뀌었다. 괴물아이라 불렸던 자가 이토록 아름다워지는게 가능한가.

"사실이라면 놀랍군. 도술이라도 부리는 것인가?"

"자네도 소원을 빌게. 고통을 참아낸다면 그 얼굴의 흉터 없어질 수 있네."

함귀산의 얼굴이 구겨졌다.

남학은 함귀산의 지시에 의해 끌려 말에 태워졌다. 말의 앞쪽에 탄 함귀산에게서 땀 냄새와 피비린내가 났다. 남학은 이동하는 동안 소리들을 들었다. 새 소리, 산 소리, 동물들의 발자국 소리.

"사냥꾼에게서 너를 사기 위해 찾아갔지. 경남에서 동네 아이를 죽게 만들었더군. 그리고 홀쭉이의 목덜미에 낫을 박았지."

함귀산은 그간의 세월을 고스란히 나타내듯 손바닥은 더욱더 딱딱해지고 거칠어졌으며 얼굴에 흉터가 서너 개가 늘었다.

"그 사당패의 꼭두쇠였던 덕중이란 자가 어제밤 괴물아이를 찾았다고 찾아왔었다. 덕중이는 남학이란 장악원 가수가 괴물아이라 말하였지만 우린 쉽게 그 말을 믿을 수가 없었지. 그래서 직접 만나 확인하려 했던 것일세. 그런데 자네가 먼저 우릴 찾아온거고. 대체 무슨 꿍꿍이인가?"

남학은 말없이 미소만 지었다.

한참을 달렸고 이내 함귀산이 말고삐를 당기자 말이 멈췄다.

멀리서 목탁 소리와 개 짖는 소리가 들렸다.

함귀산은 남학을 데리고 오솔길을 걸었다. 하늘을 닿을 듯 뻗은 키 큰 나무들 때문에 달빛조차 보이지 않았다. 나뭇가지들이 끼익 끼익 비명소리를 지르는 듯 바람에 흔들렸다. 횃불 근처로 나방이 모여들었다.

　길 끝에는 대성사라고 쓰인 절이 보였다. 함귀산을 따라 그
안으로 들어간 남학은 대나무 향 가득한 마룻바닥에 올랐다. 절
내부는 어두웠고 촛불들이 군데군데 켜져 있었다. 희미한 향내
가 공중을 떠돌았다. 일렁이는 촛불 앞에 이화가 걸어 나왔다.
발소리도 숨소리도 들리지 않는 여인이었는데 쪽을 지어 빗어
넘긴 머리, 초승달 같은 눈썹 밑 눈에는 흰자 밖에 없었다. 작은
발만이 치마 밑에 나왔다 들어갔다 하는 게 보였고 그 몸놀림이
가벼웠다. 나이는 20대 후반으로 보였는데 실제로는 더 나이 들
었을 거라 생각했다. 이화는 눈이 보이기라도 하는 듯 눈꺼풀을
한 번 깜빡였다.

　"천필주를 만나자고 한 이유는 무엇인가?"

　이화는 다기에 뜨거운 물을 붓고 우려냈다. 차를 따라 남학의
앞에 두었다. 은은하고 맑은 향이 풍겼다.

　"모든 일은 나를 통해 보고되니 나에게 말하면 되네."

　"대룡파는 있지만 천필주는 없어. 저 자가 천필주 행세를 하
며 대신 행동하는 것뿐이겠지."

　남학은 턱으로 함귀산을 가리켰다.

　그는 모든 상황을 꿰뚫고 있었다. 함귀산은 10년 전엔 괴물아
이를 찾아 팔도를 돌며 기인들을 찾아 헤맸고, 이후 이화가 지

시하는 일을 하였는데, 그것은 진짜 천필주에게서 내려진 명으로 주로 흉서를 뿌리거나 하였다.

얼마 전 함귀산은 대룡파의 수장인 천필주를 직접 만나고 싶다고 이화에게 부탁하였다. 최측근만이 그의 얼굴을 볼 수 있었다. 이화가 큰일을 하나 해주겠냐고 물었고 함귀산은 고개를 끄덕였다. 그간 함귀산이 묵묵하게 제 할 일을 해온 것도 언젠가는 천필주를 만날 수 있다는 약조 때문이었다. 그것이 바로 이수백과 홍씨 부인의 살해였다.

함귀산은 이화의 지시대로 왈패들을 모아 이수백과 홍씨 부인을 살해해 자살로 위장하였고, 미리 준비한 유서를 넣었다. 그리고 나서 알게 된 진짜 천필주는 내금위장 김인규와 영의정 김좌서였다.

"대룡파 천필주는 사실 영의정 김좌서 대감일 테지. 황희 뱃속엔 김좌서 대감 아들인 내금위장 김인규의 씨앗이 자라고 있을 테고."

그말에 함귀산의 눈이 커다래졌다. 그는 몰랐던 사실이었다.

"황희가 옥금이란 사실도 알고 있었겠지. 그쪽 말을 듣지 않으면 임금에게 그녀가 옥금이었다는 사실을 말하겠다 협박했을 것이고. 협박에 못이긴 황희는 김인규의 아이를 임신하여 왕의 아이라 속였다."

이화가 신기하다는 듯이 남학의 얼굴을 살폈다. 눈이 보이지 않는지 흰자위뿐이었지만 압도하는 눈매를 가졌다.

"겁이 없구나. 여기가 네 무덤이 될 수도 있어."

남학이 함귀산의 겁박에 늑대 울음소리로 울었다. 바람소리와 함께 으으르릉 우는 소리가 들렸다. 함귀산이 주변을 둘러보자 어둠 속에 붉은 눈들이 하나 둘 모여들었다.

"이곳이 시체 밭이 될 수도 있지"

이화의 입꼬리가 올라갔다.

"재밌군. 쓸만한 재주야. 원하는 게 뭔가."

"내 목적과 너희의 바램이 같다. 그러니 너희가 원하는 걸 이루도록 너의 일을 돕겠다."

남학의 말을 들은 이화는 웃음을 지었고, 함귀산의 미간에는 주름이 졌다.

"우리가 바라는 게 무엇이냐?"

"이 나라가 망하는 것, 왕이 죽는 것이다."

함귀산이 두 눈을 크게 떴다. 이화가 느긋한 미소를 지으며 이야기를 이어나가라는 고갯짓을 했다.

"그래서 내가 너희들의 바램, 역모를 돕겠다."

함귀산의 입에서 신음소리가 흘러나왔다.

"역모를 계획하고 있는 것을 안다. 그 안에는 영의정 김좌서와 내금위장 김인규, 대제학과 사간원을 포함한 8명이 있지. 너무 긴장하지 마시게. 내가 입을 열 것 같았으면 이쪽으로 오지도 않았을 거야. 그러니까 내 말 잘 들어. 스무 엿샛날 대왕대비의 예순 잔치가 경회루에서 벌어질 거야. 그날 내가 노래를 할 거야. 그때 대룡파를 처리한다면서 관군을 내보내고 매복했던 내금위장이 대룡파를 끌고 쳐들어와. 그럼 뜻을 이루기 좋을걸세."

"너는 무엇을 어찌 돕겠다는 것인가?"

"소리로 모두를 잡아놓을 거야. 내가 노래하는 동안은 아무도 움직이지 못할 테니 그때 너희들이 왕의 목을 치면 된다."

이화는 20년 전 점괘를 떠올렸다.

**흉측하고 기이한 모습의 아이가 사람이 되어 울면,
나라를 망하게 한다.**

점괘대로라면 이자는 지금의 나라를 망하게 할 그 괴물아이가 분명하다.

어쩌면 저자의 말을 들어야 하는 운명적 이유다. 김좌서 대감은 이화에게 적당한 날을 잡아달라 했다. 남학의 말대로 그가 노래로 모두를 홀려 놓는 게 가능하다고만 하면 더없이 좋은 기회가 분명하다.

"이유가 뭔가. 우리 편에 서는 이유."

"이유는 없어. 믿음이 있을 뿐. 나는 어려서부터 짐승보다 못한 삶을 살았어. 나의 아비 어미, 또 그들의 어미, 아비. 한 번도 배불리 먹어본 적이 없지. 그저 눈을 뜨고 감을 때까지 일만 해왔어. 나는 어떤 대접을 받았는지 알잖아. 세월이 흘러도 변한 것은 없지. 여전히 이 세상은 썩었어. 지금은 썩어빠진 조정대신들이 다 해먹고 있잖아. 대룡파는 세상을 바꿀 거야."

남학은 인상을 찌푸리며 말했다. 이화와 함귀산은 남학의 말을 믿는 눈치였다.

남학에게 내룡파 따위 상관없다. 세상을 바꿀 수도 없다. 세상은 악하고 그 자리에 누가 앉든 결국 본성을 드러낸다.

남학의 목적은 단 하나, 이수의 파멸.

그가 가진 것을 빼앗는다.

그의 왕과 그의 나라를 빼앗을 것이다.

"좋아. 함께하지. 대신 지금 저 자를 일으켜보게. 소리로. 그러면 너의 말을 믿겠네."

이화는 얼굴에 미소를 띠었다. 함귀산은 팔짱을 끼고 바위처럼 앉았다.

남학은 노래를 불렀다. 역모에 가담한 부모가 죽고 버림받은 아이에 관한 노래다. 그 아이가 가장 순수하고 좋았던 때로 돌아간다. 함귀산의 미간에 주름이 잡혔던 게 펴지더니 팔짱을 푼다. 노래 속 어린 함귀산은 아버지 어머니의 손을 잡고 소풍을 간다. 하늘에서 아름다운 꽃이 떨어진다. 아버지가 감나무를 흔든다.

"네가 감을 받아라. 귀산아! 귀산아!"

함귀산은 몸을 일으켜 두 손을 위로 뻗고 까치발을 들어 떨어지는 감에 가까이 가려 했다.

호호호

웃음소리가 들렸다. 남학의 노래는 끊겼고, 함귀산은 어느새 자리에서 일어나 두 손까지 번쩍 들고 있었고 이화는 크게 웃음을 터트렸다.

"한 가지 궁금한 게 있다."

"말해보시오."

"염 대사 저승 가는 길 마지막 표정이 어땠는가?"

남학은 이화의 기괴한 웃음소리에 소름이 끼쳤다.

"죽일 필요까지 있었소?"

남학은 함귀산이 덕중의 시체를 싣는 것을 바라보았다.

"살인광이 할 소리는 아닌거 같은데? 원래 이 년 목숨이 9년 전에 끝났어야 했는데 자네 덕분에 9년 더 산 게지."

함귀산은 손으로 언청이 입술을 만지며 덕중이 대성사를 찾아온 날을 떠올렸다.

"제 목걸이를 찾으러 왔습니다. 엄마가 준 목걸이에요. 괴물이 있는 곳을 알아오면 돌려준다고 9년 전에 말하였지요."

덕중은 단호한 눈으로 함귀산을 보며 말했다.

"괴물아이는 어딨느냐?"

"목걸이 먼저."

함귀산은 덕중의 옥 목걸이를 내주었다.

"그리고 대룡파에 들어가게 해주세요."

덕중의 말에 함귀산은 고개를 끄덕였다.

그제야 덕중은 괴물아이의 정체가 남학이고 왜 그런 의심과 확신을 하였는지 자초지종을 이야기하였다. 이야기가 끝나자마자 이화의 지시로 덕중의 머리통은 산산조각났다. 덕중의 눈동자에서 생기가 꺼져갔고, 눈에서 눈물이 한 방울 흘렀다. 그녀는 죽은 엄마를 만났다. 망가지느니 망가뜨리는 삶을 살려던 덕중은 그렇게 숨을 거뒀고, 함귀산은 덕중의 손에서 다시 목걸이를 가져갔다. 그리하여 덕중의 보고로 인해 함귀산과 이화는 남학에 대해 알고 있었던 것이다. 다만 함귀산이 그를 찾아가기 전에 한 발 먼저 남학이 찾아왔던 것이 흥미로웠다.

"저자의 말을 믿습니까?"

함귀산은 바닥에 침을 뱉었다. 이화가 은으로 치장한 장죽에 초를 태우며 멀어져가는 남학의 뒷모습을 바라보았다.

"저 아이의 삶이 어땠을 것 같으냐. 끔찍한 고통을 참으며 얼굴까지 바꿨어. 명분이니 신념이 아니라, 이수에 대한 복수 때문이겠지. 저자가 벌이는 살인행각을 봐도 알 수 있지. 이수에게서 나라를 빼앗는다. 그건 진짜일 거야."

"어떻게 할까요?"

"저자는 의빈 정씨 뱃속의 아이의 정체를 알고 있어. 후환을 없애야 해. 거사가 이뤄질 때 이수와 남학 둘 다 없애면 된다."

함귀산은 이화의 입속에서 나오는 연기를 바라보았다.

二十四

윽.

이수는 팔에 극심한 고통을 느꼈다. 고개를 돌려보니 왼쪽 어깨와 팔꿈치 사이에 화살이 박힌 채 피가 흘렀다. 화살대에는 한지가 매듭으로 묶여있었다. 신음을 참으며 화살을 빼자 검붉은 피가 흘렀다. 이수가 두리번거리며 화살을 쏜 자를 찾았지만 아무도 없다. 한지를 펴서 보니 약초와 함께 글귀가 새겨져있다.

화살에 독약이 묻어 있다. 마찬가지로 연홍에게도 독약을 먹였다. 해독초는 네가 갖은 것 한 개뿐이고, 단 한 명분(分)이다. 일각 이내에 그 해독초(解毒草)를 먹으면 살 수 있다. 여러 약초를 배합해 섞은 것이라 일각 이내에 만들 수 없다. 연홍을 살리고 싶으면 너의 목숨을 바쳐야 한다. 연홍은 서낭당 뒤 헛간에 있다. 물론 네가 살고 싶다면 해독초를 너에게 쓰면 된다. 선택은 너의 몫이다.

손이 떨렸다. 누군가의 장난인가 싶다가도 검은 피가 세어나오고 눈앞이 어질한 것을 보면 진짜인 듯 했다. 이수는 집을 나와 골목을 달렸다. 어지러웠고 구토가 일었다. 서낭당에 도착하였고, 그 뒤편에 헛간이 보였다. 이수의 눈앞이 뿌예진다.

얼마나 더 견딜 수 있을까.

헛간 문을 열고 들어가니 연홍이 쓰려져 있었다.

연홍!

이수가 이름을 불러보았는데 연홍은 대답이 없다. 연홍은 식은땀을 흘리고 얼굴이 하얗게 질려있다. 이수는 소매 안에서 들고 온 해독초를 꺼낸다. 손이 덜덜 떨리고 시야가 흐려졌다. 연홍의 입을 벌려 해독초를 먹이려고 하는데 어둠 속에서 사내가 나타나 이수를 가로막았다. 살인광이다.

"안 돼. 살려줘. 연홍을 살려줘…… . 부탁이야."

이수의 두 눈에서 눈물이 흘렀다. 온몸이 물먹은 솜처럼 움직이지 않는다. 이를 악물고 주먹을 휘둘렀지만 공중만 가른다. 몸이 비틀거린다. 중심을 잃고 바닥에 고꾸라진다. 손바닥을 짚고 일어나 보려 한다.

'연홍! 연홍'

입을 벌려 불러보지만 혀가 목구멍으로 말려 소리가 나오지 않는다.

연홍은 몇 번 입을 끔뻑거린다. 충혈 된 눈동자에서 굵은 눈물이 흐른다.

'안 돼…….'

결국 연홍의 입에서 검은 피가 뿜어져 나온다.

이수는 정신을 차리고 몸을 일으키려 했지만 무릎이 후들거린다. 온몸의 힘이 빠져나갔다. 그 순간 시야가 어두워지면서 이수의 의식이 가라앉는다.

춥다.

바닥의 서늘한 기운이 이수의 등에 닿았다. 멀리서 풀벌레 소리가 들렸다. 눈꺼풀을 들어올렸다. 깨진 나무조각 사이로 햇살 하나가 이수의 얼굴을 비췄다. 고개를 돌리자 눈 앞에 연홍이 누워있다. 이름을 부르면 연홍이 눈을 뜨고 미소를 지을 듯하다. 언제나 그랬듯이.

연홍. 그녀의 이름을 불렀다. 마른 목구멍에서 겨우 소리가 비집고 나왔다. 타는 듯이 목이 말랐고, 왼쪽 팔에 찌르는 듯한 고통이 전해졌다.

연홍.

그녀는 미동이 없다.

'일어나, 일어나게. 연홍.'

예고 없이 구토가 올라와 바닥에 신물을 토했다.

손을 뻗어 그녀의 얼굴을 만졌다. 차갑다. 팔을 주무르고 어깨를 흔들었지만 감은 눈은 떠지지 않았다. 그녀의 입술 사이에 초록색 무언가가 보였다. 이수는 연홍의 입을 벌렸다. 버드나무 잎이 삐죽 흘러나왔다.

"검안을 해야겠소. 직접."

박도흠이 불안한 얼굴로 말렸다.

"제가 하는 것이 낫지 않겠습니까?"

"자리를 비켜주시오."

박도흠이 나가자 이수는 천천히 다가가 연홍의 뺨에 손을 댔다. 차갑다. 그녀의 손을 잡고 얼굴을 댔다. 북숭아꽃 향이 났다.

'꽃 같던 그녀가 죽다니!'

이수는 연홍을 기억하려는 듯 얼굴을 들여다보았다. 생기 있던 눈빛, 장난스런 입매, 솔직함과 당돌함은 이수와 함께 있으면서 점차 색을 잃어갔다. 연홍이 이수의 집에 온 이후 따뜻한 말

한마디 해준 적이 없다.

그녀는 이수백의 기와집에 살때부터 일하는 사람 없이 하루 종일 집을 닦고 밥을 했다. 이수가 사랑채에 틀어박혀 두문불출했을 때도 그녀의 손길에 의해 안뜰에는 꽃이 피었고 잡초가 정리되었다. 부엌 뒷마당에 어머니가 담았던 장독대도 반짝반짝 빛났다.

이수는 연홍의 입안에서 은비녀를 뺐다. 은비녀는 검게 변해 있었다. 독살이었다. 가슴 한쪽이 아렸다. 조금만 더 빨랐다면!

이수는 눈물을 삼키고 그녀의 얼굴부터 손발, 온몸 구석구석을 살폈다.

'이럴 수가…….'

이수의 손이 떨렸다. 이를 악물었는데 눈이 뜨거워졌다. 그녀의 배 모양새가 어딘가 다르다는 것을 알아챘다. 그녀는 아이를 배고 있었다. 목구멍 안쪽에서 격렬한 통증이 느껴졌다.

연홍의 시체는 양지바른 언덕에 묻었다. 그녀가 좋아하던 꽃과 하늘을 마음껏 볼 수 있도록.

남학이 이수의 옆을 지켰다. 이수는 아무 말도 없이 남학의 어깨에 고개를 묻고 절규했다. 남학은 연홍을 위한 노래를 불렀다. 남학의 눈에도 눈물이 흘렀다. 죽이기 아까운 여자였다. 남학이 노래하자 새가 날아들어 머리 위를 빙글빙글 돌았다. 바람이 불더니 비가 내렸다. 이수의 얼굴 위로 빗줄기가 쏟아졌다. 그는 오열하였고 울음소리는 빗소리에 파묻혔다. 세상에는 이수와 남학 둘 밖에 없는듯 하였다. 둘은 오래오래 연홍의 죽음을 슬퍼하였다.

"살인광의 얼굴이 나왔소?"

며칠 전 이강녀가 살인광의 얼굴이 생각났다 하여 그림쟁이를 불러 그리게 하였다.

수염이 길고 마른 그림쟁이는 이수에게 손에 든 종이를 주지 못하고 안절부절못했다.

"그림은 완성되었느냐 물었소?"

"예. 그러하온데……. 살인광에게서 도망쳤다는 그년이 아무래도 거짓을 고하는 것 같사옵니다."

이수는 그림쟁이가 그린 그림을 바라보았다. 적당한 얼굴 폭에 오뚝한 코와 검은 눈.

그림 속 인물은 다름 아닌 이수와 닮아있었다.

"도망치는 와중에 어찌 얼굴을 자세히 볼 수 있겠습니까?"

무언가 한참 어긋난 기분이 들었다.

"거리에 관군들 행렬이 시작되었나 보네요."

곤란해진 그림쟁이가 화제를 바꿔보려는 듯 밖으로 고개를 돌렸다. 그의 말대로 멀리서 북소리와 말발굽 소리와 함께 흙먼지가 일었다.

"대룡파 이놈들 확 다 쓸어버려야 하는데 말입니다요."

그림쟁이가 이수의 눈치를 보며 말했다.

관군의 행렬 가장 앞에 제복을 입은 내금위장 김인규가 늠름한 모습으로 말 위에 앉아있었다. 지방에서 궐기하는 대룡파의 진압으로 출동하는 것이다. 이수는 이를 악물었다. 이수가 포도청으로 돌아오니 꼽추가 그를 기다리고 있었다. 이수의 기억으로 꼽추는 덕중의 사당패의 일원이었다. 꼽추가 이수를 보더니 허리를 숙여 인사를 하고 편지 한장을 내밀었다.

"덕중이가 돌아오지 않은지 3일이 지났습니다. 돌아오지 않으면 이 편지를 나으리께 전해 달라 했습니다."

"어딜갔느냐?"

"그건 모릅니다요."

이수는 덕중이 남긴 편지를 폈다.

한 십 년 전 쯤, 저희 무리에 짐승 같은 놈이 하나 들어온 적이 있습니다. 먹이고 입혀주었는데 일행 하나를 죽이고 제 뺨에 쇠꼬챙이를 꽂고 도망을 갔지요. 그 때문에 제 얼굴이 이리 되었습니다. 전국을 다니는 게 저의 일이니까 그놈을 언젠간 만날 거라 생각했는데, 어디로 꼭 증발한 것처럼 사라져

버렸습니다. 그 아이의 이름은 황선. 아주 흉측하게 생긴 놈이었고 소리를 잘 듣고 잘 내는 재주를 가졌습니다. 팔도를 돌아다녔지만 그런 놈은 처음이었어요. 그런데 얼마 전 제가 살인광을 잡는 미끼가 되었던 날 말입니다. 그 살인광의 왼쪽 팔꿈치에 흉터가 있는 것을 보았습니다. 그리고 얼마 전 남학이란 자를 보았습니다. 그의 얼굴은 처음 보았지만 눈빛이 섬뜩하였고 자꾸만 이상한 생각이 들었습니다. 그에 대해 알아보았습니다. 그는 동물의 소리는 물론 모든 소리를 똑같이 내며 아름다운 노래로 사람의 마음을 움직이는 자라고 하였습니다. 그 괴물도 그랬습니다. 남학이란 자의 왼쪽 팔꿈치에 흉터를 보았습니다. 황선에게도 똑같은 흉터가 있었습니다. 황선의 왼팔꿈치의 흉터는 제가 직접 꿰매준 것이니 똑똑히 기억을 합니다. 남학과 황선은 얼굴이 전혀 다르니 절대 아니겠지만, 흉흉한 소문에 의하면 사람이 얼굴을 바꾸어 돌아오는 일도 불가능한 일은 아니라고 합니다. 남학은 괴물아이 황선입니다. 그는 위험합니다. 지금 나으리에게 이 편지를 쓰는 이유는 황선이 그토록 찾아야 한다고 했던 자의 이름이 이수였기 때문입니다. 이제 생각해보니 그것은 바로 나으리 이름이었습니다.

'아니야. 말도 안 돼.'

이수는 덕중이 남긴 편지를 몇 번이고 읽었다. 괴물아이 황선과 남학은 얼굴부터가 달라도 너무 달랐다. 남학의 피부는 매끈했으며 코는 시원하게 쭉 뻗었고, 눈매는 동그랗고 힘찼다. 노래를 잘하고 동물 소리를 잘 흉내 낸다고 해서 그 자가 황선이라 할 수 없다. 그런 명창들 또한 아주 없지 않았다. 전라도의 김중창은 동물 소리를 내며 권득출 또한 그랬다. 경상도의 정염방은 사람 목소리 흉내를 잘 냈고, 함경도의 박혁제는 그가 노래하면 사람들이 울었다.

특출한 새주지만 유일한 재주는 아니다. 팔꿈치의 흉터 또한 덕중의 착각일 수도 있다. 벌써 10년이나 된 일이 아닌가.

이수는 편지를 내려놓고 생각에 잠겼다.

경남 마을 강 씨의 말에 의하면 황선이 머물던 사당패의 꼭두쇠가 여자였다고 했다. 혹시 그녀가 덕중일까?

혹시 덕중의 말이 맞는 건 아닐까?

'만일 남학이 연홍을 해했다면?'

'대체 왜?'

셋이 함께했던 시간들이 주마등처럼 지나갔고, 이수는 숨이 턱 막혀왔다.

말도 안 되는 의심을 멈추기 위해서는 확인이 필요하다. 이수는 집으로 돌아가 남학의 방을 몰래 뒤졌다. 그러나 남학이 살인광이란 증거는 어디에도 없었다. 만약 그가 황선이라면 왜 남학이 되어 돌아왔을까. 이수는 입술을 잘근잘근 씹었다.

"무슨 일 있는가? 안색이 안 좋아."

해가 지자 돌아온 남학이 이수에게 다정하게 말을 걸었다.

"별일 없네. 내일 대왕대비 생일잔치 연회에서 노래를 한다지?"

"오랫동안 온 마음을 다해 준비한 것일세. 전하께서 마음에 들었으면 좋겠네."

남학은 자신의 방이 여기저기 흐트러져 있는 것을 알았다. 이수가 자신을 의심하여 뒤졌을 것이다. 그러나 아무것도 의심스러운 물건은 발견하지 못했을 것이다. 이미 남학이 다 정리하였기 때문이다. 때가 되었다.

그날 밤 이수는 남학이 문 밖으로 나서는 소리를 들었다. 이수는 어둠 속에서 몸을 일으켜 따라 나갔다. 멀리서 통금을 알리는 종소리가 들렸다. 남학은 골목을 걸어갔다. 몇 척의 거리를 두고 이수는 그 뒤를 쫓았다. 당장 남학의 멱살을 잡고 묻고 싶었지만 증거를 잡지 못하면 끝이다. 처음부터 모든 것을 계획하고 접근한 남학을 이겨낼 재간이 없다. 또 다른 범행 현장을 잡아내지 못한다면 이수가 모든 누명을 쓰고 만다.

남학은 서낭당 쪽으로 걸어갔다. 두리번거리며 주변을 살폈다. 이수는 발자국 소리를 내지 않고 뒤를 쫓았다. 컹컹 개 짖는 소리가 들렸다.

서낭당으로 몸을 숨긴 남학의 모습이 온데간데없다. 이수는 두리번거렸다. 그때 발자국 소리가 가까워져 왔다. 횃불이 이수의 얼굴을 비췄다.

"거기 누구냐?"

순라꾼의 외침에 이수는 호패를 내밀었다.

"우포도청 이수로 사건 조사 중이다."

호패를 확인한 순라꾼들이 소리쳤다.

"이 자를 잡아라!"

순라꾼들이 이수를 체포하였다.

"이수를 의금부로 압송하라."

이수는 몸부림을 치며 순라꾼들에게 끌려갔고, 남학은 어둠 속에서 그들의 대화를 듣고 있었다.

아침이 되자 남학은 수염을 정리하고 이수의 도포를 입고 정성스레 상투를 틀어 갓을 썼다. 색경 속에는 완벽한 이수가 있었다.

'오늘 너의 모든 것을 빼앗고 내 계획을 완성하는 날이다.'

얼굴이 욱신거렸다. 버드나무 잎으로 해결되던 고통이 이제는 점차 심해지고 있었다.

'이 얼굴이 얼마나 버텨줄까?'

남학은 궁궐 안으로 들어갔다. 대룡파를 잡으러 관군은 출발하였고 궁궐의 경비도 느슨하였다. 궁궐 안 경회루는 대왕대비 생일잔치 준비로 한창이었다. 경회루 한가운데 의빈 정씨, 그 뒤로 대왕대비의 자리가 보였다. 왕 오른쪽엔 김좌서가 앉고 왼쪽엔 송길준이 앉는다. 무대 가장 중앙이자 왕 앞에는 남학이 설 자리다. 남학은 하늘을 올려다 보았다. 구름 한점 없는 맑은 하늘이다. 잠시 후 이곳에는 피바람이 불 것이다.

"당장 여기서 날 꺼내라."

이수는 소리를 질렀다. 옥 안에는 배설물과 썩은 내가 섞여 악취가 풍겼고 벌레들이 들끓었다.

이수의 목소리는 쉬어서 나오지도 않았다. 입안이 바싹 말랐다. 발자국 소리가 가까워져왔다. 이수가 벌떡 일어나 나무 구멍으로 밖을 보니 의금부 판사 장수목이 서 있었다.

"저 좀 꺼내주십시오. 이건 모함이고 누명입니다."

"김효덕 손에 있던 부채의 선추 실은 자네의 것과 동일하였다. 정순금의 손에 있던 흰 옥 또한 자네의 패옥에서 떨어져 나온걸세. 목격자가 진술한 살인광의 외모도 자네였네."

장수목이 비통한 얼굴로 이수를 보았다.

'내가 범인이라고?'

칼끝은 결국 자신을 향하다 심장을 찔러버렸다.

"제가 모든 것을 밝히겠습니다. 범인이 누군지 짐작가는 자가 있습니다."

"모든 증거가 자넬 가리키니 어쩔 수 없는 노릇이라고. 나도 미치고 팔짝 뛸 노릇이야."

이수의 성정을 아는 장수목이지만, 증거가 나온 이상 이수에 대한 의심을 완전히 지울 수도 없는 노릇이다.

"이 증거들을 가져온 자가 누구입니까?"

"남학, 자네 벗일세."

이수의 눈에서 불이 나고 가슴이 뛰었다. 주먹으로 벽을 쳤다. 설마 했던 의심이 사실로 벌어졌다. 황선은 얼굴을 바꿔 남학으로 돌아와 그에게 접근했다. 여자들을 죽이고 연홍까지 해쳤다.

"남학, 그가 범인입니다."

"그도 자네가 범인이라고 하더군. 자네 아내도 자네 손으로 그런거라고 하던데……, 정말인가?"

이수는 무릎이 후들거렸다. 파멸, 자멸. 황선이 원하는 대로 되어가고 있다.

'이대로 끝일까?'

그가 복수를 한다면 결국 자신의 모든 것을 빼앗고 몰락시키는 것일텐데, 남학은 자신을 죽이지 않고 무엇을 하려는 것일까.

문득 오늘 대왕대비 생일잔치에 노래를 한다는 그의 말이 떠올랐다.

만약 관군이 없어진 지금 내금위장을 앞세운 대룡파가 쳐들어온다면, 연회장은 속수무책이다.

게다가 남학이 노래로 모두의 혼을 빼어놓는다면 누가 쳐들어와도 모를 것이다.

설마, 그는 자신이 사랑하는 나라와 왕을 빼앗을 셈인가?

이수는 눈을 질끈 감았다.

二十五

"대장님"

어둠 속에서 최자열이 걸어왔다.

"내금위장은 지금 어디 있느냐?"

"지금 그게 문젭니까. 어쩌다 이 모양이 되셨습니까?"

"빨리 이 문부터 열어라"

"여기 옥졸이 아는 놈이라 말을 좀 해두고 물 좀 가져왔습니다. 문은 못 엽니다."

"알아본 일은 어찌 되었는가."

"앞이 안 보이는 여자의 신분은 이화라는 예언가이고, 언청이 사내는 함귀산이라는 역적의 후손입니다. 근데 둘의 시체가 어젯밤 대성사 근처 산속에서 발견되었습니다."

이화와 함귀산 또한 살해당했다는 것은 거사가 곧 코앞일 터였다. 역할을 다한 말은 죽인다. 이수는 아버지가 해준 말이 생각났다. 돌아가시기 한 달 전쯤이었다. 아버지의 낯빛이 어둡고 볼이 꺼져 있었다.

"대룡파의 기세가 드세지고 있습니다. 천필주를 왜 잡지 못하는겁니까?"

"용의 머리를 쫓았지만 사실 뱀의 꼬리였기 때문이다."

아버지는 알 수 없는 대답을 했다. 그 당시 이수는 그 의미를 몰랐다.

눈을 가리고 있던 천이 벗겨진 기분이었다. 이수의 아버지는 알고 있었다. 천필주는 존재하지 않는다. 김좌서가 천필주였다. 대룡파라는 용의 머리를 쫓았지만 존재하지 않았고, 김좌서가 만든 뱀의 꼬리가 분탕질을 치고 있는 것이다. 아버지는 상소를 올려서 제거당한 것이 아니라 천필주가 없다는 것을 알고, 역모를 알아챘기 때문에 살해당한 것이다.

"내금위장은 어딨느냐?"

"그게 대룡파 진압으로 출동했다 들었는데 어디에도 보이지 않습니다."

"내금위장은 필시 궁궐 안에 매복했을 것이다. 관군은 지금 대룡파 진압으로 최소 병력만 남겨두고 모두 자리를 비웠다. 생일잔치가 시작되고 남학의 노래가 시작되면 반역군이 쳐들어올 것이다."

"쉿-! 말조심하십시오."

"모르겠느냐, 대룡파는 없다. 내금위장과 김좌서가 짜고 대룡파를 만들어내고, 거짓 적을 만들어 앞을 보지 못하게 흔들고 혼란한 틈을 타 반역을 하려는 것이야. 내 말을 믿지 못하겠거든. 지금 당장 내금위장이 어디 있는지 알아보아라."

최자열이 칼을 뽑아 열쇠를 내리쳤다.

"대, 대장님이 열고 나가신 겁니다."

"어서 가서 횃불을 피우고 북을 두드려라. 관군에게 알려야 한다! 반역을 대비하여 돌아오라 전하여라."

최자열이 고개를 끄덕였고 이수가 문을 박차고 뛰어 나갔다. 옥졸들이 이수를 막았지만 그의 상대가 되지 못했다. 이수는 옥졸들을 차례로 쓰러뜨렸다.

멀지 않은 곳에서 음악 소리가 들려왔다. 이수는 경회루로 달렸다. 앞에는 장수목이 서 있었다.

"거기 서라."

"보내주십시오. 왕이 위험합니다."

"내가 왕을 지킬테니 당장 옥으로 돌아가라."

"시간이 없습니다. 용서하십시오."

이수는 그에게 칼을 휘둘렀다.

이수가 달려갔을 때는 생경한 풍경이 눈앞에 있었다. 경회루는 왕과 신하들과 함께 연회가 한창이었다. 남학이 하얀 도포를 펄럭이며 노래를 하고 있었다. 수백 명의 사람들이 일제히 남학을 바라보았다. 그들은 움직임 하나 없이 남학의 노래에만 반응했다. 악공은 연주를 멈추고 남학의 노래에 홀려 동공이 멈춰있다. 사람들은 입을 벌린 채 미동하나 없었다. 왕의 옆에 영의정 김좌서와 좌의정 송길준의 얼굴이 보였다. 남학의 노래에 모두 홀린 듯했다. 그곳엔 남학만 존재했다. 이수의 눈꺼풀이 파르르 떨렸다. 꼿꼿이 선 남학의 얼굴은 빛났고, 도포는 바람에 살랑거렸으며 허리에 찬 향낭 주머니에서는 좋은 향이 났다. 햇살이 그만 비추는 듯 반짝거렸다. 평화롭고 온화하며 시간이 멈추고 공기가 멈추고 공간이 멈췄다. 영원했다. 남학의 목소리는 시공간, 만물을 잡아 붙들었다.

이수는 이를 악물고 정신을 차렸다.

"역모입니다!"

이수의 고함소리가 남학의 노래 소리를 뚫고 나왔다. 남학과 이수의 눈빛이 부딪쳤다. 남학의 미간에 주름이 졌고, 이수는 고함을 질렀다.

"피하셔야 합니다!"

김좌서의 얼굴이 일그러졌다.

"반역군이 몰려옵니다."

그가 눈짓하자 대룡파와 숨어있던 내금위장의 부대가 궁궐 안으로 밀고 들어왔다. 김좌서는 동시에 스스로 검을 뽑아 들었다. 왕 또한 허리에 찬 칼을 빼내어 들고 반역군에 맞섰다. 왕은 공격을 피했다. 내시 김조겸도 칼을 들고 달려들었고, 왕은 그의 가슴을 베었다. 김좌서와 내금위장이 왕에게 달려들었다. 이수가 검을 들어 내금위장을 막아내었다. 왕의 고함 소리와 함께 심좌서가 왕의 칼을 맞고 쓰러졌다. 의금부 장수목이 달려와 왕 앞을 지켰다.

"어서 피하시지요."

"여기가 내 자리다. 이곳은 내가 지킬 것이다! 다들 반격하라!"

"관군이 돌아옵니다!"

북소리가 들리고 함성 소리가 들렸다. 멀지 않은 곳에서 마른 먼지가 피어 올랐다.

내금위장과 김좌서의 얼굴은 구겨졌다. 멀리서 반역군을 겨냥하는 관군의 화살이 쏟아졌다. 함성과 함께 도착한 관군들이 반역군과 혈전을 벌이기 시작했다. 살이 베어지는 소리와 비명 소리, 상이 엎어지고 그릇이 깨지고 사람들이 쓰러지고 피가 튀었다. 동시에 내금위장 김인규의 칼과 의금부 장수목의 칼이 매서운 소리를 내며 부딪쳤다. 최자열이 관군을 끌고 왔다.

반역군은 남학을 공격했다. 이수의 칼이 반역군을 베었다. 이수를 바라보는 남학의 눈동자에 원망이 베어 나왔다.

"저 둘을 죽여라!"

내금위장은 남학과 이수도 죽이라 지시한다. 공격을 피하던 남학은 관군과 대룡파 양쪽을 피해 달아나고, 그 뒤를 바짝 이수가 쫓는다.

남학은 몸을 피해 산으로 뛰어올랐고 이수 또한 그 뒤를 따랐다. 헉헉 이수의 숨이 턱까지 차올랐다. 키가 큰 나무가 바람에 흔들려 괴성을 질렀다. 한참을 오르자 사람들의 함성소리보다 새소리가 더 잘 들렸다. 나무 옆 거대한 협곡 밑에는 급류가 튀어 올라 하얗게 부서지는 물방울이 보였다. 바위를 타고 아래로 흐르는 물, 물을 보자 정신이 아찔했다. 이수는 검을 들고 호흡을 정리하며 주변을 살폈다. 남학이 가쁜 숨을 내쉬며 키 큰 나무 뒤에서 모습을 드러냈다.

"황선!"

이수가 시뻘겋게 달아오른 얼굴로 고함을 질렀다. 살갗이 파르르 떨리고 핏대가 섰다. 둘의 칼이 공중에서 부딪쳤다. 이수의 칼이 남학의 어깨를 베었다. 붉은 피가 도포에 흘러나왔다. 축축하게 젖은 땅과 나무 사이로 매서운 산바람이 불었다.

이수는 주머니에서 깨진 색경을 집어던지고 검을 빼내 들었다. 남학의 눈에서 한줄기 희망의 빛이 빠져나가는 듯했다.

"죗값을 받아라, 황선."

"아는가. 어찌 그 이름을 기억하지 못했는지?"

"닥쳐라. 난 널 호의로 대했다."

남학과 이수가 불꽃 튀는 검 대결을 시작했다. 둘 중 하나도 밀리지 않는다. 돌풍에 머리카락과 옷자락이 휘날렸다. 땀과 피가 흘러 축축하게 도포를 적셨다.

"여인들을 왜 죽였나?"

"죽인 게 아니라 살리려 한 것이다. 선택은 그들이 한 것이야."

"헛소리. 연홍은 내 아이를 가졌었다. 그런 연홍을 네가 죽였다!"

"연홍이 죽은 것은 네놈 때문이다."

남학의 머릿속에 그날이 떠올랐다. 똑똑했던 연홍은 살인광이 남학이라는 것을 알아냈다. 남학은 처음으로 연홍에게 모든 것을 이야기했다. 괴물아이로 살았던 어린 시절과 이수를 만났던 일과 버림받은 일, 살기 위해 어쩔 수 없이 사람들을 죽여야 했던 일들. 살려주지 못했던 권내은과 새로운 인생을 살게 된 옥금의 이야기까지. 연홍은 남학의 말을 다 듣고 숨을 길게 내쉬었다.

"복수는 스스로를 망치는 것뿐이에요. 제발 그만두세요."

연홍은 남학의 두 손을 잡았다. 그녀의 목소리에서는 진심이 느껴졌다.

스스로를 망칠 것도 없다. 아무 것도 없었으니 아무 것도 잃는 것은 없다. 그녀는 남학을 이해할 수 있을 거라 믿었는데 아니었다. 뜻이 다르다면 함께할 수 없다.

이수가 정말 그녀를 사랑하는지 먼저 확인해야 했다. 같은 독을 이수와 연홍에게 다른 방법으로 넣었다. 이수에게는 독을 바른 화살로 공격하였고, 연홍은 정신을 잃게 한 다음 물에 타 입속으로 흘러넣었다. 그리고 이수에게 해독약은 하나 뿐이라고 가르쳐주었다. 만일, 이수가 스스로 그 해독약을 먹었다면 남학은 연홍을 죽이지 않았을 것이다.

그러나 이수는 자신의 목숨을 버려 연홍을 살리려 했다. 이수 때문에 그녀는 남학이 죽일 수밖에 없는 존재가 된 것이다.

"해치고 싶지 않았는데 너 때문에 죽은 것이다."

연홍이 정신을 잃기 전에 아이만은 살려달라고 했었다. 남학은 그녀가 말하기 전에 먼저 아이의 심장소리를 들었다.

"이수, 너에게 어울리는 것은 파멸이야."

이수를 노려보는 남학의 눈은 동굴처럼 어두웠다. 이수가 어금니를 꽉 깨물었다. 온몸의 힘줄이 울룩불룩 솟아났다.

남학의 팔에서 선혈이 흘렀다. 비명을 질렀다. 팔을 감싸며 뒤로 물러났다.

"괴물, 넌 태어나선 안 되는 괴물이었어!"

남학의 얼굴이 일그러지고 눈이 붉게 물들었다. 그의 눈빛은 증오로 가득했는데 어쩐지 슬퍼보였다.

'너를 몰랐다면, 또 나를 몰랐다면, 이렇게 고통스럽진 않았을 텐데……. 그 동굴 안에서 굶어 죽는 게 나았을 뻔했다.'

둘의 팽팽한 싸움이 이어지고, 폭포수 쪽으로 점차 다가갔다.

이수는 잠을 자지 못한 지가 여러 날이라 눈앞이 어질어질해왔다.

"이수 너 또한 괴물이 아니었느냐?"

"헛소리"

"너는 누군가를 죽게 하지 않았느냐?"

남학의 목소리에서 죽은 어린 형의 목소리가 들렸다. 이수의 머릿속에서 악 하고 비명이 터졌다.

'형을 죽게 한 건 내가 아니야!'

남학의 눈에 슬픔이 어린다. 남학의 복수는 자신의 가치를 깨닫게 하여 이수 스스로 자멸하게 하는 것이었다. 그것이라면 성공하였다. 자신의 본모습을 보았기 때문이다.

"닥쳐라. 죽여버리겠어!"

"나를 죽이려면 속도를 더 올려야 할 것이야."

둘의 싸움이 점차 격렬해진다. 이수가 울렁거리는 속과 정신을 부여잡고 이를 악문다. 이수의 날카로운 검이 남학의 복부를 관통한다. 남학은 더 이상 반격하지 않고 검을 받아들인다. 이수의 동공이 커지고 꽉 깨문 이에서 신음이 세어 나온다.

남학이 입술을 벌려 소리를 낸다. 고통이 아닌 아름다운 소리다. 소리가 공기 중에 퍼지고 이수를 흔든다. 이수의 눈앞이 뿌예졌다.

폭포수가 공간을 가르는 소리, 검이 바람을 찢는 소리, 남학의 목소리, 모든 것이 하나가 되어 위대한 연주곡이 된다. 이수는 황홀함을 느끼며 비틀비틀 걸었다.

'형을 죽게 한 건 나야. 나 또한 괴물이었다.'

검을 든 팔을 들어올린다. 온몸에 힘이 들어가지 않는다. 이를 악물고 칼을 들어 자신의 귀를 찔러버린다.

이수를 노려보던 남학의 눈빛이 비명과 함께 힘을 잃는다.

이제 그의 소리가 들리지 않는다. 이수의 두 눈에서 눈물이 쏟아진다.

나약하다. 비겁하고 치졸하다. 근사한 사람이 되고 싶었다.

사랑받고 싶었고, 인정받고 싶었다. 멈춰진 풍경이 눈에 들어온다. 다리에 힘이 풀린다. 폭포수 아래로 추락한다.

'그래, 나는 너와 같다.'

이수의 눈에서 눈물이 떨어진다. 그 순간, 남학이 이수를 감싸고 함께 떨어진다.

'나도 니와 같다.'

폭포수 아래로 끝없이 추락하는 두 사람. 그 둘의 도포가 바람에 흩날린다. 벚꽃과 함께.

이수는 눈을 떴다. 차가운 물속이다. 눈앞에 어린 형이 있다. 하늘거리는 댕기, 자신과 닮은 긴 속눈썹, 오뚝한 코, 뻗은 손과 다리는 물속을 유영하듯 떠 있다.

이수는 형에게 손을 뻗었다. 검은 눈의 그가 이수에게 온화한 미소를 지었다.

이수는 물속을 헤엄쳐 형을 안아 올린다. 수면에 떠오른 형의 얼굴이 달빛에 드러난다. 축 처진 그는 형을 닮은 남학이다. 이수는 남학을 안고 한참을 오열한다.

二十六

남자의 얼굴엔 상처가 벌어져 피가 뚝뚝 떨어졌다. 두 눈에는 피눈물이 흘렀다. 처음에는 온몸의 상처가 깊고 눈두덩이가 부어 올라있어 누군지 알아볼 수 없었다. 장수목은 그에게 좋은 식사를 넣어주고 치료받게 하였다.

시간이 며칠 흘렀다.

"대체 너는 누구냔 말이냐······."

남자는 말을 하지 못하였다. 그러나 정신이 돌아온 듯 붓과 종이를 달라는 손짓을 하더니 글씨를 써내려갔다.

저는 이수입니다.

이곳저곳 성한 곳이 없고 얼굴이 부어올라 그렇지 자세히 살펴보니 도포며 수염의 생김새며 모든 것이 이수였다.

"이수? 자네 정말 이수인가?"

고개를 끄덕였다.

저는 귀가 들리지 않고 목소리도 잃었습니다. 남학의 소리 에서 자유로워지기 위해 그리 하였습니다.

장수목은 벅찬 표정으로 이수를 껴안았다.

"다행일세. 살아있었어. 그날 남학의 소리에 모두 정신이 몽 롱해졌고, 그래도 자네의 명을 받은 최자열이 관군을 돌려세우 는 바람에 늦지 않게 반역군을 제지할 수 있었네. 대룡파 두목 전필주는 만들어진 인물이었어. 진짜는 자네의 짐작대로 내금 위장 김인규였네. 그 뒤에는 물론 김좌서가 있었다네. 그들을 비 롯한 이와 관련된 이 모두 체포되어 참수당했네. 그들과 한통속 이었던 의빈 정씨만이 간신히 목숨을 건져 폐위당하고 귀향을 갔지. 신하들의 반대에도 불구하고 전하는 목숨은 살려주고 싶 다 하셨거든. 전하는 자네를 한참 찾았네."

장수목이 말을 마치자 사내는 벅차오르는 감정을 다스리듯 눈을 꾹 감았다.

"폭포 아래서 발견된 시체는 대체 누구인가?"

이수는 장수목의 입 모양을 살펴 글자를 적었다.

남학입니다.

"남학?"

포졸들이 물에 불어 상한 시체를 뒤지자 남학이 분명한 물건들이 나왔다.

"무슨 일이 있었는지 적거라."

남학은 살인광입니다.

왕은 상처투성이 이수가 쓰는 글자에 집중하고 있다. 이수의 얼굴은 며칠 전보다 가라앉았지만 여전히 눈과 입술은 퉁퉁 부은 채였다.

살인광을 조사하던 도중, 남학이 살인광이란 증거를 포착하였습니다. 그는 본디 경남 태생으로 황선이란 자이온데, 어릴적 추하게 태어나서 세상에 복수심을 품었습니다. 자기가 가진 천재적 재능을 사람을 해하는 데 사용하였습니다. 꼭두쇠 일행인 홀쭉이란 자를 죽였습니다. 그 후 염 대사란 자를 만나 산속에서 생활했던 걸로 보입니다. 염 대사가 가지고 있던 이 편지들을 그가 보관하고 있었습니다.

편지를 받아든 왕은 신음을 내뱉었다. 필시 자신이 염 대사에게 보낸 편지였다.

남학은 그를 죽이고 의술을 행하여 얼굴을 바꾸는데 성공했습니다. 그 후 노래와 소리로 사람을 홀리는 재주를 배워 한양으로 왔습니다.

"어찌 그런 일이……."

왕이 눈을 감았다. 이수는 아랑곳하지 않고 글자를 써내려갔다.

남학은 또한 어릴 적부터 가축들과 죽은 사람들을 해부하여 외과수술에 통달하였고, 그것을 해괴한 방향으로 사용하여, 삐뚤어진 추악한 욕망으로 아녀자들을 실험하여 죽게 만들었습니다. 제가 모든 것을 소상히 알아내어 생포하려 했으나 격렬히 저항했습니다.

"남학이 정말 떠도는 소문의 살인광이란 말이냐?"

왕은 믿을 수 없다는 표정으로 한탄하였다. 이수는 고개를 끄덕이며 그간의 우포청에서 살변사건을 수사한 기록지를 올렸다.

"의빈 정씨의 얼굴도 그자가 고친 것이 맞는가?"

이수가 고개를 끄덕이자 왕은 비통한 표정을 숨기지 않았다.

"남학의 시체는 어디 있느냐?"

시체가 많이 상하여 사람의 형체로 알아볼 수 없을 정도였습니다. 제가 직접 박도흠 검시와 함께 검험하고 소각하였습니다.

왕은 눈을 감았다.

전하, 그는 태어나지 말아야 할 괴물이었습니다. 그 자는 죽었으니 더 이상 심려치 마시옵소서.

"이수, 얼굴이 많이 상했다. 자네의 몸을 회복하는 것이 우선

일 것이다. 치료를 받아 말도 할 수 있고 귀도 들릴 수 있게 하게. 자네가 먼저 움직이지 않았다면, 그래서 관군이 조금이라도 늦었다면 김좌서 일당들의 계략에 당하고 말았을걸세. 자넨 내 생명의 은인이야. 자네가 나를 살렸네."

이수는 고개를 들어 안타까워하는 왕의 얼굴을 바라보았다.

"한데 왜 떠난다는 것인가. 내 옆에서 도울 일이 많네."

성은이 망극하옵니다. 허나 저는 속세에 더 이상 미련이 없사옵니다. 더 이상 귀도 들리지 않고 말도 할 수 없으니. 제가 어찌 나라 일을 하겠습니까. 조용한 곳에서 요양하며 살겠습니다. 부디 제 간청을 들어주시옵소서.

사내는 왕에게 절하고 그 길로 궁궐을 나와 정처없이 떠돌며 살았다.

- 살변의 창. 이야기 끝 -

이라고 적는 사내. 주위에는 사람들이 가득 모였다.

"그럼, 살인광 남학은 정말 죽었어요? 이수는 살았고?"

이야기를 다 들은 도련님이 묻는다. 돈을 받은 사내는 말없이 돌아선다. 모인 사람들은 이야기의 여운에 쉽사리 자리를 떠나지 못한다.

—

"비키시오!"

고함 소리와 함께 말과 마차 행렬이 지나간다. 사내가 슬쩍 말을 피한다. 그는 어린 도령에게 받은 돈으로 떡과 고기를 샀다. 마을을 벗어나자 미행이 있는지 살핀다. 쫓아오는 발자국 소리는 들리지 않는다. 사내는 한 손에는 떡과 고기를 든 채 산속으로 걸어간다.

겨울 산은 눈으로 뒤덮여 설국(雪國)이다. 사내의 발은 눈길에 푹푹 파이고, 콧물이 흐른 콧수염에는 얼음이 언다. 바스락. 어미 노루가 새끼 노루를 핥고 있다. 어미 노루는 사내를 보고 놀란 듯이 귀를 쫑긋거리는데, 사내의 입술 사이에서 노루의 소리가 흘러나온다. 어미 노루는 사내의 소리에 안심하는 듯 다시 새끼를 핥는다. 사내는 그들을 지나쳐 다시 걷는다. 한참을 걸어 올라가자 멀리 나무 사이로 눈이 쌓이고 고드름이 매달린 움막이 보인다.

썩은 나무문을 열고 들어가자 햇빛이 움막 안으로 쏟아진다. 사내가 흐르는 콧물을 닦으며 고양이 울음소리를 내자 구석에 있던 쥐가 달아난다. 움막 안 짚더미 위에 남루하고 때가 낀 장삼을 입은 남자가 뒤돌아 누워 있다. 남자는 사내가 고양이 소리를 내며 들어와도 미동이 없다. 사내는 남자의 어깨를 두 번 친다. 남자는 그제야 흠칫 놀라면서 몸을 일으킨다. 남자의 양쪽

귀는 붕대로 감아져 있고, 얼굴은 성한 곳이 없었다. 왼쪽 다리도 잘린 듯 반쪽만 있고 다리가 있어야 할 곳에는 헐렁한 장삼만이 펄럭였다.

"배고프지?"

사내는 입 모양을 크게 벌리면서 말했다.

남자는 쿵쿵 냄새를 맡으면서 고개를 끄덕였다. 사내가 사온 고기와 떡을 펼치자 남자가 떡 하나를 집어 입에 넣었다.

"햇살이 좋아."

사내가 입 모양을 보여주면서 말하자 남자가 양팔을 짚고 창가 쪽으로 몸을 옮겼다. 맑은 하늘, 햇살에 비쳐 반짝이는 얼음, 하얀 눈으로 뒤덮인 풍경은 고요하고도 맑다. 두 사내는 말없이 그 풍경을 바라본다.